KB156582

帝王燕

# 제왕연 15

ⓒ지에모 2021

| | |
|---|---|
| 초판1쇄 인쇄 | 2021년 4월 6일 |
| 초판1쇄 발행 | 2021년 4월 13일 |

| | |
|---|---|
| 지은이 | 지에모芥沫 |
| 옮긴이 | 이소정 |

| | |
|---|---|
| 펴낸이 | 박대일 |
| 편집 | 이문영 · 박지해 · 임유리 · 신지연 · 이지영 |
| 마케팅 | 임유미 · 손태석 |
| 일러스트 | 흑요석 |
| 디자인 | 박현주 |
| 교정 | 김미영 |

| | |
|---|---|
| 펴낸곳 | 파란미디어 |
| 출판등록 | 2004년 9월 14일 제313-2004-00214호 |

| | |
|---|---|
| 주소 | 03992 서울시 마포구 동교로23길 14 국제빌딩 6층 |
| 전화 | 02.3141.5589 영업부 070.4616.2012 편집부 |
| 팩스 | 02.6499.5589 |
| 전자우편 | paranbook@gmail.com |
| 카페 | http://cafe.naver.com/paranmedia |
| 인스타그램 | @paranmedia |

| | |
|---|---|
| ISBN | 978-89-6371-878-1(04820) |
| | 978-89-6371-821-7(전21권) |

제
왕
연

15

帝王燕

지에모 芥沫 지음 | 이소정 옮김

파란

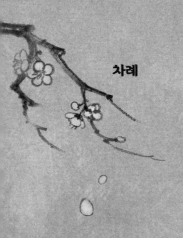

# 차례

## 미혼인데 신혼보다 더해

일이 너무 많아 몸을 빼낼 수 없는 상황만 아니었다면, 당정이 당씨 가문으로 돌아갈 때 비연도 함께 갔을 것이다. 비연은 부황과 모후를 다시 보고 싶었고, 고향에 돌아가 오라버니와도 시간을 보내고 싶었다.

비연이 고개를 떨구는 걸 본 군구신이 재빨리 그녀의 작은 얼굴을 치켜들고 진지하게 말했다.

"믿어 줘. 내년 중추절에는 모두 함께 모일 수 있을 거야."

그는 그녀의 부황과 모후에게 3년을 약속했지만, 다시 그녀의 오라버니와 1년 반을 약속했다. 지금까지 반년 정도가 지났으니, 내년 중추절이 바로 약속한 기한이었다.

비연은 풀이 죽은 게 아니라 그저 조금 슬플 뿐이었다. 모두 명절이면 가족을 떠올리기 마련이라고 말하지만, 그녀는 명절이 아니어도 늘 가족이 그리웠다.

어쨌든 그녀는 재빨리 기운을 회복하고, 군구신의 손을 밀어낸 다음 고개를 높이 들고 말했다.

"응, 나는 당신을 믿어. 그리고 나 자신을 믿어."

해가 서쪽으로 저무는 가운데 군구신은 마차의 속도를 높여 진양성으로 달려갔다.

현공대륙뿐만 아니라 운공대륙에도 중추절이 다가오고 있었다. 다만 운공대륙의 기후는 현공대륙처럼 서늘하지 않아 풀과 나무가 여전히 푸르렀다. 그리고 지금 정역비 일행 세 사람은 막 당씨 가문이 위치한 와룡산맥에 도착한 참이었다.

정역비는 모친인 임 노부인, 그리고 모친의 측근인 이 어멈과만 함께 이동 중이었다. 그들은 승 회장의 협조하에 빙해를 건넜다. 그리고 빙해 남안에 도착해서는 기다리고 있던 시위들로부터 길을 안내받았다.

와룡산맥까지의 여정은 그야말로 산 넘고 물 건너는 고생으로 가득 찬 길이었다. 임 노부인은 나이가 많아 고생을 견디지 못하고, 감기에 걸리기도 하고, 먹은 것을 토하기도 했다.

모친의 그런 모습을 보니 정역비도 마음이 좋지 않아 몇 번이나 여행을 멈추고 쉴 것을 권했다.

그러나 그녀는 정역비의 말을 듣지 않았다. 자신이 직접 당씨 가문에 가서 구혼하지 않으면 당정의 기분, 혹은 당정의 몸에 영향을 끼치지나 않을까 두려웠던 것이다.

이런 상황에서 정역비는 감히 자신의 거짓말을 털어놓을 수 없었다. 모친이 화가 나서 바로 현공대륙으로 돌아가겠다고 난리라도 치면 곤란해질 게 분명했기 때문이었다.

정역비는 그저 속도를 늦추고 조심스럽게 모친의 시중을 드는 수밖에 없었다. 그래서 그들의 일정은 열흘 넘게 늦어지고 말았다.

앞쪽에서 길을 안내하던 시위가 말에서 내렸고, 뒤쪽의 마차 두 대도 멈췄다. 정역비 역시 말에서 내려 임 노부인을 부축하러 갔다.

길을 안내하는 시위의 이름은 서동림으로, 본래 대진국 황제의 측근 시위라고 했다. 그는 빙해 남안에서 서신 왕래를 책임지고 있는데, 이번에 특별히 정역비 일행을 접대하도록 안배되었다고 했다. 나이는 서른여섯이었지만 겉보기에는 영민한 젊은이로 보였다. 말솜씨도 좋았지만, 경박한 느낌은 들지 않았다.

서동림이 말했다.

"노부인, 정 장군, 이제 당씨 가문의 영역에 들어선 셈입니다. 당씨 가문은 당문이라 불리는데, 일개 가문이나 일개 문파가 아닙니다. 당문의 영역은 광활하여 와룡산맥 전체를 망라합니다. 와룡산맥에는 산봉우리가 셋 있는데, 각각 천룡산, 지룡산, 그리고 신룡산입니다. 세 산봉우리 사이에는 분지, 골짜기, 물길 등 지형이 비교적 복잡합니다. 당문 본가와 장로들은 가장 높은 신룡산에 살고 있고, 제자들은 천룡산과 지룡산에 있는 각종 암기며 무기 공방에서 지내고 있습니다. 일단 여기서 잠시 기다리면 누군가가 우리를 맞이하러 나올 겁니다."

정역비는 이미 당정에게서 당문에 대해 듣긴 했지만, 지금 신룡산을 바라보며 그 규모에 놀라는 것 외에도 당씨 가문이 무엇 때문에 당정을 시집보내려 하지 않았는지 이해할 수 있었다. 이것은 가업을 이을 계승인이 있고 없고의 문제가 아니라, 거대한 세력을 장악할 사람이 있고 없고의 문제였다.

당문은 대진국의 무기를 책임지고 있으니, 대진국의 군사 세력과도 직접적인 관계가 있었다. 정역비는 장군으로서, 이 안의 이해관계가 어떻게 되는지 충분히 알 수 있었다. 그는 점차 깊은 생각에 빠져들었다.

임 노부인과 이 어멈 역시 경악 중이었다. 임 노부인은 당정의 진짜 신분을 듣고 마음의 준비를 하고 있긴 했으나, 서동림의 말을 듣고, 또 주변의 산을 보고 나니 한참 동안 정신이 돌아오지 않았다.

"세상에! 집에 산도 있고 광산도 있다니. 어찌…… 어찌 내가 먼저 눈치채지 못했을까?"

이 어멈이 재빨리 다가와 말했다.

"노부인, 소부인은 정말 좋은 아가씨인가 봐요. 소박하고, 성실하고, 또 겉으로 드러내지 않으시는 품성도 있으시고. 요즘, 그 뭐냐…… 집이 부유하지 않은데도 허영이나 부리는 요즘 아가씨들과는 완전히 다른걸요."

예전이었다면 임 노부인은 이 어멈이 '소부인'이라는 단어를 입에 올리지 못하게 했을 것이다. 그러나 지금은 달랐다.

"소부인이라니? 앞으로는 그냥 부인이라 부르면 된다! 그 애는 이미 우리 역비와 부부의 인연을 맺은 셈이나 다름없으니, 이 혼사가 정해지고 나면 바로 우리 정씨 가문 사람이 되는 것 아니냐! 곧 우리 역비에게 아이들도 낳아 주겠지."

이 어멈이 연신 고개를 끄덕였다.

"예, 예, 부인, 그렇게 하겠습니다."

얼마 지나지 않아 서동림이 말한 대로 집사가 가마 셋을 이

끌고 산에서 내려왔다. 정역비는 가마에 오르지 않고 서동림과 함께 가장 앞에서 걷기 시작했다.

지금 정역비의 심정은 비록 매우 복잡했지만, 동시에 몹시 흥분된 상태기도 했다. 당정과 그렇게 오래 떨어져 있었으니, 지금 당정이 보고 싶어 죽을 지경이었다!

산허리에 도착했을 무렵, 눈을 들어 보니 와룡산맥 전체가 내려다보였다. 온 산 가득 조그만 추국[1]이 가득 피어 있었다. 기이한 것은, 이 추국이 모두 흰 꽃잎에 노란 꽃술이 달린 같은 품종이라는 것이었다.

어쨌든 온 산에 꽃이 피어 있으니 무척 낭만적이었다. 정역비가 호기심에 가득 차 물었다.

"서 시위, 이 하얀 추국은 일부러 심은 겁니까?"

서동림이 웃으며 답했다.

"물론입니다. 산에 이 꽃을 좋아하는 사람이 있으니까요."

정역비가 가장 먼저 떠올린 사람은 당정이었다.

"당정입니까?"

서동림이 즐거운 표정으로 답했다.

"장군의 미래 장모가 되실 분입니다. 부인께서 말리시지 않았으면 장군의 미래 장인께서는 추국을 산 밖까지 심으셨을 겁니다!"

정역비는 홀연히 떠오르는 바가 있어 중얼거렸다.

---

1 데이지.

"다행입니다. 정말로."

서동림은 제대로 듣지 못하고 다시 물었다.

"정 장군, 무어라 하셨습니까?"

정역비가 웃으며 답했다.

"별말 아닙니다. 꽃이 참 보기 좋군요."

정역비가 속으로 다행이라 생각한 것은, 당씨 부부가 당정의 이름을 추국이라고 짓지 않았다는 점이었다. '당홍두'라는 이름만으로도 당정은 이미 울고 싶어도 눈물이 흐르지 않는 지경에 이르렀는데, 본명이 '당추국'이었다면……. 당정은 아마 평생 제 본명을 가르쳐 주지 않았을지도 모른다.

걷고 있노라니 곁의 꽃 덤불에서 갑자기 암기가 날아왔고, 정역비가 가장 먼저 반응하여 그 암기를 낚아챘다.

"누가 이리 대담한 짓을!"

서동림이 추격하려 하자 정역비가 막아섰다. 그의 손에 있는 것은 바로 당정의 전용 암기였기 때문이다.

과연, 당정이 풀숲에서 머리를 내밀더니 살며시 웃기 시작했다. 서동림과 정역비가 입을 열려는데, 당정이 뒤에서 따라오는 가마를 가리키며 조용히 하라고 손짓하더니 정역비에게 달려왔다.

정역비는 그녀가 자신에게 달려오는 걸 보고 저도 모르게 소리 없이 흰 이를 드러내고 웃었다. 그리고 그도 빠른 걸음으로 달려가 당정을 안아 올렸다.

당정은 두 손으로 정역비의 몸을 감싸 안고, 두 다리로 그의 허리를 휘어 감았다. 그녀는 정역비를 바라보며 기쁜 나머지 말을 잇지 못했고, 정역비 역시 마찬가지였다. 부부가 잠시 떨어져 있다가 만나면 신혼 때보다 더하다 하더니, 그들은 아직 미혼인데도 신혼보다 더한 모양이었다!

두 사람은 서로의 눈을 바라보더니 잠시 후 약속이나 한 듯 서로의 입술을 바라보았다. 그러나 그들은 참아야 한다는 걸 알고 있었다.

정역비가 속삭였다.

"어서 산 위로 올라가. 내가 곧 따라 올라갈 테니까."

당정이 잠시 머뭇거리다가 말했다.

"잠시만 기다려."

그녀가 서동림에게 달려가 몇 마디 속삭인 후 다시 돌아왔다. 그러고는 정역비의 손을 끌고 꽃 덤불 깊숙한 곳으로 달려갔다. 정역비는 다급한 마음에 속삭였다.

"당정, 너⋯⋯."

당정이 돌아보며 웃었다.

"서 시위가 어머님을 모시고 산으로 올라갈 거야. 내가 당신을 지름길로 안내해 줄게. 안심해. 어머님보다 먼저 산 위에 올라가게 해 줄 테니까."

정역비가 웃더니 갑자기 당정을 끌어당겼다.

"천천히 가자고. 동시에 도착해도 상관없잖아."

당정이 그의 말이 무슨 의미인지 이해하기도 전에, 그가 당정의 얼굴을 올리더니 입을 맞췄다⋯⋯.

## 인내, 때가 아니야

가을에 가장 낭만적인 일이라면, 역시 가득 피어 있는 꽃 속에서 좋아하는 사람과 끌어안고 입을 맞추는 것일 터였다.

정역비와 당정은 격렬하게 입을 맞췄다. 그들은 자기 자신을 잊고 시간을 잊었다. 기억나는 것은 오로지 상대방뿐, 당장이라도 자신의 전부를 상대에게 주지 못해 안달하고 있었다.

서 시위는 그런 그들을 보며 달게 미소 지었다. 그는 꽤 눈치가 있는 사람이라 뒤에 따라오는 가마꾼에게 발걸음을 늦추라 명했다. 달콤한 꿈에 빠진 연인에게 시간을 조금이라도 더 주려는 배려였다.

그들 일행이 떠난 후에도 정역비와 당정은 입맞춤을 이어갔다. 숨을 쉬지 못하게 되었을 때에야 비로소 서로를 놓아주었다. 그러나 잠시 후, 다시 입을 맞추기 시작했다.

이번의 입맞춤은 단순히 입술 사이만을 오가는 것이 아니었다. 정역비는 당정의 입술에, 턱에 입을 맞추다가 목선을 따라 끊임없이 입을 맞추고 가볍게 깨물었다. 그야말로 이제는 그만두려고 해도 그만둘 수 없는 지경이었다.

당정은 고개를 든 채 그의 입술과 혀가 전해 주는 뜨거운 애무에 몸을 맡기고 있었다. 그녀는 두 손으로 정역비의 머리를 꽉 잡았다.

정역비가 그녀의 옷섶을 풀어 헤치고 가슴에 머리를 묻자 당정이 견디지 못하고 그의 이름을 불렀다.

"정역비!"

그제야 정역비가 정신을 차리고, 긴장하여 다급하게 당정의 옷자락을 여며 주었다. 그러나 이번에는 당정이 그만둘 수 없는 상황이었다.

당정이 다시 그에게 입을 맞췄고, 정역비도 안타까워하며 그녀의 입맞춤에 응했다. 그러나 결국은 자제력을 잃기 전에 그만두었다. 그는 거칠게 숨을 몰아쉬며 당정의 두 어깨를 꽉 눌렀다.

당정 역시 시간도 장소도 적당하지 않다는 것을, 이렇게 함부로 행동해서는 안 된다는 것을 알고 있었다. 그녀도 다급하게 숨을 몰아쉬며 겨우 인내했다.

두 사람은 잠시 조용히 있으며 겨우 마음의 평온을 되찾는가 싶더니, 당정이 갑자기 까치발을 하고 다시 정역비의 목을 끌어안았다. 그녀가 정역비를 바라보며 입술을 깨문 채 미소 지었다. 지금 그녀는 남자 옷을 입고 있어도 행복한 여자의 모습 그 자체였다.

정역비도 두 손으로 당정의 가느다란 허리를 안고 역시 그녀를 바라보았다. 그러나 그는 웃지 않고 그녀를 열심히 살펴보고는 결론을 내렸다.

"살이 좀 쪘네."

당정이 당씨 가문에서 시간을 보낸 지 거의 한 달이 되어 가고 있었다. 매일 아버지가 계속 음식을 먹이려 드니 살이 찌지 않을 도리가 없었다.

당정이 즐거워하며 물었다.

"왜, 본 소저가 너를 그리워하느라 초췌해지지 않아서 슬프기라도 한 거야?"

정역비가 일부러 인정했다.

"응, 아주 슬픈걸."

당정이 더욱더 즐겁게 웃기 시작했다.

"그럼 돌아가. 지금 돌아갔다가 내가 좀 마르고 나면 다시 오라고!"

이 말은 분명 그녀가 한 말이긴 했다. 그러나 정역비가 뜻밖에도 그대로 따르는 것이 아닌가. 그는 그녀를 놓아주고는 바로 몸을 돌려 걷기 시작했다.

당정은 놀라지 않고 오히려 가볍게 코웃음을 치더니, 역시 몸을 돌렸다.

이렇게 방금까지 서로에게 매달려 금방이라도 녹아내릴 것 같던 두 사람이 순식간에 서로에게서 등을 돌렸다. 그러나 곧 정역비가 공중제비를 넘어 당정 앞에 착지했다.

당정은 엄숙한 표정으로 그를 대하려 했으나, 너무 기분이 좋은 나머지 참지 못하고 키득거리며 그를 밀어냈다.

"돌아가, 돌아가라고."

정역비가 손을 뻗더니 그녀를 품에 안았다. 이 순간 그는 정말로 진지했다.

"당홍두, 좀 가만히 있어 봐."

당정이 물었다.

"왜?"

정역비가 속삭였다.

"가만히 너를 좀 안고 있게 해 달란 말이야. 네가 보고 싶었다고."

당정은 그제야 정역비가 진지하다는 걸 깨달았다. 그녀는 조금 부끄러워하면서도 기뻐하며, 정역비가 자신을 꽉 끌어안고 있도록 조용히 있었다.

얼마 지나지 않아 그녀도 손을 뻗어 정역비를 끌어안았다. 그리고 그제야 그가 조금 말랐다는 걸 깨달았다. 그녀가 막 입을 열려고 했을 때, 정역비가 먼저 말했다.

"당홍두, 나와 모친이 매파를 데리고 구혼하러 왔어. 나는……."

그가 말을 끝내기도 전에 당정이 말을 잘랐다.

"내 본명은 왜 부르는 거야! 듣기에 별로인데!"

정역비가 바로 그녀의 턱을 치켜올려 그녀가 자신을 보도록 했다.

"구혼할 때는 당연히 본명을 사용해야지. 너를 아내로 맞이하는 날에도 본명을 부를 거야. 온 현공대륙 사람 모두 이 정역비가 누구를 맞이하는지 알도록 말이야!"

당정이 예전에 했던 이야기였다. 그녀는 이름도 성도 없이 시집가지 않겠다며, 정역비가 팔인교를 가져와 그녀가 떳떳하게 빙해를 건너게 해 주어야 한다고 말했다!

의심할 바 없이 정역비는 그녀의 말을 기억하고 있었다. 그것도 아주 잘 기억하고 있었다!

당정은 그의 손을 놓고 그에게 '뭐 그럭저럭 괜찮은데' 하는 눈길을 보냈다.

장난은 장난이고, 당정이 가장 관심을 두고 있는 것은 바로 정역비 모친의 태도였다. 그녀가 호기심에 가득 차 물었다.

"이렇게 먼 거리를, 어머님을 어떻게 모시고 온 거야?"

정역비는 코를 문지르며 몸을 돌렸다. 당정은 바로 뭔가 문제가 있음을 깨닫고, 그를 잡아 다시 자신을 보게 했다.

"정역비, 나에게 감추는 일 있지!"

정역비는 사실 계속 숨길 수 있었다. 그의 어머니는 당정의 기분을 상하게 할까 두려워 절대로 당정 앞에서는 그 일을 언급하지 않을 테니까.

그러나 정역비는 당정을 속이고 싶지 않았다. 그는 고개를 숙인 채 모든 일을 솔직하게 털어놓았다.

당정은 들으면 들을수록 표정이 엄숙해졌다. 그리고 정역비가 말을 마치고 고개를 들었을 때 그녀의 표정은 이미 엄숙한 정도가 아니라 흉흉했다!

정역비는 말을 한 이상 그 결과를 받아들일 배짱도 있었다. 그가 입술을 떼었다.

"일이 이렇게 되었으니……."

그의 말이 끝나기도 전에 당정이 갑자기 웃으며 외쳤다.

"참 잘했어!"

정역비가 멍한 표정을 지었다. 그는 당정이 이렇게 빨리 안색을 바꿀 수 있다는 사실을 처음 알았다.

사실 당정은 방금 일부러 엄숙한 표정을 지었을 뿐이었다. 그녀는 작은 일을 크게 만드는 걸 좋아하는 사람이 아니었다. 그리고 이 일이 큰 문제라는 생각도 들지 않았다. 그녀도 임 노부인을 어떻게 대해야 할지 몰라 고민이던 차였다. 정역비가 어쩌다 쓰게 된 속임수 덕에 오히려 그녀가 근심을 덜게 된 것이다.

당정은 잠시 생각하다가 다시 물었다.

"아이 두 명의 성을 당씨로 하기로 한 건, 어머님께 말씀드렸어?"

정역비는 빙해를 건넌 후 그 일을 명확하게 이야기했다. 임 노부인은 몹시 화를 냈으나, 당정의 기분과 아들의 단호함을 고려하여 결국은 타협하고 말았다.

정역비가 말했다.

"모두 얘기를 끝냈어. 그렇지 않았으면 내가 여기 오지도 못했겠지."

당정이 그를 흘겨보았다.

"바보 같기는! 안심해. 비록 어머님을 속였다 해도, 앞으로 우리가 어머님께 잘해 드리면 되니까!"

정역비는 마음이 따뜻해지는 것을 느꼈다. 그는 새어 나오는 웃음을 참지 못하고 당정을 재촉했다.

"가자, 늦으면 좋지 않아."

당정도 키득거렸다.

"응. 그리고 내가 있으니까 우리 아버지를 무서워하지 않아도 돼!"

물론 당정은 정역비가 오기 전, 자신의 수다쟁이 아빠를 해결해 놓은 상태였다. 그게 아니라면 그녀 역시 감히 정역비를 오게 할 수 없었을 것이다.

정역비는 원래 불안해하고 있었으나, 당정의 이 말을 듣자 마음이 편해졌다. 그는 당정을 먼저 가게 하며 놀리듯 물었다.

"설마 너도 아버지를 속이거나 한 건 아니겠지?"

당정이 바로 부인했다.

"내가 너처럼 불효한 줄 알아? 우리 어머니는 남자보다 훨씬 강한 분이란 말이야. 덕분에 우리 아버지는 평생 여자가 울고 소란을 피우고 목을 매달고 하는 그런 수작을 구경하지도 못해 보셨거든. 나는 뭐 소란을 피우거나 목을 매는 척할 필요도 없었어. 그저 반나절 울먹이니까 바로 허락하시던데!"

정역비가 발걸음을 멈췄다. 심장이 깨물리기라도 한 것처럼 몹시 아파 왔다.

당정은 그가 따라오지 않는 걸 눈치채고 돌아보았다. 그는 그제야 빠르게 그녀 가까이 다가가 아무 말 없이 그녀의 머리를 쓰다듬었다. 그리고 다시 그녀의 손을 잡고 걷기 시작했다.

자식 된 도리로, 부모를 힘들게 하거나 속이는 마음은 사실 모두 같을 것이다. 당정은 아무렇지도 않은 듯 이야기하지만,

정역비는 아무렇지도 않게 들을 수 없었다. 그는 원래 불안해 하고 있었지만, 지금은 가능한 한 빨리 당 문주를 만나 약속하고 싶었다!

두 사람은 지름길을 통해 신룡산 정상으로 향했다. 그러나 정상에 도착하기도 전에 검은 연기가 피어오르는 게 보였다.

당정이 깜짝 놀라 외쳤다.

"산에 불이 났어!"

# 네가 들어가면 죽어

산에 불이 났다고?

신룡봉은 와룡산맥에서 가장 높은 봉우리로, 당씨 가문 본가가 자리한 당문의 핵심 구역이었다. 산 정상의 건축물은 최소한 200년의 역사가 있으며, 그 안에 사는 사람들은 모두 주요 인물이라 할 만했다.

산허리에서 당씨 가문 본가까지는 길이 하나뿐인데, 엄하게 지키고 있으니 외부인이 잠입했을 가능성은 근본적으로 없었다. 그러니 사고가 난 것이 분명했다!

당정과 정역비가 다급하게 산 위로 뛰어 올라갔다. 당정은 처음에는 불이 난 곳을 구분하지 못했으나, 어느 정도 산을 오르자 바로 불이 난 대강의 지점을 판단할 수 있었다.

"아버지와 어머니가 사시는 곳이야! 정역비, 우, 우리 부모님이 사시는 곳! 부운원이라고!"

그녀는 다급한 나머지 말도 제대로 나오지 않았다. 심지어 두 다리가 말을 듣지 않아 달리기도 힘들었다.

그녀는 두려웠다!

"어서 가자!"

정역비가 당정을 끌어당기며 달렸다.

"부운원이 저리 큰데, 어느 방에서 불이 났는지는 모르는 거잖아. 안에 갇혀 계시지 않을 수도 있어! 어서 가자!"

당정이 겨우 정신을 차리고, 정역비와 함께 있는 힘을 다해 산 위로 뛰어올랐다. 이때 검은 연기는 피어오르는 정도가 아니라 뭉게뭉게 하늘로 치솟고 있었다. 아래에서 보면 너무나 공포스러운 모습이었다.

당정과 정역비가 곧 산 정상으로 달려 올라갔다. 시녀들이며 시위들이 물을 떠서 부운원으로 달려가는 것이 보였다. 어느 방향에서건 사람들이 소리 지르는 것을 들을 수 있었다.

"불이야! 부운원에 불이 났어!"

당정은 어린 시절부터 지금까지 집에 이렇게 난리가 난 것을 본 적이 없었다. 그녀는 황망한 표정으로 부운원으로 뛰어들려 했다.

정역비가 그녀의 손을 잡고 제지하는 동시에 시녀 하나를 잡고 물었다.

"불 속에 갇힌 사람이 있는가?"

시녀는 그가 누구인지 몰랐지만, 당정을 보고 정역비의 신분을 추측한 듯 다급하게 말했다.

"모릅니다. 불길이 너무 거셉니다. 소저, 어서 가 보십시오. 노비가 방금 물을 나르는 사람에게서 들었는데, 집사가 문주님과 부인을 찾지 못하고 있다고 합니다."

이 말에 당정의 안색이 하얗게 질렸고 정역비 역시 모종의 예감이 들었다. 두 사람은 즉시 부운원을 향해 달리기 시작했다.

부운원은 신룡봉에서 가장 넓은 저택이었다. 날씨가 좋지 않으면 문을 여는 순간 눈앞에 운무가 피어오르는 것을 볼 수 있고, 손을 뻗으면 구름을 잡을 수 있다 하여 이름도 부운원이었다.

부운원은 겹겹이 세 개의 정원으로 이루어져 있었는데, 불이 난 곳은 가장 안쪽에 있는 곳이었다.

당정과 정역비가 도착했을 때, 시녀들과 시위들이 두 줄로 서서 힘을 모아 물을 나르고 있었다. 당정과 정역비는 계속 안으로 들어갔다.

당정은 처음에는 냉정을 지키고 있었으나, 첫 번째 정원을 지나도 부모의 모습이 보이지 않자 무너지기 시작했다. 그녀가 빠르게 안으로 달려 들어가며 계속 외쳤다.

"아버지, 어머니! 아버지, 어머니……."

그녀가 아침에 산 아래로 정역비를 기다리러 갈 적에 부모님은 바로 이 정원에서 차를 마시고 계셨다. 오늘 정씨 가문에서 구혼하러 오는 날이니 이 정원을 떠나지 않겠다고 하시면서.

지금 저택에 불이 났는데도 부모님이 나와 지휘하시지 않는 걸 보면…… 설마 저 불길 속에 계신 걸까!

"아버지! 어머니! 아빠! 엄마! 아빠……."

마침내 당정은 두 번째 정원에서 발걸음을 멈추고 울먹이기 시작했다. 입을 벌려도 고함조차 나오지 않았다.

당문의 장로들이 전부 정원에 서 있는데, 그녀의 부모만 보이지 않았다. 대장로가 시위들과 시종들을 지휘해 사람들을 구하려 하고 있었지만, 눈앞에서 활활 타오르고 있는 거센 불길을 보면 그것은 근본적으로 불가능한 일처럼 보였다.

당정이 갑자기 비틀거리며 쓰러졌다. 누가 가장 먼저 '소저'를 불렀는지는 알 수 없었지만, 사람들이 잇달아 그녀에게로 몰려들었다.

정역비가 부축해 일으키자마자 당정은 그의 손을 뿌리치고 대장로 앞으로 달려가 물었다.

"부모님은?"

대장로는 우물쭈물했고, 당정의 안색은 더욱 나빠졌다.

"나, 나……. 부모님은? 말해요!"

대장로가 그제야 말했다.

"사방으로 찾아보았지만…… 이치대로라면……. 이치대로라면 이렇게 큰일이 났으니 이미 와 계셔야 할 터인데……. 하지만……."

이 이치라면 당정 역시 생각한 바였다. 그녀가 대장로에게서 듣고 싶었던 것은 이런 답이 아니었다. 그녀가 원한 답은 부모가 산 아래로 내려가 지금 오지 못하고 있다거나, 아니면 무슨 일 때문에 늦어지고 있다는 것이었다. 이런 답은 필요가 없었다!

당정이 갑자기 물었다.

"어째서 모두 사람을 구하러 들어가지 않는 거죠? 어째서!"

대장로가 어쩔 수 없다는 듯 말했다.

"홍두야, 불길이 얼마나 센지 보이잖니. 누구건 들어가면 죽을 게다……."

"그 입 다물어요!"

당정은 흉흉한 기세로 불시에 대장로를 밀어 버리더니 불바다 속으로 뛰어들려 했다.

대장로가 제지하기 전에 정역비가 그녀를 끌어안았다. 너무나 갑작스러운 일이라 그도 어찌 반응해야 할지 알 수 없었다. 그러나 그는 그래도 냉정하게 당정을 달랬다.

"당정, 이러지 마! 이렇게 들어가 봤자 죽을 뿐이야!"

"이거 놔!"

당정이 분노하여 소리쳤다. 정역비는 놔주기는커녕 오히려 더 강하게 끌어안았다.

발버둥을 칠 수 없자 당정은 그의 팔을 물어뜯었다. 그래도 정역비가 놓지 않자 그녀는 팔을 문 채로 사납게 고개를 흔들었다. 곧 정역비의 팔에서 핏방울이 떨어지기 시작했지만 그래도 그는 놓지 않았다.

당정이 고개를 들었다. 입가에는 온통 피가 낭자했고, 얼굴 가득 눈물이 흐르고 있었다. 그녀는 우느라 말도 제대로 하지 못했다.

"제발 부탁이야, 놓아줘! 정역비, 제발 놓아줘! 너를 평생 미워하게 만들지 마!"

정역비가 노한 목소리로 외쳤다.

"네가 들어가면 죽을 뿐이야!"

"상관없어! 뻔히 눈을 뜬 채 우리 부모님이 불에 타 죽는 것을 지켜볼 수만은 없다고! 아주 조금이라도 희망이 있다면 포기할 수 없어! 안 돼! 어서 놔! 놓아 달라고!"

당정의 애원에도 정역비는 여전히 놔주지 않았다!

당정의 얼굴은 이제 눈물과 피로 뒤엉켜 있었다. 동시에 분노와 절망으로 뒤엉켜 있었다.

"아직 기회가 있는데, 기회가. 내가 쓸모가 없어, 내가……."

절망한 당정의 눈길을 보는 순간 정역비의 마음이 아파 왔다. 그는 갑자기 당정을 대장로에게 밀어 버리더니 말했다.

"그 기회, 내가 대신 얻겠어! 그렇게 절망해서는 안 돼!"

그는 불을 끄러 가는 사람의 물통을 빼앗더니 머리에 물을 뒤집어썼다. 그리고 소매로 입과 코를 막은 채 불바다 속으로 달려들었다. 그를 막으려던 사람들 모두 그에게 떠밀려 나동그라졌다.

"안 돼!"

그 순간 당정도 정신을 차리고 고함을 질렀다.

"정역비! 안 돼!"

그녀는 쫓아가려 했지만 대장로가 막아섰다. 정역비의 모습이 불바다 속으로 사라지는 그 순간, 당정의 눈앞이 흐려지더니 결국은 정신을 잃고 말았다.

정역비는 불바다 속으로 달려들었다. 주변의 건물 안을 보아도 사람의 그림자조차 보이지 않아 계속 불길 깊숙한 곳으로 달려갔다.

그러나 그가 거대한 불길 속으로 뛰어드는 순간, 본래 가장 뜨겁게 불타고 있어야 할 곳에 길이 보였다. 세 번째 정원의 중심에 불길과 격리되어 타지 않고 있는 곳이 있었다.

정역비는 당황했다!

이게 대체 어찌 된 일인가?

그러나 그는 깊이 생각할 여력이 없었다. 연기가 너무 짙어 호흡조차 어려운 지경이었다.

여기에는 분명 속임수가 있다!

정역비가 몸을 돌려 나가려는데, 갑자기 발아래가 움직이는가 싶더니 기관이 발동했다. 그는 순식간에 함정에 빠졌다.

이 함정은 바로 지하로 미끄러지게 되어 있었다. 정역비는 계속 미끄러져 내려가 한 밀실에 도착했다.

그가 당혹스러워하며 몸을 일으켰을 때, 눈앞에는 당 문주와 영 부인이 단정한 자세로 서 있는 것이 보였다.

이것은…….

"아니…….."

정역비가 곧 상황을 알아차리고 노성을 질렀다.

"사기였군요!"

# 나는 자네를 믿는다

이 화재는 뜻밖에도 속임수였다!

정역비는 화가 나서 말이 나오지 않을 지경이었다. 분노로 가득 찬 눈으로 당 문주와 영 부인을 노려보았다.

당 문주는 예전에는 정역비를 볼 때마다 표정이 좋지 않았지만, 이번에는 슬며시 웃고 있었다.

이 화재는 확실히 사기였다. 그러나 동시에 정역비에 대한 시험이었다!

당 문주는 정역비가 자신들을 구하기 위해 뛰쳐 들어오는 것까지는 바라지 않았다. 다만 이런 상황에서 정역비가 어떤 반응을 보이는지, 일을 어떻게 처리하는지 알고 싶었다.

정역비가 당정을 위로해 주고, 몇몇 장로의 수작에 제대로 응대할 수만 있으면 그는 정역비를 인정할 생각이었다. 정역비가 모든 것을 돌아보지 않고 그들을 구하러 뛰어 들어온 것은 당 문주로서도 의외의 일이었다.

당 문주는 정역비의 기분은 별로 중요하게 여기지 않는 모양이었다.

"애야, 본 문주가 너를 속이긴 했지만, 어쨌든 너도 시련을 넘은 셈이다! 너와 당정은……."

그러나 그의 말이 끝나기도 전에 정역비가 화난 목소리로 말을 잘랐다.

"그만. 출구는 어디입니까?"

"너, 너……."

당 문주가 불만스럽게 말했다.

"어찌 말버릇이 그러냐? 본 문주는……."

정역비는 당정 때문에 조급한 나머지 누가 누구인지 보이지 않을 지경이었다! 그는 화가 난 나머지 다시 한번 당 문주의 말을 끊었다.

"출구는 어디냐고요! 말씀하십시오!"

이때 영 부인이 기관을 발동시켰다.

석문이 열리자 정역비가 한마디 말도 없이 다급하게 뛰어나갔다.

당 문주가 불쾌하게 말했다.

"아니, 예의라고는 없군!"

영 부인이 당 문주를 노려보았다.

"그럴 만도 하죠!"

당 문주는 하고 싶은 말이 있는 것 같았으나 바로 입을 다물고 아무 말도 하지 않았다.

영 부인이 다시 그를 노려보며 말했다.

"자기만 죽으면 그만이지, 나까지 끌고 들어오다니! 내가 이 일은 도를 넘었다고 말했는데, 믿지 않고!"

당 문주는 겁을 먹은 듯 변명하지 못했다.

영 부인이 다시 한번 노려보며 말했다.

"홍두한테 뭐라 변명할지나 생각해 놓으시죠!"

당 문주가 다급하게 말했다.

"부인, 이 일은 나도 우리 두두에게 좋자고 한 일인데……."

영 부인이 바로 손을 들어 당 문주의 말을 잘랐다.

"잠깐! 말해 두겠는데, 그 애 앞에서 두두라는 이름을 다시는 꺼내지 말아요! 아니면 그 애가 분명 당씨 가문의 이 신룡봉을 무너뜨려 버릴 테니까!"

영 부인은 말을 마치자마자 몸을 돌려 걸어 나갔다.

당 문주는 그제야 자신이 다급한 나머지 당정이 가장 싫어하는 아명을 불렀다는 것을 깨달았다. 그는 한참 생각에 잠겼다가 결국은 탄식하며 밖으로 걸어 나갔다. 그도 물론 자신이 너무했다는 건 알고 있었다. 그러나 그는 후회하지 않았다.

딸에게 원망을 좀 듣는 한이 있더라도, 딸이 잘못된 남자에게 시집가서 억울한 일을 당하는 것보다는 나으니까.

부운원의 지하실은 탈출용으로 지어져, 화풍원으로 통하게 되어 있었다. 화풍원은 바로 당정의 거처였다.

지금 당정은 정신을 잃은 상태였는데, 의원은 슬픔이 지나쳐 일어난 일로 큰 문제는 없다는 진단을 내렸다.

정역비는 침상 옆에 앉아 계속 당정의 손을 잡고 있었다. 비밀통로로 나오자마자 그는 당정이 정신을 잃었다는 이야기를 들었다. 비록 의원이 큰 문제 없을 거라 말했고, 또 연극에 참여했던 모든 이들이 그에게 시험에 통과한 것을 축하한다고, 심지어 누군가는 그를 사위라고도 불렀지만, 그의 얼굴에 웃음기라고는 전혀 떠오르지 않았다. 그는 계속 당정의 손을 잡은 채 침묵하고 있을 뿐이었다.

영 부인이 도착해 시녀에게 사정을 묻고는 모두를 해산시켰다. 영 부인은 제 남편을 변명하는 말은 하지 않았지만, 그렇다고 자신은 결백하다고 주장하지도 않았다. 그녀는 정역비에게 젖은 수건을 건넨 후 말없이 곁에 앉았다.

정역비가 얼굴을 닦고 보니 하얗던 수건이 검게 변해 있었다. 그는 그제야 자신의 얼굴이 온통 재투성이라는 것을 깨달았다.

영 부인이 말했다.

"하인에게 생강탕을 준비해 오라 했네. 그걸 마시면 감기에 걸리지 않을 거야."

정역비는 아무 말도 하지 않았다.

영 부인이 다시 말했다.

"현공대륙까지 돌아가는 길은 멀지. 자네 어머님에 우리 홍두까지 돌봐야 하니, 자네가 병이라도 나면 힘들 거야."

정역비가 그제야 몸을 일으켰다.

"깨끗한 옷을 주십시오. 갈아입고 오겠습니다."

영 부인은 시녀에게 그의 시중을 들라 명했다.

정역비가 문밖으로 나가려다가 고개를 돌리더니 말했다.

"장모님, 이 일에 대해 다들 함구하라는 명령을 내려 주십시오. 저희 어머님이 아시지 못하도록 말입니다. 어머님이 곧 도착하실 겁니다."

영 부인이 고개를 끄덕이며 진지하게 말했다.

"자네 장인이 이번에 한 행동은 너무 심했네. 그래도 그이가 홍두를 보물처럼 여기는 마음에 그렇게 한 거라 이해해 주면 고맙겠네. 그 사람은 연아의 부황을 가장 무서워하지만, 홍두를 위해서라면 연아의 부황과도 싸울 사람이야."

정역비는 좀 전에 당 문주를 향해 불쾌한 표정을 지었지만 지금은 화가 많이 가라앉은 상태였다.

그가 잠시 침묵하다가 말했다.

"장인어른께서 안심하신다면 저와 당정도 물론 기쁠 겁니다."

이 말에 영 부인도 마침내 미소를 지었다.

영 부인이 웃는 것을 보고 정역비도 웃음이 새어 나오는 것을 참을 수 없었다.

그가 문밖으로 나왔을 때, 당 문주가 밖에 서 있는 것이 보였다. 보아하니 이미 한참 동안 문밖에 서서 그와 영 부인의 대화를 모두 들은 것 같았다.

이런 상황이라면 당 문주는 본래 난처해해야 옳았다.

그러나 그는 전혀 그런 빛 없이 오히려 갑자기 진중한 표정을 지었다.

남자의 어떤 진중함은, 남자만이 이해할 수 있는 법이다. 정역비가 당 문주에게 인사를 건넸다.

"장인어른."

당 문주가 정역비의 어깨를 두드리며 나지막한 목소리로 말했다.

"나는 자네를 믿네."

두 남자는 마음속으로 안도의 한숨을 내쉬며 서로 스쳐 지나갔다. 정역비가 깨끗한 옷으로 갈아입고 돌아왔을 때 당정은 막 깨어난 참이었다. 정역비는 안으로 달려 들어가고 싶었지만, 귀에 들려오는 당정의 말에 발걸음을 멈췄다.

그녀는 당 문주를 끌어안은 채 코를 훌쩍이고 있었다.

"아빠는 바보야. 아빠랑 엄마가 아무 일 없고, 정역비도 무사하다면, 난 아빠랑 엄마가 나를 백번 속여도 상관없어요!"

영원한 이별을 겪어 본 사람이라면 모두 이렇게 생각하기 마련이다. 설사 속거나 농락당하는 일이 있더라도 비극이 진짜가 아니기를 바라는 마음.

당정은 다행히도 그저 좀 놀랐을 뿐이었다.

지금 모두가 살아 있는 것을 보았는데, 어찌 책임을 따지겠는가?

당 문주는 체면 때문인지 정역비에게는 차마 사과하지 못했으면서도, 당정에게는 끊임없이 사과하고 있었다. 당정이 그를 한참 동안 안고 있다가 다시 영 부인을 안고 말했다.

"어머니, 저는 연아가 우는 것을 볼 때면 몹시도 괴로웠어요. 하지만 오늘에야 겨우 그 애가 얼마나 괴로웠는지 알게 되었어요."

영 부인이 가볍게 탄식하며 눈을 들다가 정역비가 문가에 서 있는 것을 발견했다.

"얘야, 정역비가 왔구나."

당정이 바로 돌아보았다. 정역비를 본 그녀는 두말없이, 신발조차 신지 않고 달려와 그의 품으로 뛰어들었다. 두 사람은 어른들이 곁에 있다는 것도 신경 쓰지 않고 서로를 끌어안은 채 오래도록 놔주지 않았다.

한참 후에야 당정이 속삭였다.

"정역비, 네가 있어서…… 정말 좋아."

일은 이렇게 유야무야 지나갔다.

임 노부인이 가마를 타고 산 위에 올랐을 때는 이미 오후였다. 그녀는 산 위에 불이 났다는 것과 정역비와 시위들이 지름길로 산에 올랐다는 것 외에 구체적인 상황은 알지 못했다.

정역비가 간단히 묘사하는 것을 듣고 한바탕 놀란 정도였다.

비록 임 노부인과의 사이에 유쾌하지 못한 일이 있었지만, 당 문주는 그녀를 대객당으로 초청하여 최고의 예우로 대접했다. 그러나 좋은 표정을 짓지는 않았다.

임 노부인도 당정을 인정하긴 했지만, 당 문주에게 좋은 표정은 아니었다. 당 문주와 영 부인이 주인의 자리에 앉고, 당정이 그들 오른쪽에, 임 노부인과 정역비, 그리고 이 어멈이 왼쪽에 앉았다. 이 장면은 구혼을 위한 것이라기보다는 담판을 짓기 위한 것에 가까워 보였다.

사람들이 모이자, 매파 역할을 맡은 이 어멈이 몸을 일으켰다.

구혼이 정식으로 시작되었다…….

## 혼례 날짜는 8월 16일

혼사는 인륜지대사니 보통 부모의 명이며 매파의 말이 중요하고, 정식으로 혼례를 치르기 전에 구혼하고 서로 의논하여 혼례에 대한 것을 정해야 한다.

하지만 당정과 정역비의 경우는 상황이 매우 특수해, 오늘 구혼과 약혼을 함께 하기로 했다.

사실 그들 두 사람의 상황을 보면, 양쪽 부모가 함께 상의한 후 혼례 날짜를 정하면 그만이었다. 그러나 정역비가 이 어멈을 데려온 것은, 거쳐야 할 절차를 가능한 한 모두 거치고 싶었기 때문이었다.

당정이 섭섭하지 않도록, 그리고 그들의 혼사가 초라해지는 일이 없도록 배려한 것이었다.

이 어멈은 오늘 붉은 옷을 차려입었다. 그녀는 일부러 큰 소리로 웃어 경직된 분위기를 깨트린 다음, 사주팔자를 적은 종이를 꺼내 당 문주에게 예의 바르게 건넸다.

"당 문주님, 보세요. 우리 노부인께서 직접 진양성 대자사에 가셔서 주지 스님께, 당 소저와 정 장군의 팔자를 배열해 달라 하셨답니다. 주지 스님께서 말씀하시길, 당 소저와 정 장군은 오행이 조화롭고 서로 필요한 것을 얻을 수 있는 사주라더군요. 균형이 맞으니 하늘이 내린 좋은 인연이라고도 하셨습니다! 앞으로 부부 두 사람이 분명히 한마음으로 서로를 아끼고 사랑할 것이며, 자손도 많이 보리라 하셨습니다!"

당 문주는 미동도 하지 않았다.

"신부의 어머니 되는 사람이 보면 족하네."

그는 본래 사주팔자 같은 것은 믿지 않았다. 하물며 임 노부인이 가져온 것이라면 더욱 건드리고 싶지도 않았다.

이 어멈이 재빨리 종이를 영 부인에게 건넸다.

그 모습을 본 임 노부인이 한마디 하려다가, 갑자기 당정의 몸이 생각나 속으로 한숨을 쉬며 그만두었다.

영 부인은 상당히 진지하게 들여다보았다.

사실 풍습에 따르자면, 팔자를 배열하기 전에 쌍방이 경첩을 교환해야 했다.

상대방의 나이와 팔자가 적힌 경첩을 자신의 집 조왕신[2] 앞 찻잔 아래에 놔두는데, 그 후로 사흘 동안 집안이 평안하면 그제야 팔자를 배열하게 되어 있었다.

만약 기간 내에 집안에 좋지 못한 일이 생기면 인연이 없는 것으로 여겨 혼사가 이루어지지 않았다.

영 부인은 건네받은 종이를 읽어 본 후 당 문주에게 말했다.

"팔자의 합이 아주 좋아요. 하지만 경첩을 교환하지 않아 아무래도 마음이 놓이지 않는군요. 먼저 경첩을 교환하는 것이 낫지 않을까요?"

---

2  부엌의 신.

이 말을 들은 모두는 긴장했다.

두 가문 사이의 거리가 그리도 머니, 경첩을 교환하고자 하면 한두 달은 그르치기 마련이었다.

당정이 막 한마디 하려 했을 때 당 문주가 선수를 쳐서 말했다.

"부인, 대자사의 주지 스님이 좋다고 하셨는데 우리가 굳이 그리할 이유가 있겠소?"

그는 종이를 받아 들어 한번 살핀 후 다시 말했다.

"팔자 배열이 아주 좋소이다. 하늘이 내린 좋은 인연이구려!"

영 부인의 눈에 영리한 빛이 반짝였다. 그녀는 다시 그 종이를 빼앗아 이 어멈에게 건네며 말했다.

"이 팔자, 우리 가문에서는 승인하겠네. 계속하시게."

그때야 모두 당 문주가 영 부인의 계략에 걸렸음을 알게 되었다!

당정이 슬쩍 웃으며 정역비에게 눈짓했다. 정역비도 즐거운 기분이었지만 함부로 웃지는 못했다.

계속 얼굴을 굳히고 있던 임 노부인도 참지 못하고 입꼬리를 몇 번이나 들어 올렸다. 분명 기뻐하는 모양이었다.

당 문주는 뼛속 깊이 애처가였다. 사적인 자리에서 부인에게 농락당하는 정도야 일상다반사였고, 사람들 앞에서 좀 그런다 해도 정말로 화를 내지는 않았다. 그는 영 부인을 노려보았으나 곧 웃고 말았다. 그가 대범하게 외쳤다.

"좋아! 계속하시게!"

이제 혼사에 대해 구체적인 이야기를 나눌 차례였다.

빙례[3]는 대례, 중례, 소례로 나뉘는데, 필요한 물건이 모두 달랐다. 정역비는 이번에 필요한 물건을 모두 가져와 옆에 놓아둔 상태였다.

이 어멈이 큰 소리로 웃으며 목록을 당 문주에게 건넸고, 이번에는 당 문주도 그것을 받았다.

당 문주는 그저 성의를 보이는지가 중요할 뿐 무슨 물건이 왔는지에는 관심이 없었다. 그는 흘깃 보고는 고개를 끄덕였다. 그 순간 임 노부인이 자리에서 일어나더니 말했다.

"예물이 하나 더 있는데, 이 늙은이가 직접 당정에게 주어야겠습니다."

정역비를 포함해 모두가 깜짝 놀랐다.

이곳에 오기 전, 그들 모자는 모든 절차에 대한 상의를 끝냈다!

정역비는 모친이 무엇을 하고 싶은지 도무지 짐작조차 할 수 없었다. 이렇게 중요한 순간이니 그는 얼마간 긴장하지 않을 수 없었다.

당정 역시 무의식적으로 몸을 쭉 펴고 긴장하고 있었다. 다른 것은 두렵지 않았지만, 임 노부인이 열이라도 나서 유산이니 뭐니 하는 말이라도 꺼낼까 봐 무서웠다. 부모님이 유산과 관련한 이야기를 듣는다면…… 정말로 큰일 날 것이다.

---

3  신랑 집에서 신부 집으로 보내는 예물.

정역비가 서둘러 몸을 일으켰다.

"어머니, 당정에게 선물을 주시려면 나중에 다시 주세요."

임 노부인은 그를 상대도 하지 않고 당정을 바라보며 말했다.

"아가, 내가 신농곡에 갔던 일은 확실히 타당하지 못한 일이었다. 이유를 제대로 알아보지도 않고 외부인까지 끌어들여 시끄럽게 한 셈이니. 그 일은 우리 모두 잊자꾸나."

노부인은 이렇게 말하며 빙례 꾸러미에서 흰 갑옷을 한 벌 꺼내 당정에게 건넸다.

"이 갑옷은 예전에 내가 부군을 따라 출정할 때 입던 갑옷이다. 오늘 너에게 주려 하니, 앞으로 역비와 한마음이 되어, 그림자가 형체를 따르듯 서로 떨어지는 일이 없도록 하렴."

그 누구도 임 노부인이 이리할 줄은 예상치 못했다. 그녀가 사과한 것은 아니었지만, 당정에게 잘못을 인정했다. 어른이 잘못을 인정하는 건 쉽지 않은 일이었다!

게다가 이 갑옷은 또 얼마나 귀중한 것인가!

임 노부인이 단순히 당정의 기분이나, 아니, 더 나아가서 당정이 임신할 수 있을지 등만 고려했다면, 이런 태도까지는 보이지 않았을 것이다! 그녀는 분명 마음 깊은 곳에서 당정을 인정하고 있었다!

당정은 정신을 차린 다음 바로 몸을 일으켜 두 손으로 갑옷을 받았다. 정역비가 그녀에게 임 노부인이 감정을 가라앉혔다고 말해 주었을 때도 무척 기뻤지만, 지금은 기쁜 정도가 아니라 감동할 수밖에 없었다.

당정이 진지하게 외쳤다.

"예! 반드시 그렇게 하겠어요!"

당 문주와 영 부인도 이제 더욱 안심하고 딸을 정씨 가문에 시집보낼 수 있었다.

빙례에 대한 이야기가 끝났다. 이제 혼례 날짜를 정해야 했다.

당 문주는 군구신과 비연이 대진국 황제와 황후를 구하고 빙해의 독이 해결된 후 호사스러운 혼사를 거행하고 싶어 했다.

정역비도 그 의견에 찬성이었다. 첫째로는 천염국의 전쟁이 아직 평정되지 않았기에 혼례를 준비할 시간이 그렇게 많지 않기 때문이고, 둘째로는 당정이 공명정대하게 빙해를 건너오기를 바랐기 때문이었다.

상의해도 결론이 나지 않으니, 이 어멈이 대자사의 주지에게 가서 길일을 점쳐 달라 하자고 제안했다. 그러나 당정은 1년 후 중추절을 제안했다.

당 문주가 단숨에 거절했다.

"그 무슨 터무니없는 소리냐? 모두 함께 모이는 명절에 혼례를 치르는 법이 어디 있느냐?"

당정이 진지하게 말했다.

"고남신이 예아와 약속했어요. 내년 중추절 전에 빙해 문제를 해결하겠다고. 그러니 그때는 모두 함께 모이게 될 거예요. 중추절은 달빛이 가장 밝은 날이니, 혼례 대열이 그 달빛을 받으며 빙해를 건너면 그 얼마나 좋겠어요!"

당 문주는 여전히 고개를 저었다.

당정이 잠시 생각하다가 다시 말했다.

"멀리서 나를 맞이하러 올 텐데, 일찍 와서 하루 쉬어야겠죠. 그럼 중추절 다음 날은 어때요? 8월 16일, 네?"

당 문주는 딸과 사위가 자신과 함께 중추절을 보낼 수 있으리라는 생각에 바로 화답했다.

"좋다, 그리 정하자꾸나!"

영 부인과 임 노부인도 별다른 이견이 없어, 이렇게 혼례 날짜도 정해졌다. 이 어멈이 큰 소리로 웃으며 모두에게 축하한 후, 마지막으로 당정에게 말했다.

"당 소저, 이 순간부터 소저는 우리 정 장군의 약혼녀랍니다."

당정이 행복하게 웃으면서도 평소에는 보기 힘든 부끄러운 낯빛을 보였다. 정역비도 몹시 기뻐, 어른들이 함께 있다는 것도 잊고 당정에게 말했다.

"당홍두, 오늘부터 너는 약혼자가 있는 사람이다!"

비록 일이 원만하게 해결되었지만, 정역비는 당문에서는 아무래도 제멋대로 굴 수 없었다. 그는 바로 당정을 데리고 현공대륙으로 돌아가고 싶었지만, 날이 이미 어두워져 있었다. 그는 신룡봉에서 하룻밤 더 머무는 수밖에 없었다.

그와 임 노부인은 당씨 가문의 객방에서 머물게 되었다.

임 노부인은 잠들어 있었다. 정역비가 몰래 방을 빠져나왔고, 당정 역시 마찬가지였다. 두 사람은 당연히 다급하게 서로를 찾으러 가고 있었다…….

# 미래, 남당북정

깊고 고요한 밤, 들리느니 산바람 소리뿐이었다.

정역비는 소리 없이 당정의 방이 있는 방향으로 가고 있었다. 당정도 정역비의 객방으로 가던 참이었다. 두 사람은 곧 약속도 없이 마주쳤고, 깜짝 놀랐다.

당정은 정역비를 보자마자 참지 못하고 웃음소리를 냈다. 정역비가 재빨리 그녀의 입을 막고 속삭였다.

"왜 일을 크게 만들려고 해? 다른 사람이 들으면 어쩌려고?"

당정이 그의 손을 잡아끌며 역시 나지막하게 속삭였다.

"뭐 하러 온 거야? 몰래 정이라도 통하러 온 건가? 그게 아니라면 왜 다른 사람들이 들을까 봐 두려워하지?"

정역비는 당정 역시 몰래 자신을 찾으러 오는 중이라 확신했다. 그런데 이런 소리를 들으니 얄미워 죽을 지경이었다. 이곳이 정가군이었다면 그는 이미 두말없이 당정을 떠메어 가서 '몰래 정을 통하다'는 말을 현실로 만들었을 것이다. 그렇다, 아주 통쾌하게! 끝까지! 현실로!

그가 속삭였다.

"그러는 너는 한밤중에 무엇 하러 나온 거지?"

당정이 말했다.

"별을 보러 나오면 안 될 일이라도 있나?"

달이 유난히 밝은 날이었다. 정역비가 하늘을 바라보니 별은 얼마 보이지 않았다. 당정도 고개를 들더니 덧붙였다.

"뭐, 달을 봐도 좋고."

정역비는 그만 웃어 버렸다. 그러고 갑자기 당정을 안아 올렸다.

당정 역시 놀라거나 발버둥 치지 않고, 마음에 몸을 맡긴 채 웃기 시작했다.

정역비는 당정을 안은 채 그녀의 방으로 들어갔다. 그리고 당정을 침상 위에 눕힌 뒤 제 몸으로 그녀를 내리눌렀다.

두 사람이 서로를 마주 보았다.

당정은 여전히 웃고 있었지만 정역비는 웃지 않고 그녀의 볼을 가볍게 쓸어내리며 말했다.

"앞으로 너는 나와 같은 베개를 쓰게 되겠지."

"나, 코를 골지도 몰라."

당정의 말에 정역비는 잠시 멈칫했으나 곧 웃으며 말했다.

"괜찮아."

당정이 다시 말했다.

"널 걷어찰지도 모르는데!"

"그래도 괜찮아."

당정이 또다시 말했다.

"잠꼬대를 할 수도 있어!"

"듣기 좋을 거야."

당정이 계속 말했다.

"나 몽유병이 있을지도 몰라. 한밤중에 일어나 막 걸어 다 니고!"

정역비가 당정의 허리를 꽉 끌어안으며 말했다.

"네가 일어날 수 없게 만들어 줄게."

그의 말뜻은 당정이 일어나 걸어 다니지 못하도록 꽉 안아 주 겠다는 의미였지만, 막상 말하고 나니 아주 다른 뜻처럼 들렸다.

당정은 놀라 조용해졌고, 정역비 역시 고요해졌다. 서로를 바라보는 두 사람의 눈빛은 무척이나 다정했다.

정역비가 속삭였다.

"홍두."

당정이 바로 눈썹을 세웠다.

"그렇게 부르지 마."

정역비는 단호했다.

"이게 본명이잖아."

당정이 잠시 생각하다 말했다.

"그럼 차라리…… 내 아명을 불러 줘."

정역비는 그녀에게 아명이 있으리라 생각지 못했기에 재빨 리 물었다.

"뭐라 부르면 되는데?"

"당당. 어릴 때 모두 나를 그렇게 불렀어."

사실 '당당' 외에 '두두'도 있었지만, 당정은 죽는 한이 있어 도 그 이름은 입 밖에 내지 않을 작정이었다.

정역비가 기뻐하며 말했다.

"아명이 참 예쁜걸!"

당정은 어쩐지 의기양양한 느낌이 들었다.

"당연하지!"

정역비는 갑작스러울 정도로 다정한 표정이 되어 부드럽게 불렀다.

"당당."

당정은 정역비 같은 무뢰한이 이렇게까지 다정해질 수 있으리라고는 생각지 못했다. 그를 바라보고 있노라니 심장이 점점 더 빠르게 뛰기 시작했다.

분명 이미 친밀한 관계를 맺은 상태였지만, 지금 이 순간 이렇게 다정한 그를 보자 그녀는 새로이 사랑에 눈뜬 것 같은 기분이었다.

"당당……. 당당…….."

정역비가 다정하게 불렀다.

당정은 듣고 또 듣다가 참지 못하고 그의 목을 끌어안고 입을 맞췄다. 이 입맞춤은 그야말로 벼락이 쳐서 불이 일어나고, 마른 장작이 뜨거운 불을 만나는 것과 같았다. 휘장 아래 두 사람의 몸이 서로 뒤얽히고 신음 소리가 점차 짙어져 갔다.

만약 당 문주가 이 사실을 알았다면 분명 화를 냈을 것이다. 어쨌든 겨우 약혼을 한 것이지 혼례를 치른 것은 아니니까!

정역비가 제 집의 보물을 훔쳐 간 것처럼 분노했을 것이 분명했다.

물론 이미 평생을 함께하기로 한 두 사람에게 있어서는 서로를 품으며 그리운 마음을 나누고, 몸과 마음의 즐거움을 추구하는 것이 가장 중요했다.

모든 것이 끝난 후, 당정은 정역비의 몸 위에 엎드려 있었다. 온몸의 힘이 빠진 상태였지만 그래도 입술을 움직일 힘은 남아 있었다.

"정역비, 약혼녀를 죽일 참이야?"

너무도 격렬했다. 그녀는 방금의 느낌을 어떻게 표현할 수가 없었다. 그저 하마터면 죽을 뻔했다는 생각만 들 뿐이었다.

정역비도 힘이 빠진 상태였다. 어쨌든 그는 단숨에 그녀를 세 번이나 원했던 것이다. 그는 숨을 헐떡거리면서도 씩 웃었다. 그리고 말없이 당정에게 이불을 덮어 주었다.

잠시 쉬며 얼마간 기운을 회복한 후 정역비가 입을 열었다.

"내일 바로 출발하자. 일정만 바쁘지 않으면, 이 기회에 진기를 좀 더 수련할 수 있을 텐데."

정역비는 예전에 비연과 군구신에게서 들은 적이 있었다. 빙해의 이변 후 현공대륙에서는 모든 이들의 진기가 사라졌지만 운공대륙은 그렇지 않았다.

현공대륙에 가면 진기가 사라졌고, 운공대륙으로 돌아오면 다시 정상이 되었다. 바꿔 말하자면, 빙해의 이변이 진기에 영향을 끼친 것은 현공대륙에만 한정된 이야기였다.

정역비도 빙해 남안에 도착한 후 원래 지니고 있던 진기가 바로 회복되었다. 그는 정상급 고수는 아니었지만 진기만큼은 손에 꼽힐 만한 수준이었다.

정역비는 잠시 생각하다가 다시 말했다.

"만약 빙해의 독이 풀리고 모든 것이 정상으로 돌아온다면, 현공대륙의 진기도 회복될지 몰라. 그렇게 되면 분명 세상이 바뀌고, 강약과 존비의 질서가 변하게 될 거야."

당정이 속삭였다.

"그렇게 걱정할 필요 없어. 반년 전 고남신⋯⋯도, 그러니까 네 정왕 전하가 이미 기를 수련했던 고수들을 비밀리에 운공대륙으로 보내왔거든. 모두 믿을 수 있는 심복들이라고 했어. 지금 그들 모두 폐관수련 중이야. 현공대륙의 상황이 어떻게 변하건, 현공대륙은 영원히 그와 연아의 천하일 거야."

이 점에 대해서는 정역비도 인정했다. 그러나 그가 생각하던 문제는 이것이 아니었다. 그는 몸을 옆으로 돌리며 당정을 옆에 눕히더니 바로 힘차게 끌어안고 말했다.

"당당, 우리 정씨 가문 조상들이 원래 무슨 일을 했었는지 알아?"

당정은 그가 자연스럽게 당당이라고 부르는 것을 듣고 매우 만족하며 물었다.

"무슨 일을 했었는데?"

"무기."

정역비의 대답에 당정은 몹시 놀랐다.

"그럼 우리 당씨 가문과 같은 일을 했던 거잖아!"

정역비가 고개를 끄덕였다.

"당씨 가문은 암기와 병장기 위주로 하고 있으니 품목에 제

한이 있지만, 우리 정씨 가문은 십팔반무예[4]에 필요한 무기는 모두 만들었어. 다만 기를 수련한 자들을 위해서만 무기를 만들었지."

무술을 익히는 사람에게 있어 무기란 마치 날개와 같은 것이었다. 그러나 기를 수련한 자에게는 특히 더 중요했다.

기를 수련한 자의 무기는 사용자의 진기를 감당해 낼 수 있어야 했다. 그렇지 않으면 진기가 발휘되는 것에 장애가 될 수 있었다. 당정 역시 기를 수련했기에 이 이치를 알고 있었다.

"대대로 이어 내려오는 가문의 절기를 계승하지 않는다면 안타까운 일이잖아!"

당정의 말에 정역비가 웃으며 대답했다.

"만약 진기가 회복된다면, 정씨 가문도 원래의 일로 돌아갈 거야. 나는 정씨 가문과 당씨 가문의 이름을 모두 떨치고야 말겠어. 남쪽의 당씨 가문과 북쪽의 정씨 가문, 남당북정, 그렇게 말이야. 그럼 우리 아이들에게도 공평하겠지."

당정은 정역비가 그런 생각을 하고 있는 줄 미처 알지 못했다. 정역비는 자신의 가업을 일으켜 당씨 가문에게 지지 않으려 하고 있었다!

당정이 일부러 야유하듯 말했다.

"정 대장군, 마침내 미래를 고민하기 시작하셨군! 응, 좋아,

---

4  창槍 · 미늘창戟 · 곤봉棍 · 큰 도끼鉞 · 갈퀴叉 · 갈고리鉤 · 긴 창槊 · 고리環 · 칼刀 · 검劍 · 지팡이拐 · 채찍鞭 · 도끼斧 · 막대棒 · 방망이杵 · 철퇴鎚 · 짧은 창鐗 · 삼지창鑭 등 열여덟 가지 무기를 사용하는 무예.

좋아. 잘 가르쳐 볼 만한 젊은이야!"

정역비가 바로 미간을 찌푸렸으나 당정은 계속했다.

"그럼 앞으로는 본 소저와 함께 계속 노력하자고. 본 소저도 가르침을 내리는 데 인색하지 않을 테니⋯⋯."

이 말이 끝나기도 전에 정역비가 강하게 당정의 몸을 내리누르며 말했다.

"본 장군이 먼저 너를 가르치는 편이 좋을 것 같군."

이렇게 당정은 다시 한번 정역비의 '가르침'을 받았다. 그 후 두 사람은 서로 끌어안은 채 날이 밝을 때까지 잤다.

다음 날 아침 일찍. 그들은 당 문주, 영 부인과 작별하고 신룡봉을 내려왔다.

당 문주와 영 부인은 함께 가고 싶었으나, 당씨 가문의 일도 많을 뿐 아니라 대진국에 홍수로 인한 감염병이며 소소한 반란이 일어난 상태였다. 당씨 가문은 예전부터 병부에 발을 들여놓고 있었기에, 문주 부부가 이렇게 중요한 시기에 함부로 떠날 수 없었다.

정역비와 당정은 정식으로 출발했다. 그리고 이때, 백초국에 두 번째 정변이 일어났다는 소식이 온 현공대륙으로 퍼지고 있었다.

멀리 북해안에 있던 백리명천 역시 이 소식을 들었다.

다만⋯⋯.

## 오래 기다리게 했구나

강평성 사건의 진상이 밝혀졌으니 백초국의 첫 정변이라 할
만했다. 그러나 이 정변의 힘은 두 번째에는 미치지 못했다. 두
번째 정변은 바로 백초국 태자의 죽음이었다!

백초국 태자가 죽고 나니 유 황후는 그야말로 모든 기대가
물거품이 된 상태였다. 그러나 그 순간, 비연과 군구신이 그녀
에게 우문엽의 소식을 전했다. 비연과 군구신은 그녀에게 새로
운 기회를 준 것이나 마찬가지였다.

유 황후에게는 다른 선택이 없었다. 그녀는 자신의 지위를
보전하기 위해 무 장군에게 협력했다.

유 황후와 무 장군이 손을 잡으니 건원 황제의 세력은 바로
무너지고 말았다. 본래 치르고자 했던 전쟁을 치를 수 없는 상
황이 되니 남은 것은 소규모의 전투 몇 번뿐이었다. 싸우지 않
고 이기겠다는 비연의 소망은 기본적으로 실현되고 있었다.

중추절이 가까워지고 있었다. 북해안에는 이미 눈발이 날리
기 시작했고, 하늘 전체가 어두컴컴했다.

특히 북해 상공에는 거대한 검은 구름이 뭉게뭉게 피어 있어
공포스러울 정도였다. 분명 아직 오후건만, 바다와 하늘이 만
나는 곳은 무어라 표현할 수 없을 정도로 새까맣게 보였다. 마
치 이미 깊은 밤이 된 것처럼.

이 순간 백리명천은 축운궁주와 함께 해안가 바위 위에 나란히 앉아 있었다. 축운궁주는 백초국에서 보내온 정보를 백리명천도 들을 수 있도록 소리 내어 읽어 주었다.

비록 수희가 실종되었다 하나 백리명천에게는 아직 백초국에 심어 둔 수하들이 있었다. 이 정보는 바로 백리명천의 수하가 보내온 것이었다.

"무 장군이 언제 천염국에게 매수되었는지는 아직 알 수 없고, 증거를 찾기도 어려울 것 같습니다. 그러나 제가 반드시 최선을 다해 찾겠습니다. 수희의 행방은 지금까지도 실마리가 없으니, 삼전하께서는 유의하시기 바랍니다. 저는 수희가 이미 축운궁주의 손에 떨어진 것은 아닐까 의심 중입니다. 삼전하, 건강하십시오."

축운궁주는 마지막 줄까지 읽은 후 큰 소리로 웃기 시작했다.

"본존을 의심하다니? 네 주인이 바로 본존의 손에 있는데, 수희같이 멍청한 계집애를 본존이 무엇에 쓴다고?"

축운궁주는 백리명천을 흘깃 바라보고는 바로 서신을 북해로 집어 던졌다. 서신은 출렁이는 파도에 쓸려 멀리, 검은 바닷물 속으로 사라졌다.

백리명천은 여전히 미동도 없이 앉아 있었다. 전방을 바라보는 그의 두 눈은 마치 영혼이 빠져나간 것처럼 텅 비어 있었다. 살아 있는 송장이라 해도 틀리지 않을 것 같은 모습이었다.

최근 며칠 동안 그는 혈루를 장악하는 동시에 빈번하게 발작을 일으켰고, 지금은 이미 축운궁주의 꼭두각시로 전락해 있었다. 백리명천은 간혹 피를 탐하며 발광할 때 외에는 아무 말도 하지 않고 고요한 모습이었다.

물론 이 모든 것은 백리명천의 연기였으나, 피를 적잖게 빨린 축운궁주는 전혀 의심하지 않았다.

축운궁주가 고개를 들고 눈꽃이 가면 위로 떨어지게 내버려 두었다. 그녀는 이곳의 눈을 무척 좋아했다.

"중추절 무렵이면 북강에는 눈이 내리기 시작하지. 천 년 동안 계속 이래 왔어. 흑삼림은 지금도 울창할 텐데. 특히 중앙 숲은 말이야⋯⋯."

그녀는 천천히 백리명천을 돌아보며 말했다.

"목연, 그 녀석이 영술을 할 줄 알다니, 정말 그동안 나를 잘도 속여 왔더군! 내 수하들이 아직 목연을 잡지 못했으니, 우리는 아무래도 좀 더 기다려야 할 것 같아. 네가 기대하던 난리는⋯⋯. 군구신 그들을 기분 나쁘게 하는 일은 지금으로서는 힘들겠어. 안심해. 본존이 그들을 잡고 나면, 바로 네 복수를 해 줄 테니. 어때?"

백리명천은 여전히 앞을 바라보며 아무 반응도 보이지 않으나, 속으로는 무시하고 있었다.

그가 꼭두각시로 전락하기 전에는 축운궁주도 그렇게 말이 많지 않았다. 백리명천은 꼭두각시 연기를 하는 동안, 축운궁주가 사실 보이는 것처럼 그렇게 우아하거나 고상하지 않고, 쓸데없이 말이 많다는 것을 알게 되었다!

축운궁주는 백리명천의 속마음은 전혀 알지 못했다. 그녀는 제멋대로 웃으며 백리명천의 어깨에 고개를 기대고 말했다.

"네가 혈루 때문에 마음을 잃었다는 것을 또 잊을 뻔했다. 하하, 너 이 녀석, 아무 말도 하지 않으니 본존은 정말…… 조금 쓸쓸하구나! 말해 보렴. 비연과 함께하는 것이 불가능하다는 것을 알면서도 왜 그리 바라는지. 결국은 너만 괴로운 일 아니냐? 누군가를 사랑한다는 것은 정말 괴로운 일이야!"

백리명천의 마음은 원래 평온했으나, 축운궁주가 이렇게 자신에게 기대자 혐오감이 치밀어 올랐다. 게다가 이런 이야기까지 들으니 화도 났지만, 어쨌든 움직이지 않았다.

축운궁주는 잠시 침묵하다가 다시 말했다.

"만약 사랑하지 않았다면 미워하지도 않았겠지? 만약 아직도 사랑하고 있다면, 어째서 미워하는 것일까? 사랑과 미움은 모두 같아. 너도 누군가의 시중을 받아야 할 테니, 아무래도 좋다. 본존이 그들 두 사람을 잡으면, 비연 그 계집애는 네 시중을 들게 해 주마. 본존이 원하는 건 군구신이니, 그 계집애야 아무 상관 없어."

이 말을 들은 백리명천의 눈에 저도 모르게 일말의 복잡한 빛이 스쳐 갔다. 그는 지금까지 사랑이니 미움이니 하는 것을 진지하게 고민한 적 없었다. 그가 아는 것은 그저 자신이 비연을 좋아했다는 것, 그리고 지금은 처절하게 미워하고 있다는 것이었다!

축운궁주가 갑자기 고개를 들었고, 백리명천은 재빨리 텅 빈 눈으로 앞을 바라보았다. 축운궁주가 그의 어깨를 두드리며 명령했다.

"돌아가거라."

백리명천은 잠시도 지체하지 않고 바로 몸을 일으켰다. 그와 동시에 축운궁주가 물속으로 뛰어들었다.

백리명천은 잠시 머뭇거리다가, 결국은 위험을 무릅쓰고 축운궁주를 흘깃 바라보았다. 그리고 그 다음에야 몸을 돌려 바위 아래로 뛰어내렸다.

흘깃 바라본 것에 불과했지만, 그는 축운궁주의 진정한 모습을 보았다. 비록 수희에게 들은 바도 있었고 스스로도 축운궁주의 신분을 명확하게 추측하긴 했었지만, 실제로 직접 보니 모골이 송연해졌다.

"할망구, 그래서 그렇게 말이 많았군! 대체 장파와는 무슨 관계지? 비연과 군구신이 가져간 본 황자의 그 그림, 설마 저 할망구를 그린 거란 말인가?"

백리명천은 이 생각 저 생각을 하며 바위 아래로 뛰어내려 결계가 있는 방향으로 향했다. 그러나 그가 결계 가까이 갔을 때, 문득 멀지 않은 곳 바위 위에 서 있는 사람을 보게 되었다.

그는 주변을 살펴보았다.

근처에 축운궁주의 수하가 없다는 것을 확인한 백리명천은 앞으로 몇 걸음 걸어가 자세히 살펴보았다. 과연, 그곳에 서 있던 사람은 그가 오래도록 만나지 못했던 고운원이었다!

시력이 좋은 것이 아니었다면 백리명천은 그를 알아보지 못했을 것이다! 고운원은 눈보다 흰 옷을 입고 있어, 사람 자체가 눈으로 뒤덮인 세상에 녹아 있는 것 같았다.

다시 말하자면 그는 평소처럼 꾸미고 있지 않았다. 등에 의학 서적을 담은 상자를 지고 있지도 않았고, 머리를 묶어 올리지도 않고 뒤로 늘어뜨리고 있었다.

백리명천은 답답했다. 점점 더 가까이 갈수록, 그를 자세히 들여다볼수록 점점 더 답답해졌다.

고운원은 백리명천이 다가오는 것을 보고 잔잔하게 미소 지었다. 3할쯤은 나른한 느낌이, 7할쯤은 세상에서 초월한 듯한 느낌이 드는 미소였다.

지금 고운원에게서 풍겨 오는 존귀하고 고상한 느낌은 그야말로 신선보다 더한 느낌, 마치 신과도 같은 느낌이었다. 원래 궁상맞은 서생 같던 고운원과는, 그야말로 하늘과 땅 차이로 다른 사람 같았다.

백리명천은 계속 고운원의 행방을 찾지 못하자 아예 포기하고 기다리고 있었다. 고운원이 일부러 감초 사탕을 남겨놓은 이상, 분명 자신을 찾아올 거라 생각했던 것이다.

그도 고운원이 평범한 은거 의원이 아니라는 사실은 알고 있었다. 그러나 지금 고운원 앞에 멈춘 순간, 고운원의 눈에서 순간적으로 사람의 마음을 꿰뚫는 빛을 발견한 순간, 그는 멍한 표정을 짓고 말았다.

"당신……."

"저 말입니까?"

고운원이 잔잔하게 미소 지었다.

"삼전하, 오래 기다리셨습니다."

백리명천은 그제야 정신을 차리고 무의식적으로 한 걸음 물러섰다. 비록 그는 고운원에 대해 잘 몰랐지만, 이 순간 그에게서 흘러나오는 기세 때문인지 저도 모르게 뒷걸음질 쳤던 것이다.

"그래, 본 황자가 너를 참 오랫동안 기다렸지! 너는 대체 누구냐?"

## 동맹, 각자 필요한 것을 취하다

고운원은 백리명천의 질문에 대답하지 않았다.

"삼전하의 능력은 참으로 대단하십니다. 축운궁주를 속이시다니."

이 말을 들은 백리명천은 더욱 경계심을 품었다. 그와 축운궁주와 관련한 일을 고운원이 알고 있다니. 대체 어떻게 아는 것일까?

백리명천이 대답했다.

"피차 마찬가지지. 너도 비연과 군구신을 속였고, 본 황자도 속였으니. 생각했던 것보다 훨씬 능력이 있더군!"

고운원은 그저 웃었다. 그러나 그의 웃음에는 타인은 알아보기 어려운 쓸쓸함이 배어 있었다.

백리명천에게는 시간이 많지 않아 다시 물었다.

"너는 대체 누구냐? 무엇 때문에 본 황자를 구했지?"

그는 지금 이미 마음대로 혈루의 힘을 운용할 수 있었다. 그러나 혈루를 움직일 때면 얼음과 불의 고통을 견뎌야 했다.

한번 혈루를 쓰고 나면 한기가 다리부터 시작해 온몸으로 퍼졌고, 그와 동시에 손바닥에 작열하는 힘이 나타나 한기에 대항했다. 백리명천은 그 열기가 한기를 몰아낼 때까지 몸 안에 얼음과 불이 공존하는 것을 버텨야 했다.

그는 비록 손바닥의 이 열기가 대체 어떤 힘인지는 알 수 없었지만, 이 힘이 고운원에게서 비롯된 거라는 사실은 확신할 수 있었다!

고운원은 바로 대답하지 않고 생각에 잠긴 듯한 표정을 지었다.

백리명천은 혈루를 소환했다. 혈루의 힘이 나타나는 순간 그의 다리에 한기가 스며들었고, 그와 동시에 손바닥에 작열하는 힘이 떠올랐다. 그는 고운원 앞으로 팔을 뻗어 사납게 손을 펼쳤다.

곧 그의 손바닥에 불꽃의 환영이 떠올랐다. 때로는 밝고, 때로는 어두운, 보일 듯 말 듯한 환영이.

백리명천은 얼음과 불의 고통을 참으며, 안색 하나 바꾸지 않고 냉랭하게 물었다.

"고운원, 이건 너에게 속한 것이겠지?"

고운원이 웃으며 손가락으로 가볍게 불꽃의 환영을 건드렸다. 화염이 금방이라도 진짜 불꽃으로 변할 것처럼 순식간에 밝아졌다.

고운원은 대답하지 않았으나, 이 움직임이 바로 대답이나 마찬가지였다.

환영이 점차 어두워졌다. 그러나 그가 가볍게 건드리면 환영은 또다시 점차 밝아졌다.

백리명천의 진지한 표정과 달리 고운원의 입가에는 시종 잔잔한 미소가 떠올라 있었다. 마치 한가로이 그 환영을 건드리며 노는 것처럼.

백리명천은 고운원의 입매가 올라간 것을 보며, 매우 눈에 거슬린다고 생각했다. 그는 문득, 자신이 축운궁주의 속박에서 벗어났지만 동시에 고운원의 함정에 빠졌음을 깨달았다.

그는 이미 두 번이나 고운원에게 정체를 물었지만 고운원은 대답하지 않았다. 세 번째 물을 필요는 없었다. 백리명천이 혈루의 힘을 거둬들이자 한기와 화염도 순식간에 사라졌다.

백리명천이 손을 맞잡고 명쾌하게 물었다.

"본 황자가 무엇을 하기를 바라지?"

고운원은 그의 이 말을 기다리고 있었던 모양이었다. 고운원이 마침내 웃음기를 거두고 진지하게 답했다.

"축운궁."

백리명천은 몹시 의외였으나, 또한 사리에 맞다는 생각도 들었다.

"고운원, 보아하니 아는 것이 적지 않은 모양인데. 본 황자가 축운궁주를 잡아 주는 것은 문제없지. 하지만 그 전에 본 황자에게 말해 주어야 할 거야. 혈루는 대체 어찌 된 것이지? 본 황자는 평생 이 얼음과 불을 견뎌야 하는 건가?"

고운원이 갑자기 가까이 다가오더니 백리명천의 귀에 대고 속삭였다.

"만약 내가 혈루를 얻는 자는 죽게 되어 있고, 그 누구도 너를 구할 수 없다고 한다면, 너는 두려워할까?"

백리명천이 살짝 멈칫했으나 곧 큰 소리로 웃기 시작했다.

"죽는다고? 본 황자의 지난 수개월 동안의 명만 해도 충분히 길었던 것 같은데! 게다가 이 세상에 죽지 않는 사람도 있던가?"

비록 의외였으나 그는 받아들일 수 있었다!

만약 혈루의 힘을 얻지 못했다면 그는 이미 북해에서 죽었을 것이다. 그러나 얼마간 더 살 수 있다면 그는 당연히 최선을 다할 것이다. 심지어 목숨을 걸고라도 끝내야 할 일을 끝낼 것이다! 사람에게 자신의 염원을 직접 완성할 기회가 있다면, 그것만으로도 행운 아니겠는가!

"이 세상에 죽지 않는 사람도 있냐고?"

고운원은 백리명천의 이 말을 곱씹으며 잠시 생각에 잠겼다가 고개를 끄덕였다.

"그렇지. 그 누구라도 그런 법이지."

백리명천이 이어 물었다.

"축운궁주 역시 그러한가? 그리고 너…… 역시?"

백리명천은 의심할 바 없이 고운원을 탐색하고 있었다. 그러나 고운원은 그의 탐색에는 응하지 않았다.

"혈루는 혈제로 만들어 낸 진에서 생겨나지. 지극히 사악한 것이고, 또한 지독한 한기를 품고 있는 것이다. 혈루를 얻은 자의 심력이 부족하면 혈루에게 삼켜져 인간의 마음을 잃게 되기 쉽다. 나는 네 곁에 있을 수 있다. 네가 불로 그 한기를 제압하고, 혈루에 삼켜지지 않도록 도울 수 있다는 이야기지."

말을 마친 고운원은 북해를 바라보더니 다시 말했다.

"너는 축운궁주를 나에게 넘겨주면 된다."

백리명천은 고운원이 말하지 않을 것을 알면서도 참지 못하고 물었다.

"대체 축운궁주를 왜 원하는 거지?"

과연, 고운원은 도저히 그 심사를 짐작할 수 없는 미소만 지었다.

백리명천은 고운원이 자신을 찾아오기를 기다리면서 이미 심사숙고한 상태였다. 그는 고개를 끄덕이며 조건을 이야기했다.

"본 황자는 아주 즐거운 마음으로 저 노파를 너에게 주지. 하지만, 본 황자에게 반년의 시간을 줘야겠다."

백리명천은 당장이라도 혈루의 힘으로 축운궁주를 처리할 수 있었다. 그러나 그가 계속 연극을 하고 있는 이유는 축운궁주가 두려워서가 아니라, 축운궁주의 세력을 이용해 비연을 상대하기 위함이었다.

그는 이미 계획을 세워 놓았고, 반년이면 그 계획을 실행할 수 있었다!

고운원이 담담하게 웃으며 말했다.

"1년 내에서는 얼마든지 기다릴 수 있지. 삼전하, 그럼 이 일은……."

백리명천이 바로 그의 말을 잘랐다.

"본 황자는 네가 무엇을 하건 상관하지 않겠다. 그러나 두 사람만은 네가 본 황자에게서 빼앗아 갈 수 없다!"

고운원의 웃음에 애매한 기운이 어렸다.

"정왕과 정왕비를 이야기하는 건가?"

백리명천의 안색이 바로 변했다. 그는 이제 비연과 군구신의 이름만 들어도 표정이 바뀌는 지경에 이르러 있었다.

백리명천이 원한을 품은 목소리로 외쳤다.

"물론!"

고운원의 눈에 슬픈 기운이 어렸으나, 안타깝게도 백리명천은 눈치채지 못했다.

고운원은 일부러 한참 동안 생각에 잠긴 척하다가 대답했다.

"좋다!"

백리명천은 북해를 흘깃 바라본 후 돌아가야겠다는 생각에 조급해졌다. 어쨌든 이쪽에 축운궁주의 수하들이 적지 않으니, 너무 오래 지체하면 들킬 가능성이 높아진다.

백리명천이 그 자리를 떠나려 하자 고운원이 갑자기 그의 손을 잡더니 말했다.

"네 이 '적화炙火'는 열흘 정도 더 버틸 수 있을 거다. 열흘 후에 내가 다시 오지."

백리명천은 누군가가 자신을 만지는 것을 좋아하지 않았기에 바로 손을 빼며 말했다.

"좋아, 본 황자가 너를 기다리지!"

백리명천은 총총히 떠나면서도 두어 번 돌아보았다. 고운원은 계속 바위 옆에서 그를 바라보고 있었다. 백리명천이 세 번째로 돌아보았을 때에야 고운원은 사라져 보이지 않았다.

왜인지는 알 수 없었지만, 분명 이미 동맹을 맺었음에도 불구하고 백리명천의 마음속에는 한기가 일었다. 고운원은 겉보기에는 무해해 보이지만 분명 축운궁주보다 열 배는 더 상대하기 어려울 것 같았다. 고운원의 그 담담한 눈빛이며 입가의 미소는 쉽게 변할 것 같지 않아 보였다.

"몽족? 구려족?"

백리명천은 고운원의 정체가 몹시 궁금했다. 그는 한참을 고민하다가 다시 중얼거렸다.

"혹시 우리 인어족의 후예일까? 적화? 그건 대체 뭐지?"

백리명천은 기회를 보아 옥인어족 병사에게 적화에 대해 조사하라고 명령했다. 그는 고운원이 언급한 적화라는 단어가 거짓말에 지나지 않는다고는 생각지 못했다. 불꽃의 진짜 이름이 '약왕신화'라는 것도.

백리명천은 축운궁주가 목연을 잡아, 비연 일행이 북해안으로 오도록 핍박하기를 기다리고 있었다. 그리고 비연과 군구신은 이미 진양성에 도착한 다음이었다…….

# 내가 떠난 후에야 네가 왔구나

비연과 군구신은 이미 진양성에 도착했다. 그들은 교외의 뇌옥에 가둬 놓은 엽십삼을 직접 새로운 곳으로 이동시킬 생각이었기에 시간을 조금도 지체할 수 없었다.

엽십삼은 비록 인질이었지만 이제 예전과는 상황이 달라졌다. 그들은 엽십삼에게 편안한 거처를 제공하며 모든 성의를 표시했다.

백초국의 상황은 아직 안정되지 않은 상태였다. 가장 중요한 것은 무 장군이 아직 백초국의 병권을 전부 장악하지는 못했다는 사실이었다. 당연히 그들은 지금 엽십삼을 유 황후에게 건넬 수는 없었다.

그들은 무 장군이 백초국을 장악하고, 유 황후를 완벽하게 견제할 수 있을 때야 엽십삼을 돌려보낼 작정이었다. 그렇게 하지 않으면 지금까지 그들의 노력도 헛수고가 될 것이다.

깊은 밤, 비연과 군구신은 비밀리에 성으로 들어갔다. 그들은 원래 택을 놀라게 해 줄 생각이었다. 그러나 이게 웬일일까. 그들의 마차가 막 성문을 지날 때, 택이 성문 위에서 뛰어내려 마차 앞에 착지했다.

주변의 시위들이 반응하기도 전에 마부가 깜짝 놀랐다. 마부는 곧 택을 알아보고 서둘러 마차를 멈추고 절을 올렸다.

"노비가 황상을 배알하옵니다."

군구신과 비연은 이 말을 듣고 마음에 짚이는 것이 있었다.

비연이 마차에서 내리려 하자 군구신이 제지하며 속삭였다.

"뭘 그리 급하게 굴어. 택아가 우리보다 더 급할 텐데."

과연, 택이 바로 마차로 달려오더니 휘장을 젖혔다. 그는 비연과 군구신을 보자 몹시 기뻐하며 외쳤다.

"황형! 형수!"

그리고 바로 군구신의 품으로 뛰어들어 강하게 포옹했다. 이 순간의 군자택은 소년 황제가 아니라 그저 아직 다 자라지 못한 아이처럼 보였다.

군구신은 기억을 잃고 있던 동안 이 동생만을 진짜 가족으로 여기며 몹시 사랑했다. 그가 손을 뻗어 택을 안으려는 순간, 택이 갑자기 몸을 빼더니 비연의 품으로 뛰어들었다.

"형수, 얼마나 보고 싶었다고요!"

군구신이 바로 손을 뻗어 택을 끌어당겼다.

"이제 그만. 앉아라."

그러나 택은 계속 비연의 품에 기댄 채 두 손으로 그녀의 목을 얼싸안고는, 고개를 갸웃하며 군구신을 바라보았다.

"황형, 내가 보고 싶지 않았어?"

군구신은 바로 택을 비연의 품에서 떼어 냈다. 그는 택이 다시 비연에게 달라붙을까 걱정되는지 차라리 자신이 택을 안아 움직이지 못하게 하기로 했다.

그는 택의 질문에는 답하지 않고 진지하게 물었다.

"한밤중에 누가 궁에서 나와도 좋다고 했지?"

깊이 생각하지 않아도 택이 몰래 빠져나왔다는 것은 분명해 보였다. 그게 아니라면 궁을 나오기 전에 늙은 환관들에게 제지당했을 테니까.

택도 진지하게 대답했다.

"너무 보고 싶었는걸. 조금이라도 일찍 보고 싶었단 말이야. 그리고 나는 한밤중에 몰래 빠져나오지 않았어요. 조회가 끝나자마자 와서 여기서 기다리고 있었으니까!"

이 말을 들은 비연과 군구신은 감동하는 동시에 애달픈 마음이 들었다. 군구신은 택의 머리를 쓰다듬으며 마부에게 외쳤다.

"궁으로 가자!"

그때 기쁨에 넘치던 택이 마침내 한 사람을 기억해 냈다. 그는 재빨리 마부에게 멈추게 한 후 군구신에게 말했다.

"황형, 염진도 황형과 형수를 맞으러 함께 왔어. 다만…… 다만……."

군구신은 의외라 생각했다. 염진은 비록 궁에 머물고 있지만 대자사에 있을 때와 마찬가지의 일상을 보내고 있을 터였다. 일찍 일어나고 일찍 자고, 정오가 지나면 식사를 하지 않고. 이 시간이라면 염진은 분명 자고 있어야 했다!

군구신이 다급하게 물었다.

"다만 뭐지? 그 애는 어디 있어?"

택이 머리를 긁적이며 말했다.

"다만…… 자고 있어. 아직도 성루 위에 있어."

군구신은 바로 택을 내려놓고 직접 성루로 올라갔다. 택은 그제야 군구신이 이상하다는 생각이 들어 비연에게 물었다.

"형수, 황형이 조금 이상해요."

비연은 진실을 알고 있었기에 군구신의 기분을 이해할 수 있었다. 그러나 그녀가 지금 택에게 사실을 말할 수는 없었다. 이 일은 군구신이 직접 택에게 설명해야만 했다. 비연은 그저, 군구신의 이 두 동생이 좋은 친구가 될 수 있기를 빌 뿐이었다.

비연이 웃으며 말했다.

"무엇이 이상하지? 염진은 출가한 사람이니 날이 밝기도 전에 일어났을 텐데, 여기까지 데려왔으니 당연히 피곤하지 않을까? 승려는 불가의 세 보물 중 하나인데, 출가한 사람을 괴롭히는 것은 부처에 대한 불경이야. 네 황형은 부처를 공경하니, 어떻게 긴장하지 않을 수 있겠어?"

비연이 한바탕 말을 늘어놓는 것은 잠시나마 시간을 끌기 위해서였다.

택은 열심히 듣더니 제법 진지하게 중얼거렸다.

"이치에 맞네요. 매번 내가 잠이 오지 않아서 염진에게 이야기를 좀 나누자 하면 계속 쿨쿨 자기만 했던 것도, 아무리 깨워도 일어나지 않았던 것도 이상한 일이 아니었어요. 됐어요. 앞으로는 나도 승려의 입장을 이해해 보도록 할게요! 앞으로는 좀 더 일찍 만나 이야기를 나눠야겠어요."

비연은 웃으며 택을 곁에 앉히고 근황을 묻기 시작했다. 이때 군구신은 이미 성문에서 염진을 찾은 다음이었다.

염진은 큰 변화가 없어 보였다. 작은 머리는 여전히 반짝거렸고, 잿빛 승복은 낡았지만 주름 하나 없이 깔끔했다. 목에 걸고 있는 긴 염주는 얼마나 만지작거렸는지 한 알 한 알 모두 윤기가 흐르고 있었다.

염진은 성벽에 기댄 채 가부좌를 틀고 앉아 있었다. 두 손은 배꼽 부근에서 수결을 맺고 있었다. 만약 어깨까지 처져 있는 머리만 아니었다면 흠잡을 데 없이 완벽하게 좌선하고 있는 것처럼 보였을 것이다.

염진은 허리를 곧게 세운 채 앉아 있었으나 머리는 계속 좌우로 흔들거리고 있었다. 왼쪽으로 한 번, 오른쪽으로 한 번. 꼭 박자를 맞추고 있는 것처럼 보이기도 했다.

군구신은 안타깝기도 하고 우습기도 했다. 그는 염진 앞에 무릎을 굽히고, 그의 머리가 더 이상 흔들리지 않도록 가만히 잡아 주었다. 그리고 염진의 얼굴을 진지하게 들여다보았다.

염진은 여덟 살에서 아홉 살 정도로, 조각한 것과 같은 얼굴에 아직 어린 기운이 가시지 않은 상태였다. 게다가 승려 특유의 분위기가 더해지니 몹시도 순수한 느낌이 들었다. 아무리 심정이 복잡할 때라도 그의 얼굴을 보면 모든 것이 연기처럼 사라질 것 같았다.

"염진, 신을 그리워하다, 고명신……."

군구신이 나지막하게 중얼거렸다. 염진念尘의 진尘은 신으로도 읽을 수 있으니 신辰을 그리워한다는 뜻의 염신念辰과 발음이 같다고 볼 수 있었다.

"알고 있느냐. 나는 어릴 때부터 너를 기다렸단다. 내가 떠난 다음에 네가 왔을 줄은 상상도 못 했구나."

그의 양부와 양모는 사실 계약 결혼을 한 상태로, 모든 이들을 속이고 있었다. 양부는 원래 그에게 숨길 생각이 없었지만 양모가 '모든 사람을 속일 거라면 아이 하나 더 속인들 무슨 상관 있겠느냐'고 했다.

후에 양부는 평생 그를 속이기로 하고, 평생 아이는 그 하나만을 두겠다고 말했다. 양모는 기뻐하며 역시 아이는 그 하나면 족하다고 했었다.

그러나 사실 그는 모든 진실을 알고 있었다. 그는 어린 시절 계속 양부와 양모가 진정한 부부가 되기를, 그래서 자신에게 동생을 낳아 주기를 바랐다. 안타깝게도 그런 일은 계속 벌어지지 않았지만 말이다.

빙해의 이변이 있은 다음 해 그는 실종되었다. 양부와 양모는 그 후에야 겨우 진짜 부부가 되었고, 양모는 염진을 임신했다.

'고명신顧明辰'이라는 이름과 그의 '남신南辰'이라는 이름, 그리고 양부의 이름인 '북월北月'을 합치면 해와 달, 별을 아울러 이르는 일월성신日月星辰이 된다. 일월성신은 시간을 상징하며, 평생을 상징한다. '염진'이라는 법호는 분명 그를 그리워하며 취한 이름일 것이다.

"내 동생."

군구신의 목소리는 몹시도 다정했다. 이 순간 그는 어린 시절로 돌아간 것 같았다. 그 시절의 그 고요하고 다정한, 내향적인 성격의 아이로.

　그러나 이것은 착각일 뿐이었다. 10년의 시간이 흘렀고, 그는 이미 어른이 되었다. 군구신은 한 손으로 염진을 안아 올려 동생이 그의 넓은 어깨에 기댄 채 자게 해 주었다.

　군구신은 염진을 안고 조용히 성루 아래로 내려왔다. 그러나 막 성루 아래에 도착했을 때, 염진이 갑자기 깨어났다…….

## 전하께서는 황형이시니까

염진은 천천히 눈을 떴다. 졸음이 가득한 눈에, 어찌 된 일인지 모르겠다는 표정이었다.

군구신은 염진의 기척을 알아차리고 바로 발걸음을 멈췄다. 염진이 천천히 고개를 들더니, 망연한 표정으로 군구신과 눈을 맞췄다. 그 새까맣고 동그란 눈동자는 무어라 형용할 수 없이 귀여웠다.

군구신은 본래 염진을 좋아했지만, 그의 신분을 알게 되니 더더욱 사랑스러웠다. 군구신은 염진의 보들보들 귀여운 모습을 보며 참지 못하고 웃음을 터뜨렸다.

염진은 그제야 정신이 돌아온 듯 군구신처럼 다정하고 고요하게 웃었다. 이 순간만큼은 차가운 바람도 멈추고 온 세상이 따뜻해진 것 같았다.

염진이 웃으며 말했다.

"정왕 전하, 마침내 궁으로 돌아오셨군요. 택아가 무척 그리워했어요."

군구신이 다정하게 물었다.

"너는?"

염진은 멈칫했다. 평소 말수가 많지 않은 정왕 전하가 조금 이상하다는 생각이 들었다. 그러나 곧 택에게서 정왕 전하가 왕비를 맞은 후 변했다는 이야기를 들은 것이 기억났다.

아하, 그게 정말이었구나!

염진은 솔직하게 대답했다.

"택아가 그리워하는 만큼은 아니었지만, 그래도 그리웠어요."

군구신의 심장이 쿵 내려앉았다.

"어째서지?"

염진이 눈을 비비며 진지하게 말했다.

"그야 전하께서는 택아의 황형이시니까요."

군구신의 마음이 더더욱 애달파졌다. 그러나 그는 웃으며 아무 말도 하지 않고, 염진을 안은 채 성루 아래로 내려왔다.

염진은 군구신이 실망한 것을 눈치챈 듯 재빨리 위로했다.

"정왕 전하, 우리 출가한 이들은 육근⁵을 깨끗하게 해야 합니다. 저는 전하를 너무 많이 그리워할 수 없답니다."

군구신은 큰 소리로 웃기 시작했다. 염진이 자신을 위로하려 하는 것을 보자 답답하던 마음이 단숨에 풀렸다.

염진은 군구신이 상쾌하게 웃는 것을 보고 자신도 눈을 반달처럼 휘며 살짝 미소 지었다. 그 다정한 모습은 마치 어린 천사처럼 보였다.

"정왕 전하, 졸리지 않습니다. 안아 주시지 않아도 됩니다."

"졸리지 않아도 그냥 그대로 있어라."

군구신은 염진을 안은 채 마차로 데려왔다.

---

5  눈 · 귀 · 코 · 혀 · 몸 · 뜻의 여섯 가지 근원을 뜻하는 불교 용어.

택은 비연과 함께 이야기를 나누다가 염진이 마차로 들어오는 것을 보고 바로 자리를 양보한 후 자신은 비연 곁에 달라붙었다. 그는 황형이 자신을 끌어낼까 무서운 듯 일부러 비연의 손을 꽉 잡고 있었다.

군구신은 염진을 택의 맞은편에 앉혔다. 택은 염진에게 눈을 찡긋거렸고, 염진은 택에게 미소 지었다.

군구신은 택에게 잔소리하는 것을 잊지 않았다.

"이러면 내일 무슨 정신으로 조회에 나가겠느냐? 앞으로는 이런 일을 허락하지 않겠다."

택이 순순히 고개를 끄덕였다.

"명을 받들겠습니다, 황형!"

황제가 되어 일개 왕야에게 '명을 받들겠습니다'라고 말하다니. 군구신이 다시 미간을 찌푸렸으나, 그가 뭐라 하기 전에 비연이 먼저 말했다.

"됐어, 그만. 택아도 웃자고 한 말인데 뭐. 가까스로 돌아왔으니 너무 원칙만 따지지 말고. 그러면 다음엔 아무도 당신을 그리워하지 않을 거라고."

택은 감히 그녀의 말에 찬성을 표시하지는 못했지만 재빨리 비연의 손을 잡고 그녀에게 기댔다. 염진은 말없이 웃고 있었다. 군구신은 비연을 흘긋 보고는 더 이상 말하지 않았다.

말발굽 소리가 깊은 밤의 고요함을 깨트리고 있었다. 마차가 텅 빈 길을 지나 황궁으로 달려갔다. 황궁까지 가는 동안 택은 계속 말이 많았으나, 어느새 점차 목소리가 줄어들더니 결국은 비연의 어깨에 기댄 채 잠들고 말았다.

　비연은 감히 움직이지 못하고 군구신과 염진을 바라보며 속삭였다.

　"잠들었어?"

　군구신이 고개를 끄덕였고, 염진도 고개를 끄덕였다. 그리고 곧 다시 염진이 고개를 끄덕이더니 한 번 더 끄덕였다. 염진도 바로 이 순간 잠이 든 것이다!

　비연은 참지 못하고 웃으며 군구신에게 눈짓했다. 군구신은 그제야 염진이 고개를 끄덕이며 졸고 있다는 사실을 알아차렸다.

　군구신은 재빨리 손을 뻗어 염진의 턱을 받쳐 주었다.

　염진이 재빨리 고개를 들더니 졸린 얼굴에 미소를 떠올렸다. 염진은 그렇게 웃으며 천천히 고개를 옆으로 기울이더니, 군구신의 커다란 손에 작은 머리를 기댄 채 잠이 들었다.

　군구신은 염진이 깊이 잠들 때까지 그 자세로 있다가 염진을 제 몸에 기대게 했다. 비연은 계속 염진에 대한 인상이 좋았던 데다, 그의 신분을 알고 나니 더욱 좋아졌다.

　비록 두 아이가 모두 잠든 다음이었지만, 그녀는 감히 군구신과 진민에 대해 이야기할 엄두는 내지 못했다. 곧 그녀도 잠이 들었다. 군구신은 마부에게 마차를 천천히 몰라고 지시했다.

　궁에 도착했을 때 군구신은 직접 염진과 택을 안아서 침실로 데려가 눕혔다. 그가 마차로 돌아왔을 때 비연은 그대로 쓰러져 자고 있었다. 그는 어쩔 수 없다는 듯 웃으며 조심스럽게 그녀를 품에 안았다.

그들은 궁에서 머물지 않고 밤늦게 왕부에 도착했다. 비연은 아무래도 꽤 지친 듯 왕부에 도착했는데도 깨지 않았다.

군구신은 그녀를 안아 들고 왕부 대문에서부터 정원을 몇 곳이나 지나 침전까지 걸어갔다. 그도 마침내 피로함을 느끼고 비연 곁에 누워 속삭였다.

"연아, 며칠 후에 나와 함께 어머니를 뵈러 가자."

다음 날은 하늘이 유난히 맑고 햇빛도 몹시 좋았다.

택은 조회를 끝낸 후 바로 염진을 끌고 비밀리에 정왕부로 달려갔다.

이치대로라면 군구신도 조회에 나갔어야 했다. 그러나 그는 그럴 생각이 없었을 뿐 아니라 대외적으로 행적을 숨기고 있었다. 첫째로는 택이 계속 독자적으로 정치를 하기 바라기 때문이었고, 둘째로는 적들에게 너무 많은 것을 드러내고 싶지 않았기 때문이었다. 어쨌든 지금 백리명천과 축운궁주, 혁소해와 기욱이 모두 어두운 곳에 숨어 그들을 지켜보고 있었으니까.

택과 염진이 도착했을 때 군구신은 검을 연습하고 있었고, 비연은 곁에서 지켜보고 있었다. 비연은 택과 염진이 군구신 가까이 가지 못하도록 제지하고는, 군구신이 검법 연습을 끝낸 다음에야 놓아주었다.

택이 갑자기 공중제비를 돌아 군구신 앞에 착지했다.

"황형, 세 초식만. 어때요?"

택은 무공을 할 줄 알았지만 고수 앞에 내세울 정도는 아니었다. 그러나 지난 몇 달 동안 그는 뼈를 깎는 노력을 했고, 꽤 늘었던 것이다.

군구신은 예의를 차리지 않고 단 한 초식 만에 택을 꼼짝도 못 하게 제압했다. 택은 조금 화가 나서 말했다.

"몇 달 더 있다가 우리 다시 해 봐요!"

그러나 택은 굳이 황형을 이길 마음보다는 그를 본보기로 삼으려는 마음이 더 강했다.

택은 염진을 보며 눈알을 굴리다가 손가락을 까딱거렸다.

"염진, 나랑 한 판 붙자!"

염진은 깜짝 놀란 듯 재빨리 고개를 저었다. 그리고 그것만으로는 불충분하다는 생각이 들었는지, 두 손으로 합장하며 한마디 덧붙였다.

"출가한 사람은 다투지 않는 법입니다."

택은 염진과 함께 있을 때면 하루에 최소한 열 번은 '출가한 사람은 하지 않는 법'이라는 말을 들었다.

택은 재빨리 염진을 잡아끌려 했고, 염진은 빠르게 도망쳤다. 두 아이는 그렇게 온 정원을 서로 쫓고 쫓기며 뛰어다녔다. 한 아이는 황제였고 한 아이는 출가한 승려였지만, 이 순간만은 모두 평범한 아이들로만 보였다.

두 아이는 한참을 그렇게 쫓고 쫓기다 마침내 무예를 겨루는 일은 잊고 함께 놀기 시작했다.

비연과 군구신은 자리에 앉은 채 아이들을 지켜보고 있었다. 그리고 이때 전 어멈이 궁에서 돌아왔다……

# 전 어멈이 먼저 고발하다

전 어멈이 모습을 드러내기 전에 목소리부터 들렸다.

"왕비마마, 정왕 전하, 돌아오셨군요!"

전 어멈의 목소리를 들은 순간, 택과 염진이 모두 동작을 멈췄다.

곧 전 어멈이 문에서 빠른 걸음으로 걸어 나와 비연과 군구신 앞에 와서 감동한 목소리로 말했다.

"노비가 정왕 전하와 왕비마마를 뵈옵습니다!"

군구신은 고씨 가문에서 오랫동안 시중을 들어 온 늙은 하녀에게 관심을 가진 적이 없었기에 그저 고개만 끄덕였다.

비연은 전 어멈에게 상당히 친근하게 대하는 편으로, 직접 전 어멈을 일으켜 세우며 말했다.

"오랜만이야, 어멈. 건강은 괜찮아?"

전 어멈이 기쁜 표정으로 대답했다.

"마마께서 생각해 주시니 그저 감사할 따름입니다. 이 늙은 노비야 여전히 정정하답니다! 앞으로도 수십 년은 마마의 시중을 들 수 있습니다. 마마께서 싫어하지 않으신다면 앞으로 어린 주인님 시중도 들어 드리고 싶습니다!"

이 말을 들은 비연은 몹시 즐거운 표정이 되었다.

전 어멈은 비연을 위아래로 훑어본 다음 곧 엄지손가락을 치켜올렸다.

"왕비마마, 마침내 조금 살이 붙으셨습니다! 예전보다 훨씬 아름다워지셨습니다! 분명 정왕 전하께서 잘 보살펴 주신 덕이겠지요!"

군구신은 그제야 전 어멈을 돌아보며 말없이 미소 지었다.

비연이 자신의 얼굴을 쓰다듬으며 물었다.

"정말 살이 좀 붙었나?"

전 어멈이 다시 말했다.

"마마와 전하께서 돌아오셨으니, 다시 시중을 들게 해 주십시오. 오늘 아침 마마께서 돌아오셨다는 이야기를 듣자마자 궁 안의 일을 모두 맡기고 왔습니다. 저는 궁으로 돌아가지 않고 정왕부에 머물고 싶습니다!"

전 어멈이 계속 이어 말하려는데, 택이 갑자기 불쾌한 목소리로 말을 잘랐다.

"우리 황형이 형수께 그리도 지극하신데, 너 따위가 왜 쓸데없이 걱정하는 거지?"

전 어멈은 살짝 멈칫하더니, 곧 겁먹은 듯 한옆으로 물러났다.

"예, 황상의 말씀이 옳으십니다!"

비연과 군구신은 예민한 사람들이라 바로 뭔가 이상하다는 것을 눈치챘다.

택은 아랫사람들에게 잘 대하는 편으로, 여간해서는 하인을 질책하지 않았다. 물론 비연과 군구신은 택의 태도가 이상하다고 생각하면서도 일단은 안색을 바꾸지 않았다.

군구신이 말했다.

"택아, 따라오너라. 남방의 홍수에 대해 이야기하자꾸나."

택이 바로 군구신 뒤를 쫓았다.

염진은 비연을 보다가 다시 택을 바라보더니, 소리 없이 택을 따라갔다. 정원에는 이제 비연과 전 어멈만이 남아 있었다.

전 어멈이 그제야 겁먹은 목소리로 말했다.

"왕비마마, 이 늙은이가 말을 잘못하였습니다."

비연이 소리 내어 웃으며 말했다.

"아이들은 말을 거침없이 하지. 전 어멈, 택아와 논쟁을 벌이지 말도록 해."

전 어멈이 바로 긴장하여 말했다.

"왕비마마, 하지만 황제 폐하시잖아요! 군주의 말에는 희언이 없는 법이니! 저는 폐하와 논쟁을 벌이려 한 것이 아니에요. 감히 그런 생각은 하지도 못하지요. 방금은 정말로 주변을 고려하지 못했어요. 이 늙은이는 그저 마마를 뵈니 너무 기뻐서, 그래서……."

비연이 재빨리 전 어멈의 말을 끊었다.

"됐어, 그만. 여기 다른 사람도 없으니 그렇게 예의를 갖출 필요 없어."

전 어멈은 비연의 명을 따르겠다는 듯 그녀를 바라보았다.

비연이 나른하게 몸을 일으켰을 때 전 어멈이 서둘러 말했다.

"왕비마마, 마마께서 가장 좋아하시는 후추를 뿌린 돼지내장탕을 만들겠어요. 날이 추우니, 내장탕을 먹기 좋은 때입니다."

비연은 돼지내장탕을 좋아하지 않았다. 그러나 그녀는 진짜 고씨 가문의 대소저가 좋아했던 탕이었구나 싶어 거절하지 않고 고개를 끄덕였다.

"염진 소사부에게는 채식을 준비해 주도록 해. 과일도 넉넉히 준비하고."

전 어멈은 연신 '예'라고 대답한 후 자리를 뜨려다가 갑자기 다시 몸을 돌렸다.

"왕비마마, 제가 몇 마디 올려도 괜찮을지 모르겠습니다."

비연은 자못 의외였다.

"그렇게 말한다는 것은 하고 싶은 말이 있다는 거겠지! 하고 싶은 말이 있으면 솔직하게 말해 봐."

전 어멈이 난처한 듯 웃으며 가까이 다가오더니 의미심장한 목소리로 말했다.

"왕비마마, 염진 소사부는 출가한 사람이니 계속 궁에 있는 것은 타당하지 않은 것 같습니다. 항상 황상과 함께 드나드시고, 특히 식사고 잠이고 함께하시니 더더욱 타당하지 않습니다."

비연은 몹시 놀라 물었다.

"어째서?"

전 어멈은 목소리를 더욱 낮춰 대답했다.

"이 늙은이가 궁에서 하인들이 쑥덕거리는 것을 들었답니다. 일국의 군주에게는 군주의 규범이 있는 법인데, 어찌 일개 어린 승려와 함께 지내느냐고요. 체통이 서지 않는다고들 하더군요! 게다가 만약 황상께서 염진 소사부의 영향이라도 받아 출가한 사람처럼 아무 욕망도 느끼지 않고, 다투거나 싸우지도 않게 되시면…… 혹시라도 출가하여 승려가 되고 싶은 생각이라도 드시면, 그러면 정왕 전하께서 수년 동안 최선을 다하신 것이 모두 쓸모없어지지 않겠습니까!"

비연은 이런 얘기를 보고받은 적이 없었기에 지금 상황을 도무지 이해할 수 없었다. 그러나 그녀는 말없이 계속 경청했다.

전 어멈이 우물쭈물하기 시작했다.

"그리고 저는 또…… 또 들었는데……."

비연은 조금 불쾌한 목소리로 말했다.

"솔직하게 말하라 했는데 무얼 망설이는 거지? 설마 본 왕비에게도 뭘 삼가거나 하는 건 아니겠지?"

전 어멈은 긴장하여 허리를 굽혔다.

"왕비마마, 분노를 삭이세요. 저는 감히……. 저는 다만……."

전 어멈은 여기까지 말한 다음 잠시 멈췄으나, 곧이어 말하기 시작했다.

"왕비마마, 궁에서 누군가가 황상께서 남색을 하신다고 이야기를, 그러니까 염진 소사부와……."

"그만!"

비연은 화가 치밀어 올랐다. 누군가가 아직 어린 택과 염진에 대해 그런 저속한 상상을 하고 있을 줄이야. 정말이지 너무나 화가 나고, 너무나 역겨웠다!

전 어멈은 놀란 나머지 재빨리 무릎을 꿇었다. 그러나 말을 멈추지는 않았다.

"왕비마마, 이 늙은이가 몰래 그자들을 처리했습니다. 황상께는 감히 이런 말씀을 올리지 못했어요. 하지만 이미 몇 번이나 황상께 염진 소사부를 멀리하시거나 대자사로 돌려보내라고 권했습니다. 하지만…… 하지만 황상께서는 들은 체도 하지 않으셨어요. 그리고, 그리고…… 이 늙은이가 나쁜 뜻을 품었다 의심하셨습니다. 왕비마마, 저는 이 일을 만 공공에게도 이야기했습니다. 만 공공에게 마마와 전하께 전해 달라고 했지요. 하지만 만 공공도 들은 체도 하지 않고 저에게 쓸데없는 신경을 쓴다 하더군요. 만약 마마와 전하께서 돌아오지 않으셨다면 저는 정말 어찌해야 할지 몰랐을 거예요."

비연의 눈가에 희미하게 복잡한 빛이 스쳐 갔다. 그녀는 전 어멈을 일으키며 말했다.

"내가 알았으니 이제 이 일은 더 이상 이야기할 필요 없어. 내가 처리할 테니까."

전 어멈이 몹시 기뻐하며 물러갔다.

비연은 사라져 가는 전 어멈의 뒷모습을 보며 깊은 생각에 빠졌다.

하소만은 진양성에 몇 번이나 돌아왔었다. 그러나 그는 그녀와 군구신에게 이 일에 대해 언급한 적 없을 뿐 아니라, 오히려 염진과 택의 사이가 아주 좋다고 이야기했다.

군구신은 지난 몇 달 동안 외부에 있었기 때문에 궁중의 하인들이 떠드는 말까지 알 수는 없었을 것이다.

이 일은 대체 어느 정도로 심각한 것일까?

택과 염진은 어느 정도 알고 있을까?

비연은 원래 택과 염진에게 다른 이들의 저속한 상상을 알릴 생각이 없었다. 그러나 택의 신분을 생각하니, 아무래도 그가 이해할 수 있도록 이야기를 해 봐야 할 것 같았다.

비연은 곧 서재에 도착했다. 군구신은 마침 택과 정무를 논하고 있었고, 염진은 고개를 갸우뚱한 채 알 듯 말 듯 한 표정으로 곁에서 듣고 있었다. 비연은 그들의 이야기를 끊지 않고 한옆에 앉아 기다렸다.

놀랍게도 택은 군구신과 대화를 끝낸 다음 스스로 비연과 군구신에게 전 어멈에 대해 언급했다.

택이 눈짓하자 염진이 재빨리 달려가 문을 닫았다. 택은 그제야 진지한 표정으로 말했다.

"황형, 형수, 전 어멈은 좋은 사람이 아니야!"

# 택아, 출가하거라

비연은 택이 전 어멈에게 좋지 않은 반응을 보이리라 생각하긴 했지만, 이렇게까지 이야기하는 것은 뜻밖이었다.

택이 보통 아이라면 그녀는 아마도 전 어멈에게서 방금 들은 이야기로 인해 선입견을 품고 이 일을 대했을 것이다. 그러나 그녀 앞에 있는 아이는 이미 독립적으로 적지 않은 정무를 처리하고 있는 택이었다. 비연은 전 어멈의 말에 영향을 받지 않았을 뿐 아니라, 오히려 이 일에 이상한 구석이 있다고 생각하게 되었다.

비연이 진지하게 물었다.

"왜 그렇게 생각하지? 전 어멈이 무슨 잘못이라도 저질렀어?"

택이 일부러 문밖을 한 번 더 살펴보고, 문가에 있는 진묵에게 어떤 사람도 접근시키지 말라고 말한 후 다시 문을 닫았다.

"황형, 형수, 전 어멈은 결코 좋은 사람이 아니야. 내 생각엔 황형과 형수가 전 어멈을 경계하는 게 좋을 것 같아. 가장 좋은 건 어딘가로 내쫓는 거고! 아니, 아니다, 내쫓으면 안 돼! 제대로 한번 조사를 해 봐야 해!"

군구신이 말했다.

"상황을 정확하게 이야기해 봐."

택이 염진을 흘깃 보더니 말했다.

"전 어멈은 궁에 들어온 지 얼마 되지 않았을 때부터 계속 염진을 따돌렸어. 그리고 몇 번이나 나에게 염진과 같이 있지 말라고, 염진을 내보내라고 그러더라고! 나쁜 마음을 먹고 있는 것이 분명해!"

비연은 답답했고, 군구신도 몹시 놀라며 물었다.

"무엇 때문이지?"

택이 대답했다.

"무슨 규율에 어긋난다나. 그리고 뒤에서 자꾸 염진에 대해 나쁜 이야기를 해. 염진은 승려니 절에만 있어야 하고, 황궁에 있어서는 안 된다고. 그리고……."

택은 마치 염진에게 상처를 입힐까 봐 두려운 듯 그를 다시 바라본 다음 말했다.

"게다가 염진이 나에게 나쁜 물을 들일 거라고!"

이 말에 군구신과 비연은 그만 웃고 말았다. 택이 염진에게 나쁜 물을 들이면 들였지, 염진이 어떻게 택에게 나쁜 물을 들일 수 있겠는가! 정말이지 너무도 황당무계했다!

군구신과 비연이 웃는 것을 보고 택은 바로 그들의 생각을 알아차린 듯 난처한 표정으로 머리를 긁었다. 염진 역시 조금 당황스러운 듯 고개를 숙이고 작은 손으로 제 반짝이는 머리를 쓰다듬었다.

웃는 것은 웃는 것이고, 비연은 진지하게 물었다.

"바로 그 일 때문에 전 어멈이 좋은 사람이 아니라 생각한 거야?"

택이 고개를 끄덕였다.

"응!"

비연은 전 어멈이 방금 했던 말을 떠올리고 잠시 머뭇거리다가 다시 물었다.

"택아, 그저 그뿐이야?"

택은 한참 우물쭈물하더니, 염진과 함께 몰래 전 어멈을 미행하고 감시했다고 털어놓았다.

비연은 이 두 아이가 그런 일까지 했을 줄은 생각하지 못했지만, 어쨌든 물어보지 않아도 알 만했다. 아이들은 아무것도 발견하지 못한 것이다. 그렇지 않았다면 이미 그녀와 군구신에게 이야기했을 테니까. 이렇게 우물쭈물하는 것이 아니라.

비연이 말했다.

"아무 증거도 찾지 못한 거지?"

택이 화가 난 듯 말했다.

"하지만 염진에 대한 태도가 정말 냉담하단 말이에요. 염진을 싫어해서 내쫓으려는 것이 분명하다고요! 내 직감은 틀린 적이 없어. 전 어멈은 절대 좋은 사람이 아니에요. 믿지 못하겠다면 황형에게 물어봐요!"

비연은 그제야 군구신의 귓가에 방금 전 어멈에게서 들은 말을 속삭여 주었다.

군구신은 원래 불쾌한 표정이었으나, 상황을 듣고 나니 전 어멈이 그렇게 생각한 것도 무리는 아니라는 생각이 들었다. 전 어멈이 그렇게 생각하고 염진에게 좋은 태도를 보이지 않은 것은 비록 타당하지 않다고 해도, 선악을 나눌 만한 것은 아니었다.

택은 비연과 군구신이 귓속말을 주고받는 것을 보고 다급해져서 덧붙였다.

"황형, 내 느낌은 틀린 적이 없다니까! 알잖아요!"

군구신이 말했다.

"그렇게 자신이 있다면 계속 조사해도 무방하다. 그러나 좋은 사람을 오해하여 마음에 상처를 주어서는 안 된다. 그리고 염진은 출가한 사람이니 항상 네 곁에서 함께 침식하는 것은 확실히 옳지 않지."

택은 이 말을 듣자 더욱 당황했다. 그러나 그때 군구신이 염진을 바라보며 웃는 얼굴로 물었다.

"염진, 환속할 생각은 없니?"

이 말을 들은 택의 눈이 빛나기 시작했다. 그러나 염진은 망설임조차 없이 고개를 저었다. 마치 이 기회를 틈타 택에게 선언하고 싶은 것 같기도 했다.

"며칠 동안 궁에 있을지, 또 며칠 동안 절에 돌아갈지 약속하고선…… 택은 약속을 지키지 않아요. 나를 돌려보내 주려 하지 않아요."

염진은 택을 흘깃 바라보았다. 그 시선은 억울하다면 억울해 보였다.

"나는 부처와도 함께 있어 줘야 한다고요."

부처와 함께 있어야 한다고?

비연과 군구신은 예불을 올린다거나 불공을 드린다는 말은 들어 보았지만 '부처와 함께 있어야 한다'라는 표현은 처음 들었다. 그러나 택은 이미 그 표현을 질릴 만큼 들은 듯, 즐겁지 않은 표정으로 눈썹을 치켜세우고 원망의 말을 쏟아 냈다.

"부처는 마음속에 계시니 마음 밖에서 구할 것이 아니라고. 부처는 원래 모습이 없고, 마음에 부처를 담으면 부처는 곧 삼라만상에 존재하는 것이지. 마음이 부처고, 부처가 마음인데, 예불을 드릴 필요가 뭔데? 너희 승려들은 꼭 그렇게 많은 재물과 인력을 낭비해서 그렇게 많은 불상이며 사원을 지어야 하는 거야? 그래, 꼭 그렇게 매일 불전 앞에서 무릎을 꿇고 목탁을 치며 경을 외워야 예불을 올린다고 할 수 있는 거냐? 내가 부처라면 승려들이 너무 시끄러워서 짜증이 날 텐데!"

비연과 군구신은 몇 달 보지 못한 사이에 택이 이렇게 깨달음을 얻었을 줄은 예상치 못하던 차였다. 염진도 눈을 휘둥그렇게 뜨더니 놀라고 기뻐하며 말했다.

"택아, 너도 출가하지 않을래? 응?"

택은 하마터면 바닥에 넘어질 뻔했다. 택은 두 팔로 자기를 끌어안더니 몸을 돌렸다. 염진과 상대하고 싶지 않다는 태도였다.

군구신과 비연은 이 두 아이를 보며 즐거운 기분이 들었지만, 염진의 말을 들으니 전 어멈의 근심을 다시 고민해 보지 않을 수 없었다.

이 두 아이가 만약 전 어멈이 그들을 떨어뜨려 놓으려 한다는 이유만으로 전 어멈이 나쁜 사람이라고 판단한다면 너무 어린애 같은 생각이었다.

비연은 잠시 머뭇거리다가 화제를 다시 끌어왔다.

"염진, 너는 전 어멈이 좋은 사람이라 생각하니?"

비록 비연은 마음속으로 판단을 내린 상태였지만 염진의 생각도 듣고 싶었다. 택은 종종 제멋대로 굴었지만 염진은 제멋대로 구는 법이 없었다. 전 어멈의 뒤를 밟은 것도 택 때문일 것이 분명했다.

염진이 새까만 눈을 깜빡이더니 제법 진지하게 눈을 빛냈다. 비연과 군구신이 염진이 더 하고 싶은 말이 있나 생각할 무렵, 염진이 말했다.

"느낌은…… 제 느낌이 택아보다 배는 정확하지요."

비연과 군구신은 서로를 바라보며 아무 말도 하지 않았다. 그들은 비록 아무 태도도 나타내지 않았지만 두 아이가 실망하게 하지도 않았다. 비연이 말했다.

"알겠어. 너희들의 느낌을 내가 기억해 둘게. 나와 전하도 돌아왔으니, 전 어멈이 궁에 가서 시중을 들 필요가 없겠지. 전 어멈을 왕부에 있으라 할게."

택이 조급한지 바로 말했다.

"형수, 우리 때문에 억지로 그러는 건가요!"

비연이 진지하게 대답했다.

"억지로 그러는 건 아니야. 택아, 너는 이제 일국의 군주니 기억해야만 한다. 모든 일을 느낌에 따라 결정해서는 안 돼. 언제나 증거가 필요하지. 그래야 사람들이 납득할 수 있단다."

택이 더 말하려 했을 때 군구신이 입을 열었다.

"택아, 네가 진상을 알더라도 증거가 없으면 참아야만 하는 일이 아주 많단다. 일국의 군주는 대권을 손에 쥐고 있는 몸이지. 하지만 군주는 결코 제멋대로 굴어서는 안 되는, 이 세상에서 가장 자신의 고집대로 할 수 없는 사람이란다."

택은 고개를 숙였다. 분명 실망한 것 같았지만, 황형과 형수의 말을 새겨듣고 있었다.

"응, 기억할게요."

염진이 위로하듯 몰래 택의 옷자락을 잡아당겼다.

비연은 어쩔 수 없이 웃고 말았다. 그녀는 몸을 일으켜 택에게로 다가가 그의 고개를 들게 했다. 그러고는 일부러 불쾌한 듯 말했다.

"군자택, 내가 기억하겠다고 했잖아. 나는 분명히 조사해 볼 거야. 그런데 이렇게 나를 못 믿는 거야?"

이 말을 듣자 택의 암담하던 눈이 빛나기 시작했다. 염진도 곁에서 천천히 하얀 이를 드러내며 소리 없이 미소 지었다.

택과 염진이 궁으로 돌아간 후, 비연이 군구신에게 물었다.

"어떻게 생각해?"

그리고 이 순간, 전 어멈이 탕 그릇을 들고 들어왔다……

## 부처는 어머니야

전 어멈이 다가오는 것을 보고 비연과 군구신은 약속이나 한 듯 화제를 돌렸다.

군구신이 말했다.

"당신이 하고 싶은 대로 하면 그만이지."

"어떻게 나 혼자 다 안배할 수 있겠어. 모레가 바로 중추절인데, 나는 궁 안에서 연회를 어떻게 열어야 하는지 잘 모르는걸."

비연의 말에 군구신이 대답했다.

"가족끼리 모이는 연회인데, 편한 대로 하면 되지."

"하소만, 그 녀석이 없으니…… 하소만이 있었으면 그 애가 알아서 잘했을 텐데."

이때 전 어멈이 그들 앞으로 다가와 탁자 위에 탕 그릇을 내려놓고, 절을 올리며 말했다.

"노비가 정왕 전하와 왕비마마를 뵙습니다. 정왕 전하, 제가 후추를 넣고 내장탕을 끓였답니다. 왕비마마께서 가장 좋아하시는 탕이지요. 이렇게 날이 쌀쌀할 때 드시면 한기를 몰아내고 위를 따뜻하게 하는 데 좋답니다. 맛을 좀 보시지요."

군구신이 비연의 기호를 모를 수 있을까? 그러나 그는 거절하지 않고 비연과 함께 자리에 앉아 탕을 마시기 시작했다.

이 탕의 맛은 정말로 훌륭했다. 후추의 알싸하게 매운 느낌이 잘 어우러지며 비린내를 잡고 맛을 끌어올려 주니 입에 잘 맞았다.

비연과 군구신은 더 이야기를 나누지 않고 맛있게 탕을 마셨다. 전 어멈이 시종 미소를 띤 채 곁에서 그들을 지켜보고 있었다. 마치 그들의 시중을 들게 되어서, 그들이 먹는 모습을 보게 되어서 무척이나 기쁜 듯한 표정이었다.

한참 후, 전 어멈이 말했다.

"왕비마마, 방금 마마께서 전하와 중추절 연회에 관해 말씀하시는 걸 들었습니다. 마마, 그 일을 이 노비에게 맡겨 주세요! 제가 최근 궁에서 지내다 보니 궁 안의 규칙에 익숙해졌답니다!"

비연이 눈썹을 치키자 전 어멈이 서둘러 덧붙였다.

"정왕 전하께서 방금 말씀하셨듯이, 가족끼리 모이시는 자리니 너무 대단하게 차릴 필요는 없겠지요. 고씨 가문 노야께서 살아 계실 적에, 고씨 가문의 중추절 연회는 언제나 제가 차렸답니다. 왕비마마, 마마께서 가장 좋아하시는 월병도 바로 제가 직접 만든 것이었지요! 마마, 저에게 기회를 주십시오!"

전 어멈이 무척 열성적이라, 비연은 그런 그녀에게 의심을 품는 것이 미안해질 정도였다. 비연이 말했다.

"규율대로 하자면 황상께서 허락하셔야 하지. 너무 애태우지 말도록 해. 일이 다 지나가고 나면, 앞으로 중추절 연회가 뭐가 문제겠어."

전 어멈이 가볍게 탄식하며 말했다.

"예, 알겠습니다."

전 어멈은 비연의 그릇이 비어 가는 것을 보고 다시 탕을 덜어 주었다.

비연과 군구신이 탕을 다 마시자 전 어멈은 물건을 정리하기 시작했다. 비연과 군구신은 서로를 바라본 다음, 약속이나 한 듯 내실로 들어갔다.

비연이 장난기 어린 목소리로 말했다.

"여기는 우리 저택인데, 말 한마디 하는 것도 조심해야 하니, 정말 지치네!"

군구신이 그녀를 흘깃 보더니 말했다.

"하지만 전 어멈은 우리 저택 사람이 아니지."

정왕부의 하인은 모두 하소만의 엄격한 심사와 시험을 거치기 마련이었다.

비연이 어쩔 수 없다는 듯 말했다.

"내 사람도 아닌걸. 하지만 지금은 우리 두 사람의 사람이기도 하지."

군구신이 웃더니 곧 진지한 표정으로 말했다.

"연아, 전 어멈이 아는 일이 적지 않다. 조사하려면 철저하게 해야 해."

비연이라고 그런 생각을 하지 않은 것은 아니었다.

그녀는 자신이 물에 빠졌을 때 입었던 옷에 대해서도 고민해 보았다. 그러나 전 어멈은 그때 고씨 대소저의 유모가 아니었으니, 대소저가 그런 옷을 가지고 있었는지 모르는 것도 정상이었다. 당시 고씨 저택에 난리가 났으니, 대소저의 옷을 아는 사람도 눈치채지 못한 것 역시 정상이었다.

비연이 말했다.

"전 어멈은 고씨 가문에서 수십 년 시중을 들었어. 그러니 이 치대로라면 별문제가 없어야 하지. 만약…… 누군가에게 매수당한 것이 아니라면."

군구신이 상당히 진지하게 말했다.

"마음대로 하라고 하면, 넌 택아와 염진의 느낌을 믿고 싶은 것 같군."

비연이 대답했다.

"마음대로 할 수 있다면, 나는 이 일을 하소만에게 맡길 거야. 하지만 하소만이 지금 여기 없으니!"

두 사람 모두 웃었다. 그러나 웃는 것은 웃는 것이고, 이 일은 신중하게 대처해야 했다.

비연은 바로 진묵을 불러 궁에 다녀오라고 명령했다. 하소만의 심복을 찾아 궁 안의 상황을 이해해 보기 위해서였다.

동시에 비연은 정왕부 내에 시위들을 몰래 배치하여 전 어멈의 행적을 유심히 살피고, 이상한 점이 보이면 바로 보고할 것을 명했다.

비록 비연은 아이들의 직감을 믿고 있었지만, 정말로 무언가를 발견하는 것은 원하지 않았다! 이 늙은 어멈에게 꽤 마음을 쓰고 있기도 했거니와, 전 어멈에게 정말 무슨 문제가 있다면 그들의 일거수일투족이 누군가에게 감시당하고 있다는 의미였기 때문이다. 만약 그렇다면 그건 너무나 무서운 일이었다!

전 어멈과 관련한 일을 처리한 후, 비연은 중추절 연회를 직접 준비하기로 했다. 비록 바빴지만, 이번 중추절 연회가 군구신에게 남다른 의미가 있는 만큼 그녀는 반드시 잘해 내야만 했다.

시간이 흘러 눈 깜빡할 사이에 중추절이 되었다.

군구신과 비연은 전날부터 궁에서 머물렀는데, 아침 일찍 눈을 떴을 때부터 하인들의 목소리를 듣게 되었다.

"정왕 전하, 왕비마마, 황상과 염진 소사부가 말다툼을 하고 계십니다. 어서 가서 봐 주십시오!"

말다툼?

택이야 말다툼을 벌이며 그들을 깨울 수 있다 쳐도, 염진이 말다툼을 하고 있다니, 참 희한한 일이었다.

비연과 군구신은 재빨리 택이 거하는 대흥궁으로 달려갔다. 막 침전 앞에 도착했을 때 무척 화난 듯한 택의 목소리가 들려왔다.

"넌 아직 나이도 어리면서 왜 그렇게 융통성이 없어? 내일 가면 뭐 팔이 하나 사라져, 다리가 하나 사라져? 오늘은 중추절이잖아. 넌 아빠도 엄마도 없는데, 대자사에 간들 뭐 해?"

택의 목소리가 멈추자 바로 염진의 목소리가 들렸다.

"가야 해."

염진의 목소리는 평소처럼 평온하지 않았다. 그는 차마 더 권할 수 없을 정도로 단호하게 고집을 부리고 있었다.

택의 목소리가 더욱 커졌다.

"가까스로 황형이랑 형수가 돌아왔는데, 어째서 여기 있지 않으려 하는 거야?"

염진이 아주 진지하게 말했다.

"그래. 황형과 형수가 너와 함께 있어 줄 거잖아. 그러니까 너무 욕심부리지 마."

택은 화가 치밀어 오른 것이 분명했다.

"그럼 너는? 말해 봐. 너, 우리가 친구라고 생각하는 거야? 설마 우리가…… 너에게는 그 승려들보다 못한 건 아니겠지?"

염진의 목소리에 억울함이 묻어났다.

"나는 스님들과 함께 지내려는 것이 아니라, 부처님과 함께 지내려는 거야."

택은 화가 나서 죽을 지경이었다.

"중추절은 모두 함께 모이는 날이지, 부처님 오신 날 같은 것이 아니라고!"

염진이 더욱 억울해하며 말했다.

"모두 모이는데, 부처님만 혼자 있잖아."

이 말을 끝으로 방 안은 고요해졌다.

군구신은 언제부터인지 몸을 돌려 벽에 기댄 채 푸른 하늘을 바라보고 있었는데, 그 고요한 눈이 조금씩 젖어 들고 있었다. 군구신이 중얼거렸다.

"그렇지. 부처님만 혼자 계시지."

염진이 말하는 부처는 분명 그들의 어머니, 진민이었다!

갑자기 방에서 택의 목소리가 들려왔다.

"염진, 넌 이제 끝장이야. 내가 확신하는데, 넌 이제 평생 환속 따위는 못 할 거다! 그래, 평생 부처님이랑 가족이 되라고!"

이 말을 듣자 비연은 말할 것도 없고, 슬픔에 잠겨 있던 군구신조차 참지 못하고 웃어 버렸다.

비연이 속삭였다.

"이 일, 아무래도 택아에게 알려야 할 것 같아. 택아가 염진을 저리 좋아하잖아. 분명 아주 기뻐할 거야."

군구신도 그렇게 생각하고 있었고, 어젯밤 궁에서 머문 것도 바로 이 일을 위해서였다.

군구신이 문을 두드린 후 안으로 들어갔다…….

# 바보 같은

군구신은 안으로 들어갔지만 바로 택과 염진에게 사실을 이야기하지는 않았다. 그도 망설여지는 구석이 있었다. 그렇지 않았다면 군구신도 어머니가 그리 그리우니, 예전에 이미 사실을 털어놓았을 것이다.

군구신은 일단 두 아이의 다툼을 말렸다.

군구신과 비연이 들어오는 것을 보고 택은 이상하게 생각하지 않았다. 어쨌든 그들에게 하인을 보낸 것이 택이었던 것이다.

그는 형수가 침상에서 게으름을 부릴까 두려워, 하인에게 그들이 싸우고 있다고 말하게 시켰다! 그러나 그는 지금 자신이 정말로 말다툼을 벌이는 중이라고 느끼고 있었다.

택이 말했다.

"황형, 형수, 와서 판단 좀 해 줘요. 나는 염진을 제일 좋은 친구라 생각하고 중추절을 같이 보내고 싶은데, 염진은 굳이 대자사로 가서 부처랑 지내겠다고 하잖아. 분명 일부러 저러는 거라고요!"

군구신은 염진의 머리를 쓰다듬은 후 자리에 앉아 택을 달래기 시작했다.

"대자사에서는 중추절에 제례를 올리지. 게다가 주지 스님이 염진을 맡아 키워 주셨으니 대자사는 염진의 집이다. 중추절은 당연히 주지 스님과 함께 보내야지."

택이 반박했다.

"하지만 염진은 스님들과 보내려는 것이 아니라고 했어요! 부처랑 같이 지내겠다고!"

그는 여기까지 말한 후 화가 나서 다시 비아냥거렸다.

"정말 바보 같아!"

택은 염진이 중추절에 남지 않겠다고 해서 화가 났다기보다는 염진이 고집을 부려서 화가 난 것 같았다.

조회가 끝난 후 지금까지 계속 다퉜건만 택은 도무지 이해할 수 없었다. 염진이 무엇 때문에 이렇게 고집을 부리며 부처에게 가려고 하는 걸까?

택은 염진이 부처에게 예불을 올리는 것에 집착한다고 생각했고, 염진이 미련하고 융통성 없다고 생각했다! 그는 심지어 이 기회에 염진과 한번 크게 다투고, 염진을 그 집념의 고해에서 끌어내야겠다고 생각했다!

군구신은 어찌 대답해야 좋을지 알 수 없어 잠시 할 말을 잃었다. 그러자 비연이 대신 대답했다.

"부처와 함께 지내는 것과 스님들과 함께 보내는 것은 같은 말이야. 어쨌든 대자사에 돌아가야 하는 거니까."

택이 한마디 하려 했을 때 비연이 그의 어깨를 잡고 진지하게 말했다.

"그만. 염진을 힘들게 하지 말자. 만약 염진이 정말로 놀라서 도망치면 울 거면서 말이야. 형수가 이미 연회 준비를 끝내

났어. 점심때 연회를 열 거야. 그리고 택아, 황형이 있을 때 어서 봐야 할 상소문을 다 보고, 이해가 안 가는 부분은 황형에게 물어보고……."

비연은 여기까지 말한 후 택에게 슬쩍 눈짓하며 속삭였다.

"저녁에 대자사에 데려가 줄게. 아주 커다란 비밀도 알려 줄 거야!"

이 말을 들은 택이 놀란 표정을 지었다. 거의 동시에 비연이 그의 어깨를 힘주어 잡았다. 택은 바로 들켜서는 안 된다는 것을 깨닫고 두 눈을 감았다. 그리고 다시 분노한 표정을 짜내더니 눈을 떴다.

이 순간적인 표정 변화를 보고 비연은 하마터면 웃어 버릴 뻔했다.

사실 염진과 군구신은 비연이 몸으로 가리고 있었기 때문에 택의 이런 표정 변화를 보지 못했다. 물론 택은 그 점을 인지하지 못하고, 열심히 화가 난 표정을 지어내며 속삭였다.

"정말? 무슨 비밀?"

비연은 견딜 수 없어 그만 입꼬리를 올리고 말았다. 다행히도 그녀는 염진에게서 등을 돌리고 있었기에 염진은 그런 그녀의 모습을 볼 수 없었다.

비연이 택에게 속삭였다.

"형수가 너를 속인 적 있어?"

택은 무척 기뻐하면서도, 억지로 표정을 지어내며 목소리를 길게 뺐다.

"좋⋯⋯아!"

그는 고개를 갸우뚱한 후, 비연 너머 염진을 바라보았다.

"너는? 어쩔 거야?"

염진은 뜻밖에도 바로 대답하지 않고, 작은 고개를 들어 군구신을 바라보며 진지하게 물었다.

"그럼 달이 뜰 때는 돌아가도 될까요?"

택은 염진의 이런 모습을 이해할 수 없었다. 택은 말없이 입술을 깨문 채 두 뺨을 부풀렸다. 이 순간 택은 조금 충동적으로 염진을 궁에 가두고 싶다는 생각을 하고 있었다.

염진이 머리를 삭발하지 못하게 하고, 응, 머리가 자라도록 기다리고. 그런 다음에 고기를 먹이고, 술을 마시게 하고⋯⋯. 계율을 다 깨 버리는 거야! 그다음에도 저런 식으로 구는지 두고 봐야지.

그러나 군구신에게 있어 염진의 이 말은 무척 다르게 들렸다. 양부의 생일이 바로 중추절이었던 것이다.

군구신이 어렸을 때 양모와 양부와 한동안 떨어져 지냈다. 양부는 북쪽의 황성에 있었고, 양모는 운공대륙 남쪽의 영주에서 그와 함께 지냈다.

양모는 양부를 좋아했다. 그러나 떨어지는 꽃에 정이 있었지만 흐르는 물에는 마음이 없었으니, 양부는 양모를 사랑보다는 책임감으로 대했다. 양모는 그 사실을 알고 억지로 마음을 얻으려 하지 않고, 그저 매일 밤 달을 보며 그리워할 뿐이었다.

그의 '남신'이라는 이름도 바로 그렇게 지어졌다. 양모는 양부가 북쪽의 달빛이고, 그가 남쪽의 별빛이라고 이야기했다. 그녀의 밤을 비춰 주는 빛이라고.

그는 어린 시절부터 그러한 사정을 모두 알고 있었지만, 아무것도 모르는 척했다. 그도 몰래 달을 보며 양부를 그리워했고, 달이 그의 집에 내려오기를, 양부가 나타나기를 바라곤 했다.

한 번은 양부가 정말로 돌아왔다. 달빛을 받으며 지붕 위에 서 있는 양부의 흰옷은 달빛보다 더 희게 보였다. 그는 정말로 달이 자신의 집에 내려왔다고 생각했다.

군구신은 염진에게 옅게 미소 지으며 놀리듯 말했다.

"네가 부처와 함께 달을 감상할 수 있도록 돌려보내 주마. 안심하거라."

염진은 그제야 기뻐하며, 고개를 갸웃하여 군구신 너머 택을 바라보았다. 이때 택도 여전히 염진을 노려보고 있었다.

그러나 염진은 택의 분노며, 방금 큰 소리를 내고 싸운 것을 전혀 신경 쓰지 않았다. 그는 택을 바라보며 눈이 휘어지도록 웃었다. 그 따뜻하고 사랑스러운, 순수한 웃는 얼굴을 보고 있으면 봄바람이 얼굴로 불어오는 느낌이었다. 누구라도 염진의 웃는 얼굴을 보면 모든 불쾌한 감정을 잊을 수밖에 없었다.

"그럼 저는 한 끼 더 먹을 수 있겠어요."

염진의 말에 택은 바로 표정이 풀어지고 말았다. 그는 다급하게 비연 뒤로 숨더니, 두어 번 가볍게 기침한 후 말했다.

"마음대로 해!"

택은 군구신과 함께 어서방으로 갔고, 염진은 평소처럼 방으로 돌아가 경을 외우기 시작했다. 비연은 한가하게 굴 시간이 없었다. 중추절과 같은 날에도 그녀는 수련을 잊지 않았다.

그녀는 이미 희미하게나마 몸 안에서 힘이 움직이는 것을 느낄 수 있었다. 이제 곧 봉황력의 존재를 느낄 수 있게 될 것 같았다.

정오 무렵, 모두 대흥궁으로 돌아왔다. 오늘의 점심 식사야말로 명실상부한 가족 연회로, 군구신 부부와 택, 그리고 염진 네 사람만이 참가했다.

사람 수는 적었지만 비연은 아주 흥겨운 연회를 준비했다. 그녀는 택과 군구신이 가장 좋아하는 요리를 준비하게 하고, 각양각색의 채식 요리도 준비했다. 비록 함께 달을 감상하지는 않았지만, 각종 소가 들어간 월병이며 견과류도 모두 있었다.

염진은 월병을 좋아하는 모양이었다. 재빨리 몇 개 먹더니, 조금 미안한 듯 손을 쉽게 뻗지 못했다. 그러나 결국 참지 못하고 계속 탁자 가장자리를 더듬더니, 다시 하나 가져가 먹었다.

그 모습을 보고 비연과 군구신은 서로 바라보며 웃고는, 보지 못한 척했다.

모두 식사하며 즐겁게 대화를 나누었다. 비연과 군구신은 최근 반년 동안 진양성 밖에서 바쁘게 돌아다니느라 이렇게 앉아 즐겁게 식사하고 이야기를 나눌 겨를이 없었다. 택과 염진뿐 아니라 그들 두 사람에게도 몹시 즐거운 연회였다.

식사 후, 비연이 일부러 염진에게 색이 다른 추국 한 묶음을 준비해 주었다.

"염진, 가을에 가장 아름다운 꽃으로 준비했어. 듣기로는 부처님과 관세음보살께서 모두 꽃을 사랑하신다니, 이 꽃을 가져가서 나와 전하 대신 부처님께 전해 드리렴."

염진은 꽃다발을 안은 다음 무척 행복한 표정을 지었다.

염진을 보낸 후, 택은 바로 군구신과 비연 앞을 막아섰다. 그는 두 손으로 허리를 짚은 후 진지하게 물었다.

"황형, 형수, 어서 말해 줘요! 숨기고 있는 비밀이 대체 뭔지!"

## 내가 형이 되었어

의심에 가득 찬 택의 표정을 보고 비연은 잠시 생각하다가 군구신을 잡아끌었다. 이렇게 긴장되는 순간은 아무래도 형인 군구신에게 맡기는 것이 옳을 것 같았다.

그 모습을 보고 택은 영문도 모르고 긴장하기 시작했다. 아무래도 분위기가 이상했다.

"황형, 설마…… 나에게 무슨 큰일을 숨기고 있는 거야?"

택이 아는 한 황형은 말수가 무척 적은 사람이었다. 형수와 함께 있을 때면 황형은 언제나 말할 기회를 형수에게 양보했다. 그런 황형이 직접 이야기하려 한다는 것은 상당히 중요한 일이라는 의미였다.

군구신이 사랑스럽다는 눈길로 택을 바라보며 말했다.

"따라오너라."

군구신의 이런 모습을 본 택은 더욱 긴장했다.

택은 바로 그를 따라가지 않고 비연에게 묻는 듯한 시선을 던졌다.

비연이 택의 머리를 쓰다듬으며 놀리듯 말했다.

"황제 폐하께서 대체 무엇이 무서우셔요?"

그러나 택은 마음을 놓지 못하고 총총히 따라갔다.

비연은 곁에 있던 하인에게 나지막한 목소리로 명령했다.

"남아 있는 월병과 견과류를 모두 정왕부의 진 시위에게 가져다주고 전해라. 우리는 오늘 밤 돌아가지 않을 테니 직접 전 어멈을 지켜보라고. 그리고 전 어멈이 궁에 들어오려고 하면 황상이 허락하지 않는다고 말하고, 다른 것은 아무것도 드러내지 말라고."

비연은 이 일을 상당히 신경 쓰고 있었다.

어차피 전 어멈을 조사할 거라면 전 어멈이 눈치채지 못하게 해야 했다. 게다가 오늘 밤 그들은 대자사로 갈 예정이었고, 이 일은 반드시 비밀이어야 했다. 전 어멈은 이미 충분히 많이 알고 있으니, 더 알게 할 수는 없었다.

비연이 어서방 앞에 갔을 때, 군구신은 여전히 택과 이야기 중이었다. 군구신은 택에게 운공대륙에 대해 이미 한참 전에 알려 주었지만, 양부모 이야기는 자세하게 하지 않았었다.

오늘 그는 아무것도 숨기지 않고 모든 것을 택에게 말했다. 택은 이미 자랐고, 비밀을 지킬 수 있는 능력이 있었다. 게다가 택이 군구신의 친동생인 이상, 모든 사실을 알 권리가 있었다.

군구신은 아주 고요한 표정으로 이야기했고 택은 더더욱 고요한 표정이었다. 마치 한마디라도 놓칠까 봐 두려워하는 것처럼.

비연은 소리 없이 그들 곁에 앉아 기다렸다.

마침내 군구신이 모든 이야기를 끝냈다. 본래 고요하던 방안은 더욱 조용해졌다. 군구신은 잠시 가만히 있다가 손을 뻗어 택의 어깨를 두드리며 덧붙였다.

"그 애의 이름은 고명신이라고 한다."

택은 이미 고개를 숙이고 있었다. 그는 원래도 고요히 있었지만, 이 순간의 고요함은 방금과는 또 달랐다.

아주 한참 동안, 택은 미동도 하지 않았다.

비연이 잠시 머뭇거리다가 말을 걸려 했을 때, 택이 갑자기 혼잣말하듯 중얼거렸다.

"원래 염진은 아빠도 엄마도 없는 게 아니었구나……. 아빠도 엄마도 있고, 형도 있었어……."

그리고 갑자기 고개를 들더니 군구신을 바라보았다.

"황형, 황형은 내 유일한 형인데…… 나는 황형의 유일한 동생이 아니야."

군구신은 미간을 살짝 찌푸리며 한참 동안 아무 대답도 하지 않았다.

비연은 이 일을 낙관적으로 예상하면서도, 택이 혹시 해결하기 어려운 문제에 빠지지나 않을까 걱정하고 있었다. 그리고 지금 상황을 보건대 택은 정말로 고민에 빠진 것 같았다.

택을 탓할 수는 없었다. 택은 어린 시절부터 공포 속에서 괴로워하고 인내하며 자랐다. 그런 그가 유일하게 의지할 수 있는 대상은 황형이었는데, 갑자기 자신이 목숨처럼 여기던 형에게 다른 동생이 있다는 말을 들으면 아무래도 낙담하지 않을 도리가 없을 것이다.

이 느낌은 마치 서로 아끼고 의지하던 두 고아 중 형이 다른 집으로 끌려가 그 집의 형이 되어 버린 것과 비슷했다. 동생은 정말로 의지할 데 없이 외로운 사람이 되어 버리고!

고요한 가운데 군구신이 대답했다.

"그래."

그는 택에게 굳이, 택은 친동생이고 염진과는 비교할 수 없다는 식으로 말을 꾸며 내고 싶지 않았다. 어쨌든 그의 마음속에서는 두 동생 모두 똑같이 중요했다.

군구신은 택을 품에 안아 주었다. 그런 그의 목소리에는 다정하면서도 엄숙한 기운이 어려 있었다.

"택아, 오늘부터 너도 형이 되는 거다. 기억해라. 앞으로는 염진을 괴롭히면 안 된다. 그 애는…… 너의 유일한 동생이니까."

이 말을 들은 택이 갑자기 고개를 들었다. 마치 그제야 정말로 정신이 든 것처럼, 어둡던 두 눈동자가 조금씩 광채를 발하기 시작했다!

택이 물었다.

"내 동생……이 되는 거야?"

군구신이 고개를 끄덕였다.

"물론이지, 바보. 황형의 집은 곧 네 집이다."

마치 꽃이 조금씩 봉오리를 열다 마침내 화려하게 피어나듯, 택의 맑은 눈에 웃음기가 살며시 번지더니 커다란 기쁨으로 변했다. 택의 눈에 눈물이 가득 고이고 있었다.

"나도 형이 되는 거구나! 염진의 형이 되는 거야! 염진이……."

택이 비연을 바라보았다. 누구하고라도 이 행복한 일을 나누고 싶어 견딜 수 없다는 표정이었다.

"형수, 나도 형이에요! 염진이…… 뜻밖에도 염진이……. 이

거 정말 대단하잖아요! 정말 잘됐어!"

조마조마하던 비연의 심장이 마침내 안정을 되찾았다. 택의 이 말을 들은 비연은 택이 방금 너무 놀라 잠시 당황했던 것이라 더욱 확신하게 되었다. 택은 염진의 형이 되는 일을 분명 기뻐하고 있었다!

택이 기뻐하는 모습을 보며 군구신도 속으로 안도의 한숨을 내쉬었다.

'염진, 정말 너라서 다행이었다.'

택은 군구신의 품에서 벗어나 그 자리에서 깡충거리기 시작했다. 당장이라도 염진을 찾아가고 싶은 모양이었다. 그러나 군구신이 택을 제지하며 아주 엄숙한 목소리로 말했다.

"방금 했던 말을 기억해라. 다른 사람들에게 들켜서는 안 된다. 그렇지 않으면 그 후의 결과는 스스로 책임져야 한다!"

택은 웃는 얼굴을 거두고 진지하게 선언했다.

"명을 받들겠습니다!"

이미 시간이 이르지 않았다. 군구신은 하인들로 하여금 그들이 궁에서 명절을 보내는 것처럼 꾸미게 한 후 비연, 택과 함께 비밀리에 궁을 나섰다.

그들은 교외 대자사 방향으로 가고 있었다. 비록 당분간은 서로 만날 방법이 없다 해도, 몰래 지켜보는 것은 가능할 테니까.

마차가 대자사 경계 안으로 들어섰을 때 한참 동안 흥분해 있던 택이 마침내 비연의 다리에 엎드린 채 잠이 들었다. 군구신이 바로 택을 안아 들고 창밖 하늘을 살핀 후 마부에게 속도를 높이라고 명령했다.

비연이 물었다.

"길은 아는 거야?"

군구신이 웃으며 말했다.

"수하를 두 번 보냈었어. 정확하게 알아놨지."

진민 부인은 대자사 뒷산 깊숙한 골짜기에 살고 있었다. 군구신은 양부에게서 이 사실을 알게 된 후 바로 주변에 몰래 시위들을 매복시켜 양모를 보호했다. 그는 비록 직접 온 적은 없었지만, 길은 아주 잘 알고 있었다.

그라고 왜 어머니를 만나 보고 싶지 않았겠는가. 사실 양부가 그에게 양모와 동생의 행방을 알려 준 것은 곧 그에게 어머니를 만나라는 뜻이기도 했다.

그러나 정작 양부 자신은 그들을 만나러 오지 않았다.

아니, 심지어 그들 모자의 행방을 모르는 척 몰래 그들을 지키고 있었다. 군구신은 아무리 생각해도 이 상황을 도무지 이해할 수 없었고, 무척 걱정스러웠다.

그는 자신이 양모에게 있어 최후의 그리움일까 봐 근심스러웠다. 그는 양모와 양부 사이의 마지막 연결 고리가 되고 싶지 않았다.

그가 실종되었던 동안 그들 사이에 대체 무슨 일이 있었던 걸까? 아이라면 그 하나만을 두자고 약속했던 그들은 어떤 상황에서 명신을 얻게 되었을까?

이 모든 것은 양부가 현공대륙에 올 때까지 기다릴 수밖에 없었다. 그는 양부가 오면 모든 이야기를 명백하게 들을 것이다. 양부가 말하지 않으려 한다 해도 어떻게든 듣고 말 것이다.

군구신은 창밖을 바라보았다. 비록 긴장한 상태였지만 동시에 견딜 수 없이 기뻤다.

비연이 그의 손을 잡고 웃으며 말했다.

"기뻐해야지 최소한 뵐 수 있게 되었잖아. 몰래 함께해도 결국은 함께 모이는 거나 마찬가지야!"

군구신은 비연도 가족을 그리워한다는 사실을 알고 있었다. 그는 비연을 제 가까이 끌어당겼다.

마차는 대자사를 에둘러 골짜기로 들어서는 입구에 멈췄다. 비연이 택을 깨웠고, 세 사람은 비밀리에 골짜기 안을 향해 걷기 시작했다.

달은 이미 나뭇가지 끝에 걸려 있었다…….

## 고향 앞에서 긴장하다


비연 일행이 골짜기로 들어선 지 얼마 되지 않아 염진과 마주쳤다.

염진은 돌아온 후 대자사에서 시간을 좀 보낸 모양이었다. 아니었다면 한참 전에 돌아왔을 테니.

다행히도 군구신이 빠르게 반응해, 앞서 나가던 비연과 택을 제때 잡아끌어 부근의 관목 속에 몸을 숨겼다. 그들을 발견하지 못한 염진이 즐거워 보이는 얼굴로 노래까지 흥얼거리며, 비연이 준 추국 꽃다발을 들고 깡충깡충 뛰어가고 있었다.

귀여운 동자승이 꽃다발을 안고 달빛 아래 깡충거리는 모습이 무척이나 귀여웠다. 그런 즐거움이란 곧 주변에 전염되기 마련이다. 비연과 택의 눈에도 웃음기가 가득 찼고, 군구신의 눈빛도 다정해졌다.

염진의 뒷모습이 멀어진 다음에야 택이 말했다.

"황형, 길을 잘못 든 것 아냐? 어째서 우리가 가려던 길이랑 다른 방향으로 가지?"

비연이 속삭였다.

"염진은 분명 지름길을 아는 거야. 우리도 따라가면 길을 잃지 않을 거야!"

군구신도 동의했다. 세 사람은 몰래 염진의 뒤를 밟았다.

염진이 오솔길로 들어서더니 시냇가에 멈춰 섰다. 이미 높이 떠오른 달이 온 골짜기를 밝은 빛으로 감싸고 있었다.

시내는 깊지 않았지만 물살이 꽤 센 편이었다. 졸졸거리는 물소리는 고요한 골짜기에서 유난히 즐겁게 들렸다.

시내 반대편에 대나무 울타리가 있는 작은 집이 있었다. 비연 일행은 높은 곳에 멈춰 섰다.

울타리 안팎으로 화초가 가득하고 울타리 안 정원은 아주 깔끔하게 정돈되어 있었다. 정원에 크고 작은 집이 두 채 있었는데, 큰 집에서 희미한 불빛이 흘러나오는 것으로 보아 안에 사람이 있는 듯했다.

더 말할 필요도 없었다. 이곳은 분명 진민과 염진의 거처였다. 아직 꽤 멀리 떨어져 있었지만 군구신은 저도 모르게 발걸음을 멈췄다. 이곳은 고향이 아니었다. 하지만…… 양모가 이곳에 거주하는 이상 그에게 있어 고향이나 마찬가지였다.

비연도 지금 긴장하고 있었다. 그녀의 기억 속 민 이모는 몹시 다정하고 착한 사람이었다. 그러나 그녀는 어린 시절 민 이모를 볼 때마다 긴장하곤 했다. 그녀는 어린 시절부터 민 이모가 가장 사랑하는 아들을 마음에 두고 있었기 때문이다!

비연이 군구신을 바라보며 가볍게 그의 손을 잡았다. 물론 곁에 있는 택도 잊지 않았다. 잡은 손을 통해 전해지는 택의 긴장감은 군구신과 비연에게 결코 뒤지지 않았다.

택에게 있어 어머니라는 단어는 아주, 몹시 낯선 단어였다. 그는 황형과 염진의 어머니가 어떤 모습일지 궁금해 견딜 수가 없었다.

비연 일행이 발걸음을 멈추고 있는 동안, 염진은 시내에 놓인 바위 위를 깡충거리며 뛰어갔다. 염진은 분명 그 바위들에 익숙한 듯, 아주 가볍게 몇 번 깡충거리더니 곧 시내 건너편에 닿았다.

염진은 어머니를 놀라게 하려는 듯 문 안으로 고개만 쏙 들이밀었다. 그러나 정원에는 사람이 보이지 않았다. 염진은 울타리 안으로 살금살금 들어갔다.

이 순간 비연 일행의 시선은 모두 꽉 닫힌 문으로 향하고 있었다. 그들 모두 긴장 중이었다.

민 이모가 문밖으로 나올까?

비연은 군구신의 손에 땀이 밴 것을 알아차렸다. 그녀는 무심결에 군구신을 돌아보다 순간적으로 어린 시절로 돌아간 것 같은 착각에 빠졌다. 어린 시절의 고남신은 긴장할 때면⋯⋯ 마치 지금과 같은 표정을 짓곤 했었다.

갑자기 '끼익' 소리가 들리며 문이 열렸다.

비연이 다급하게 고개를 돌렸다. 방 문은 열렸지만, 그 안의 사람은 나오지 않았다.

염진이 문가에 선 채 두 손으로 추국 꽃다발을 아주 높이 들고 있었다. 그가 무슨 말을 하는지 들리지 않았지만, 추측해 보건대 꽃다발을 어머니에게 주겠다고 하며 중추절 인사를 건네고 있는 것이 분명했다.

군구신은 거의 눈도 깜빡이지 못하고 그 문만을 바라보고 있었다. 비연과 택도 혹시 놓치기라도 할까 봐 시선을 돌리지 못하고 있었다.

그러나 문 안의 사람은 계속 밖으로 나오지 않았다. 오히려 염진이 즐겁게 안으로 깡충거리며 들어가 문을 닫았다.

달빛이 이리도 밝은 밤이건만, 그 문이 닫히는 순간 온 세상이 어두워진 것만 같았다.

군구신은 여전히 눈도 떼지 않고 바라보고 있었다. 비연은 정신이 나간 듯한 그의 모습을 보며 잠시 기다리다가, 문이 다시 열리지 않을 것을 깨닫고는 군구신에게 속삭였다.

"가 봐. 나와 택은 여기서 기다릴 테니까. 우리가 혹시라도 실수로 들키지 않도록."

택은 조급한 마음에 서둘러 말했다.

"나는 절대 들키지 않을 거야!"

택은 상황을 이해하지 못하고 있었다. 비연은 그저 핑계를 찾은 것에 불과했다. 그녀는 군구신이 홀로 민 이모를 보게 해주고 싶었다. 이 순간 그는 사실 홀로 있을 곳이 필요했다.

비연이 진지하게 말했다.

"만일에 대비하는 거야. 민 이모는 아주 세심한 사람이야. 들킨다면 큰일을 그르치게 되니까. 염진은 아마 지금 이모와 밥을 먹고 있겠지. 택아, 너는 형수와 여기서 기다리자. 생각해 봐. 날이 이리 좋으니, 이모는 분명 염진을 데리고 달을 감상하러 나올 거야. 그때 우리도 이모를 볼 수 있어."

택이 잠시 생각하다가 곧 고개를 끄덕였다.

군구신이 택의 머리를 쓰다듬은 후 머뭇거리듯 비연을 바라보았다. 비연은 말없이 그를 밀었다. 군구신은 잔잔한 미소를 띤 채 결국 그림자처럼 소리 없이 움직이기 시작했다.

비연과 택은 앉을 만한 곳을 찾아 기다리기 시작했다. 택이 즐거운 표정으로 말했다.

"형수, 황형이 형수를 좋아하던 그때 말이에요, 형수를 볼 때면 방금보다 더 긴장했던 거 알아요? 나는 황형이 그렇게 긴장한 걸 본 적이 없다니까."

비연도 즐거워졌다.

"지금 긴장하는 거랑 그때 긴장한 거랑 뭐 비교나 되나?"

"그럼 형수가 말해 봐요. 그때 긴장한 건 어떤 건지?"

택의 말에 비연은 어린 시절 낯을 가리던 군구신을 떠올리고는 저도 모르게 피식 웃고 말았다. 그러나 그녀는 곧 아주 진지하게 택에게 말했다.

"네 황형이 나를 좋아하던 그때라니? 네 황형이 지금은 날 안 좋아하나?"

택은 비연이 이렇게 물어볼 거라고는 생각지 못하고 있다가 순식간에 당황하고 말았다. 비연은 이때다 싶어 화제를 바꿨다.

"택아, 네 황형 아버지에 관해 이야기해 줄게. 그분은 우리 대진국의 태부신데……."

이렇게 비연이 택과 이야기를 나누며 기다리는 동안 군구신은 소리 없이 시냇가 건너편에 도착해 있었다. 그는 계화 향을 맡으며 한 걸음 한 걸음 울타리 안으로 들어갔다. 그의 모습은 여전히 고요했지만, 주먹을 꽉 쥐고 있는 두 손은 그가 얼마나 긴장하고 있는지 보여 주고 있었다.

마침내 그가 정원 안을 확실히 볼 수 있는 곳까지 걸어 들어갔을 때, 그는 그대로 멈춰 서고 말았다.

이 작은 정원은…… 심지어 꽃 한 송이, 풀 한 포기까지 모두 운공대륙 영주의 그 작은 정원과 똑같았다!

정원 안 꽃이며 풀은 모두 양모가 좋아하던 것들로, 반 이상이 개나리였고, 가을에 피는 꽃도 섞여 있었다. 대문 가의 처마 아래에는 마른 나무가 한 그루 놓여 있었는데, 사람 키 절반 높이에 마른 가지가 가로로 자라 있었다. 무질서하지만 어지러운 모습은 아니었다.

그 나무에 수많은 공기봉리가 매달려 있었다. 모든 품종과 모든 색이 다 있었다. 되는대로 매달아 둔 것이 분명했지만, 마치 이 고목에서 자라난 것처럼 보였다. 소슬하니 바람이 부는 가을이었지만 이 고목을 보면 마치 봄이 머물러 있는 듯 아름다웠다.

그때였다. 방 안에서 갑자기 움직이는 소리가 들렸다. 군구신은 바로 몸을 피했다. 영술을 할 수 있었기에 망정이지, 아니었다면 아마 들켜 버렸을 것이다.

그는 가장 높은 울타리 그림자 속으로 숨어들었고, 곧 염진이 과일을 들고 나오는 것을 볼 수 있었다. 그리고 염진의 뒤를 따라 나오는 부인도…….

# 네가 열 살이 되면

부인은 옅은 노란색 옷을 입고 흰 배자를 걸치고 있었다.

얼핏 보아 나이를 짐작하기 어려웠지만 마흔은 넘는 듯했다. 그러나 중년의 나이에도 불구하고 여전히 화용월태라 할 만한 미모를 지니고 있었다.

흠잡을 데 없이 바르게 자리 잡힌 얼굴 생김에, 특히 그 커다란 눈은 마치 마력처럼 사람을 끌어당겼다. 그녀 앞에서라면 미인이라는 단어는 젊은 여자가 아니라 바로 그녀를 가리키는 말이 될 터였다.

사람들을 가장 매혹시키는 것은 그녀의 외모가 아니라 분위기였다. 젊은 시절 그녀가 지니고 있던 온화함이며 침착함, 담담하고 너그럽던 성격은 이제 유일무이한 그녀만의 정취를 만들어내며, 일거수일투족에서 자연스럽게 드러나고 있었다.

이 세상에 이리 아름다운 여자가 또 있을까? 그녀를 볼 수 있다면 온 세상이 모두 아름다울 것이다.

그녀를 보는 순간, 군구신의 눈이 바로 붉어졌다. 그의 입술이 살짝 벌어지더니, '어머니'라는 말이 울먹임처럼 목 안에서 맴돌기 시작했다.

이 부인이 바로 진민이었다! 고북월의 부인이자 군구신의 양모인.

이 순간 염진은 이미 과일을 정원의 탁자 위에 놔두고 어머니에게 달려갔다.

"어머니, 저에게 주세요! 저, 힘이 아주 세다고요!"

진민은 두 손으로 그릇을 받쳐 든 채 염진에게 미소 지었다.

"됐다. 주방에 요리를 몇 가지 해 놨으니, 가서 그거나 가져오렴."

염진이 미끄러지듯 부엌으로 달려가는 것을 보고 진민이 외쳤다.

"명신, 뜨거우니까 조심해야 해!"

이 말을 듣자 군구신의 눈이 더욱 붉어졌다. 금방이라도 눈물이 터져 나올 것만 같았다. 그는 마치 '남신, 뜨거우니까 조심해야 해!'라는 말을 들은 것만 같았다.

영주에서 보내던 중추절도 바로 이렇지 않았던가. 그때 그는 염진보다도 어린 나이였지만 항상 어머니가 들고 있던 물건을 빼앗아 들려고 했다. 아무리 무거운 물건이라도, 그는 어머니를 돕겠다고 했다.

어머니는 그런 그의 마음을 거절하지 않았지만 언제나 이런 식으로 신신당부하곤 했다. 어머니와 염진이 함께 있는 모습은 어린 시절의 자신과 어머니가 함께 있는 모습과 같았다. 영주에서 지내던 그때로 돌아간 것만 같았다.

이 순간 그는 너무도 눈앞에 보이는 장면으로 들어가고 싶었다. 어머니 대신 그릇을 나르고 싶었다! 그러나 안타깝게도 그럴 수 없었다.

진민이 국수를 탁자 위에 올려놓았을 때 염진이 커다란 쟁반을 들고 왔다. 쟁반 위에는 월병 한 접시와 간단한 요리 몇 가지가 놓여 있었고 술도 한 병 있었다.

염진은 아직 어리고 키도 작지만 꽤 안정적으로 쟁반을 나르고 있었다. 진민은 탁자 옆에 선 채 움직이지 않고 그런 그를 지켜보다가, 염진이 가까이 오자 도와주었다.

곧 탁자 위에 중추절 연회가 준비되었다. 맛있는 음식과 술, 과일에 월병까지. 많은 양은 아니었지만 몹시 훌륭했고, 있을 것은 다 있는 연회였다.

다만 다른 집안의 연회와 다른 점은 국수도 한 그릇 있다는 것이었다. 그 국수는 바로 생일을 보내며 먹는 장수면이었다.

진민이 염진에게 장수면을 한 그릇 덜어 준 후 머리를 쓰다듬었다. 그리고 놀리듯 물었다.

"어린 스님, 배가 고프셨나요?"

염진이 부끄러운 듯 웃으며 말했다.

"대자사 주지 스님께서 월병을 두 개 주셨어요. 하나는 먹고 하나는 가져왔어요."

염진은 호주머니에서 손수건에 싼 월병을 꺼냈다.

"어머니, 드릴게요. 이건 채식 월병인데, 아주 맛있어요."

진민은 기뻐하며 한입 깨물어 먹더니 바로 칭찬했다.

"정말 맛있구나!"

염진은 기뻐하며 하늘 위 밝은 달을 바라보더니 곧 두 손을 모으고 눈을 감았다. 소원을 빌고 있는 것이 분명했다.

군구신은 의아했다. 부친은 염진이 10월 초에 태어났다고 했다. 오늘은 부친의 생신이지 염진의 생일이 아니었다.

곧 염진이 눈을 뜨더니 헤실헤실 웃으며 물었다.

"어머니, 제가 이번에는 아버지 대신 무슨 소원을 빌었는지 아시겠어요?"

아버지 대신 소원을 빌었다고?

이번에는?

아마 염진은 매해 중추절마다 부친을 대신해 소원을 빈 모양이었다. 저 장수면도 아마 부친을 대신해 먹는 걸 거다.

대체 언제야 온 가족이 함께 모여 달 아래에서 부친의 생신을 축하하게 될까? 부친과 모친 사이에는 대체 무슨 풀 수 없는 사정이 있어, 굳이 이렇게 떨어져 살며 염진을 힘들게 하는 걸까?

군구신이 고민하는 동안, 진민의 목소리가 들렸다.

"아버지가 빨리 어머니를 찾아내기를 빌었니?"

군구신은 몹시 놀랐다. 그는 어머니가 염진에게 이 일에 대해 이리도 직접적으로 언급하리라고는 생각지 못한 것이다.

그러나 잘 생각해 보니, 솔직하게 말하는 편이 숨기는 것보다 훨씬 나았다. 부부 사이에 대해 거짓말을 한들 영원히 아이를 속일 수는 없는 법이라는 걸, 군구신은 아주 잘 알고 있었다.

군구신은 조용히 다음 대화에 귀를 기울였다. 곧 염진의 대답이 들려왔다.

"아뇨."

진민이 눈썹을 치켜세우더니 아주 엄숙한 목소리로 말했다.

"스님, 출가한 이는 남을 속이지 않는 법입니다!"

염진의 표정은 진민보다 훨씬 진지했다. 그가 속삭이듯 말했다.

"어머니, 저는 가짜 스님인걸요."

진민은 즐거운 듯했지만, 곧 다시 진지한 표정으로 말했다.

"명신, 궁에 있는 것이 좋으면 환속해도 좋다. 대자사 주지 스님이 너에게 그리도 잘해 주시는데, 계속 속이는 것도 죄송하니까."

염진이 잠시 생각에 잠기더니 곧 고개를 저었다.

"좀 더 있다가요."

진민이 염진을 흘깃 바라보고 물었다.

"아버지를 기다리는 거니?"

염진이 무의식적으로 고개를 끄덕이다가 곧 다시 고개를 저었다.

"아니요."

진민이 가볍게 탄식했다.

"명신, 어머니는 평생 돌아가지 않을 생각이야. 하지만 네가 열 살이 되면 언제라도 돌아가도 좋다. 그리고 언제라도 어머니를 만나러 와도 좋아. 네 형인 남신도 열 살이 되었을 때 스스로 선택을 내렸지. 어머니는 너도 그럴 수 있을 거라 믿는단다."

염진이 마침내 낙담하는 표정으로 다시 한번 하늘의 달을 바라보더니 말했다.

"어머니, 보세요. 달이 저렇게 둥근데, 우리 가족은 영원히 둥글게 모일 수 없는 건가요."

진민이 염진 곁으로 옮겨 앉더니 그를 가볍게 끌어안고 말했다.

"명신, 네가 열 살이 될 때까지만 기다리렴. 그때가 되면, 네가 아버지를 불러오고 싶다고 해도 어머니는 허락할 거야. 네가 아버지를 찾아가고 싶다고 해도 어머니는 허락할 거고. 하지만 열 살 전에는 안 된단다!"

염진은 마침내 조급하게 물었다.

"어째서죠?"

진민의 눈가에 단호한 빛이 스쳐 갔다.

"명신, 미안하다. 네가 열 살이 되면 어머니가 말해 주마."

염진은 점차 미간을 찌푸리기 시작했다. 눈가도 분명 조금 붉어져 있었다. 그러나 그는 울지 않고 어머니를 한참 바라보다가 말했다.

"어머니, 그럼 저는 계속 기다릴게요."

말을 마친 염진은 다시 생각에 잠겼다가 덧붙였다.

"어머니, 어머니는 분명 아버지를 오해하고 계신 걸 거예요. 어머니도 좀 더 기다려 보세요. 제가 열 살이 되면 오해를 풀어 드릴 테니까요! 그때가 되면 아버지가 형도 찾아낼지도 몰라요!"

진민이 웃으며 말했다.

"그래, 어머니도 기다리마."

그녀는 어쩔 수 없다는 듯 미소 지으며 게살을 넣은 월병을 집어 염진에게 건넸다.

"자, 우리 스님. 네가 가장 좋아하는 계살 월병이야. 먹어 보렴."

염진은 월병을 받아 들고 크게 한입 물더니 바로 만족스러운 표정으로 말했다.

"택이랑 다른 사람들에게 몇 개 가져다 줄 수 있으면 좋을 텐데!"

그 말을 들은 진민이 물었다.

"천택 황제의 황형이 돌아온 모양이구나?"

이 말을 들은 순간, 군구신의 심장이 쿵 소리를 내며 내려앉았다.

# 얼마나 좋을까

진민이 택의 황형을 언급하자 염진은 바로 흥분해서 월병을 내던지고 모친의 손을 잡았다. 그리고 끊임없이 떠들기 시작했다.

"어머니, 정왕 전하는 정말 좋은 분이에요. 택아에게 얼마나 잘해 준다고요. 꼭…… 그래, 꼭 택의 아버지 같아요!"

진민이 웃으며 말했다.

"정왕은 올해 겨우 스물 남짓일 텐데, 어떻게 아버지 같을 수 있니?"

염진이 진지하게 말했다.

"왜냐하면, 아버지만이 아이에게 그렇게 잘해 줄 수 있는 거니까요!"

진민이 반문했다.

"그럼 천무 황제는 왜 택에게 잘 대해 주지 않은 걸까?"

택이 염진에게 말한 비밀 대부분을, 염진은 진민에게 말해 주었다. 덕분에 진민은 비록 깊은 산속에서 살고 있었지만 천염 황족에 대해 상당히 잘 알고 있었다.

염진은 질문을 받고 당황한 듯했으나 잠시 생각하더니 곧 말했다.

"아마 진짜 아버지가 아버지 같지 않으니까, 그래서 형이 아버지같이 구는 걸까요?"

진민이 웃으며 말했다.

"명신, 보통 맏이가 아버지 노릇을 하게 되어 있단다."

그녀는 무엇인가 떠올린 듯 하늘을 바라보았다. 그러나 하늘에는 달만이 밝을 뿐 별은 보이지 않았다. 염진도 함께 하늘을 바라보다가 말했다.

"어머니, 형이 아직 살아 있다면 형도 지금 달을 보고 있겠지요? 마치 우리와 함께 있는 것처럼…….."

진민이 망설이지 않고 대답했다.

"물론이지!"

염진이 모친을 바라본 후 다시 밝은 달을 쳐다보며 아무 말도 하지 않았다.

진민이 염진의 머리를 쓰다듬으며 담담하게 말했다.

"명신, 같은 달을 바라보는 것도 함께 모이는 것이나 마찬가지란다. 가족을 기억하는 것도 그렇고. 약속해 주겠니? 어떤 일이 있더라도 남신을 잊지 마라. 그리고 무슨 일이 있더라도 그애가 살아 있다고 믿어야 해. 응?"

염진이 망설임 없이 고개를 끄덕였다.

"어머니, 제가 비록 형을 만나 본 적은 없지만, 어머니가 저에게 말씀해 주신 것은 다 기억하고 있어요. 남신 형은 국수를 좋아하고, 그리고 달콤한 음식……. 연 공주님이 단 음식을 좋아하니까 형도 좋아하죠. 그리고 형은 겨울을 좋아하고, 약욕에 익숙하고, 또 어머니처럼 봄에 피는 개나리를 좋아하죠……."

군구신은 울타리 밖, 그들로부터 열 걸음도 떨어지지 않은 곳에 서 있었다. 그는 두 손을 꽉 쥔 채, 눈에는 눈물이 가득 고여 있었다.

염진이 한참 동안 떠들더니, 뜬금없이 한마디 덧붙였다.

"어머니, 저 좀 나빠진 것 같아요."

진민이 미간을 찌푸렸다.

"그게 무슨 말이니?"

염진이 불쌍해 보이는 표정으로 말했다.

"어머니, 저…… 저 아무래도 택아를 조금 질투하는 것 같아요. 그…… 남신 형이 있었으면 얼마나 좋았을까요."

진민은 고개를 돌렸다. 그녀의 눈에 눈물이 빛나고 있었다. 그러나 그녀는 감정을 너무 많이 드러내지는 않았다.

최근 수년 동안 그녀는 염진과 함께 이곳에서 은거하고 있었고, 심지어 염진을 대자사로 보내 동자승이 되게 하여 불법을 배우도록 했다.

그것은 어린 염진이 너무 많은 것을 감당하지 않고, 그저 즐겁고 단순하게 어린 시절을 보내게 하기 위해서였다.

서로를 손님처럼 대하며 매일 연극을 하는 부모 앞에서라면 아이도 진정으로 즐거울 수는 없을 것이다. 매일 깊은 그리움에 잠겨 자책하고 있는 어머니 앞에서는 아이의 마음도 가벼워지지 못할 것이다.

꽤 많은 경우, 양친이 모두 있는 가정의 아이라고 해서 부모 중 하나만 있는 가정의 아이보다 행복한 것은 아니다. 억지로 화목을 구하는 것보다는 물러나 차선을 택하는 것도 나쁘지 않았다.

진민이 말했다.

"바보, 너는 가짜 스님이잖아. 어떻게 정말로 칠정육욕을 버릴 수 있겠니?"

염진이 생각해도 어머니의 말이 옳은 것 같았다. 염진은 제 머리를 쓰다듬으며 고개를 끄덕였다.

진민이 다시 말했다.

"그래도 택을 질투하지 마라. 정왕 전하가 그렇게 좋은 사람이라면, 전하께 네 형도 되어 달라고 부탁드리렴. 어때?"

염진은 잠시 생각하다가 웃기 시작했다. 진민도 염진이 웃는 것을 보고 잔잔하게 미소 지었다.

군구신은 눈이 붉어진 상태로도, 그들이 웃는 것을 보고 자신도 슬며시 입 끝을 올려 미소 지었다.

그가 기억하는 한, 아무리 좋지 않은 일이라도 어머니 앞에서는 마치 아무것도 아닌 것처럼 변하곤 했다.

아니, 심지어 아름다운 일처럼 여겨질 때도 있었다. 염진이 이렇게 선량한 성격인 것도, 어릴 때부터 불법을 공부해서만이 아니라 모친의 가르침 덕분일 것이다.

군구신은 웃고 또 웃었다. 그의 눈에 단호한 빛이 어렸다. 그는 빠르게 울타리의 그늘에서 걸어 나와 정원의 대문을 향해 한 걸음 한 걸음 다가갔다.

그의 추측은 틀리지 않았다. 모친과 부친 사이에는 분명 무슨 일인가가 있었다. 모친이 어린 염진을 데리고 집을 떠날 정도의 큰일이. 그러나 모친은 염진이 '열 살'이 될 때까지로 기한을 정해 두고 있었다.

어째서 열 살일까?

군구신은 그런 것은 다 상관없다고 생각했다. 모친이 평생 부친을 만나지 않을 작정이라면, 그도 괜히 마음을 써 가며 그들을 다시 합치게 할 기회를 찾을 필요가 없었다.

그리고 모든 상황을 알기 전이라 해도, 그는 모친을 만날 수 있었다!

발걸음 소리에 진민과 염진이 경계를 곤두세웠다. 간혹 근처에 사는 마을 사람들이 지나가는 경우가 있긴 했지만, 이렇게 늦은 시간에는 보통 오가는 이들이 없었다.

염진이 바로 몸을 일으키더니, 두 팔을 벌리고 진민 앞을 막아섰다.

"거기 누구예요?"

군구신은 그들을 놀라게 할 생각이 없었기에 문 안으로 들어가기 전에 말했다.

"나다."

염진은 바로 군구신의 목소리를 알아듣고 몹시 놀라서 외쳤다.

"정왕 전하!"

진민은 더욱 경악했다. 염진이 반응하기도 전에 진민은 바로 어찌 된 일인지 파악하고, 화난 목소리로 말했다.

"염진의 뒤를 밟았군요!"

바로 이때, 군구신이 문 앞에 나타났다.

염진은 군구신의 목소리를 알아듣고 의아한 눈빛을 하고 있었다. 진민이 그런 그를 제 뒤로 잡아끌더니, 휴대하고 있던 암기를 꺼냈다.

스스로를 지킬 수 없는 상황이었다면 그녀도 아이를 데리고 멀리 타향에서 살지 않았을 것이다.

진민은 정왕이 염진의 뒤를 밟은 것에 화가 나기는 했지만, 여전히 이성적이었다.

그녀가 나지막한 목소리로 말했다.

"염진, 네가 신분을 속이고, 친구를 사귐에 솔직하지 않았으니 우리가 먼저 잘못한 거다. 일단 해명을 해 보자꾸나. 해명해도 통하지 않으면 도망가거라. 어미는 방법이 있으니까."

염진 역시 나지막한 목소리로 말했다.

"어머니, 제가 끌어들인 거예요. 어머니가 도망가세요."

그는 부친에게서 영술을 배운 기간이 길지 않았지만, 부친을 떠난 후에도 훈련을 게을리하지 않았다.

부친의 경지에는 이르지 못했지만, 도망치는 것 정도야 별문제 아니었다.

군구신은 두 모자가 경계하는 것을 보자 마음이 아파 왔다. 그러나 그는 대체 어떻게 자신에 대해 밝혀야 할지 도무지 알 수 없었다.

그가 다급하게 말했다.

"나, 나는……."

사실 단 한마디면 될 것이다. 단 한마디면 제 신분을 밝히고 모든 것을 알릴 수 있을 것이다.

그러나 이 순간 군구신이 하고 싶은 모든 말은 울먹임이 돼 목 안에서만 맴돌고 있었다.

그는 지금 눈앞의 이 모든 것이 사실인지, 아니면 그저 꿈인지조차 구분하지 못하고 있었다.

진민이 진지하게 설명하기 시작했다.

"정왕 전하, 살펴 주십시오. 염진이 불법을 좋아하고, 어린 나이부터 불가에 연이 있어 대자사에서 승려가 되었습니다. 결단코 세작이 아닙니다!"

군구신은 그들을 바라보며 아무 말도 하지 않았다.

달빛이 밝았지만 거리가 멀어, 진민과 염진은 군구신의 눈이 붉어진 것을 보지 못했다. 그들 눈에는 그저 군구신이 미간을 찌푸린 것만이 보일 뿐이었다.

진민이 계속 말했다.

"사적인 이유로 저는 이곳에 은거 중입니다. 제 행적을 밝히고 싶지 않아 염진도 신분을 숨기고 고아인 척하게 되었습니다. 염진은 결코 일부러 전하께 접근한 것이 아니고, 황제 폐하와도 무슨 뜻을 가지고 친해진 것이 아닙니다. 정왕 전하, 살펴 주시기 바랍니다."

군구신의 귀에는 아무 소리도 들리지 않는 것 같았다.

그가 마침내 발걸음을 옮기기 시작했다.

진민과 염진은 군구신이 다가오는 것을 보고 더욱 긴장하여 뒤로 물러났다.

"정왕 전하, 의심하신들 어쩔 수 없지만, 부디……."

진민과 염진이 물러나는 것을 보고 군구신은 바로 발걸음을 멈췄다.

그는 하늘 위 밝은 달을 바라보며 울먹이기 시작했다.

"어머니……. 보세요. 달이 떨어질까요?"

# 남신이 늦었습니다

달이, 떨어질까요?

군구신의 말을 들은 순간, 진민과 염진이 경악으로 굳어 버렸다!

10여 년 전 운공대륙의 영주, 달이 몹시도 밝던 밤이었다. 어린 고남신이 지붕 위의 부친을 발견하고 모친에게 말했었다.

'어머니, 달이 떨어졌어요.'

이 말은, 그리고 그때 그 순간은 진민의 기억 속에 아직도 깊이 남아 있었다. 염진도 어머니에게서 이 이야기를 여러 번 들었기에 아주 잘 기억하고 있었다.

'어머니'라는 말 때문이건, 아니면 '달이 떨어질까요'라는 말 때문이건, 진민과 염진은 놀라지 않을 수 없었다. 두 모자는 한참 동안 군구신이 무슨 말을 했는지 이해할 수 없다는 듯 아무 반응도 보이지 못했다.

군구신은 감정을 자제하며 한 걸음 한 걸음 천천히 다가가 진민과 염진 앞에 멈춰 섰다. 진민과 염진은 그제야 정신이 들었으나, 뜻밖에도 한 걸음 더 물러서서 더욱 의아한 눈빛으로 군구신을 바라보았다.

군구신의 입가에 자조하는 듯한 미소가 떠올랐다. 그는 수도 없이 모친, 그리고 염진과 상봉하는 장면을 머릿속에 그려 보앉다. 그러나 오늘 밤 이렇게 급작스럽게 모습을 드러내리라고는, 그들을 놀라게 하리라고는 생각한 적 없었다.

그러나 그들의 이러한 반응 역시 그가 예상했던 바였다. 어쨌든 그들 사이에는 너무 오랜 시간의 벽이 있었고, 그의 외모도 성격도 변했으니까.

그는 염진을 아주 오래 알고 지냈다. 원래 동생이 계속 곁에 있었다!

"제 어머니의 성함은 진민입니다. 운공대륙 의성 진씨 가문의 따님으로, 대진국 태부 고북월에게 시집오셨지요. 어머니와 아버지는 혼인 계약을 맺으셨고, 서로를 손님처럼 공경하셨습니다. 부친께서 남신을 입양하셨을 때는 아직 장가들기 전이셨고, 세상 사람들을 속이고, 또한 모친의 명예를 지키기 위해 저를 모친과 함께 운공대륙 영주로 보내시며 제 나이를 바꾸셨지요. 세상 사람들은 제가 어머니의 배 속에서 열 달을 채우고 태어났다고 생각하지만 사실 저는 고아였습니다. 발바닥에 용 문양이 있는 것을 본 부친께서 마음에 들어 하셔서 입양하셨지요. 부친께서는 저에게 영술과 고씨 가문의 사명을 가르쳐 주시며, 대진 황족을 수호해야 한다고 말씀하셨습니다."

군구신이 여기까지 말했을 때 진민이 다시 한번 뒷걸음질을 쳤다. 이번에는 놀라서가 아니었다. 감격해서였다. 군구신을 바라보는 그녀의 눈이 금세 붉어지더니, 사람 전체가 그대로 굳어 버린 것만 같았다.

그때였다. 군구신이 두 무릎을 꿇었다.

"어머니, 남신이 늦었습니다. 어머니를 힘들게 했습니다."

말을 마친 그는 한 번, 또 한 번, 모두 세 번 머리를 조아렸다. 그리고 멈추지 않고 계속하려 했다.

진민이 재빨리 앞으로 나가다가 그의 앞에 비틀거리며 주저앉더니 두 손으로 땅을 짚었다.

군구신은 머리를 조아리다 이마가 그녀의 손등에 닿는 것을 느끼고 그대로 멈췄다. 군구신이 천천히 고개를 들었다.

진민이 입술을 떨며 그를 보고 있었다. 그녀의 눈에서는 눈물방울이 뚝뚝 떨어지고 있었다. 통곡하고 싶지만 꾹 참고 있는 것이 분명했다. 하고 싶은 말도 있어 보였지만 아무 말도 하지 않았다.

이 모습을 본 군구신의 입가에 마침내 맑은 눈물이 흘러내렸다. 그는 진민이 말을 하기를 기다렸지만, 그녀는 한참이 지나도록 아무 말도 하지 않고 그저 눈물만 흘릴 뿐이었다.

군구신은 그녀가 믿지 않을까 걱정되어 아예 바닥에 앉아 신발을 벗고 발바닥의 무늬를 보여 주었다.

진민은 군구신의 발을 보더니 갑자기 제 입을 틀어막았다. 군구신을 바라보는 그녀의 눈에 제방이라도 터진 듯 눈물이 끝없이 흘러내렸다.

"흑, 흐흑……. 내, 내 아들……."

그녀는 결국 울고 말았다.

군구신은 마음이 아파 단박에 어머니를 끌어안았다. 마치 어린 시절 어머니가 자신을 안아 주었던 것처럼.

그러나 곧 진민이 발버둥을 치다시피 해서 그에게서 벗어났다. 군구신은 당황하여 어찌해야 할지 몰랐다. 그런데 다음 순간, 진민이 두 팔을 벌리고 그를 안아 주었다. 어린 시절 그녀가 그를 안아 주던 그대로.

아이가 커서 어머니를 안아 줄 수 있어도, 어머니 눈에는 영원히 아이일 뿐이었다. 아무리 크게 자랐다 해도 여전히 어머니의 품에 안을 수 있는. 진민은 바로 그런 어머니였다. 언제건 어디서건, 웃을 때도 울 때도, 반드시 그녀가 아이를 안아야 했다.

진민은 계속 흐느꼈고, 그녀의 눈물이 곧 군구신의 어깨를 적셨다. 군구신은 말은커녕 감히 움직일 수도 없었다. 그저 그녀에게 안긴 채 함께 울 수밖에 없었다.

얼마나 지났을까, 마침내 염진이 다가왔다. 염진도 얼굴에 눈물이 가득했지만 우는 소리는 내지 않았다.

염진이 오른편에서 군구신을 안아 주었다. 염진은 아직 어렸고 몸집도 작았다. 팔도 짧으니, 군구신을 꽉 안아 줄 수도 없었다. 그래서 그는 군구신의 옷자락을 단단히 잡고 군구신의 몸에 머리를 묻었다.

그제야 진민이 염진을 생각해 냈다. 그녀는 마침내 군구신의 어깨에서 머리를 들어 염진을 바라보고 다시 군구신을 바라보았다.

진민은 눈물을 멈추려고 노력했지만 안타깝게도 멈추지 않았다. 무슨 말이라도 하고 싶었지만, 입을 벌리는 순간 울먹임만이 흘러나왔다.

장장 10년이 흘렀다. 그녀가 가장 사랑하던 아이, 목숨처럼 사랑하고 지키던 아이가 실종된 후로 10년!

그는 뜻밖에도 천염국의 정왕이었다. 항상 대자사에 드나들던 정왕, 염진이 가장 좋아하는 정왕, 염진이 형이었으면 하고 바라던 정왕! 정왕이 바로 그 아이였다!

2년 전 그녀는 대자사 밖 먼 곳에서 그를 본 적이 있었다. 염진이 항상 정왕에 대해 말했기에 특별히 발걸음을 옮겨 봤었다! 그런데 어째서…… 어째서 그때 알아보지 못했던 걸까?

"남신, 다…… 다 어미 잘못이야. 어미가 바보였다. 어미가…… 예전에 너를 알아봤어야 했는데! 그랬어야 했는데!"

그녀는 다급했다. 그렇게도 이성적이고 담담한, 언제나 침착한 그녀가 다급한 나머지 그저 계속 '그랬어야 했는데'라는 말만 반복하고 있었다.

군구신은 자신의 어머니가 어떤 사람인지 잘 알고 있었다. 진민의 그런 모습을 보자 심장이 마치 난도질을 당하듯 아파왔다.

"어머니, 그러지 마세요. 남신이 불효한 것입니다. 남신이 이제 돌아왔으니 그러지 마세요."

그가 재빨리 모친의 눈물을 닦아 주었다. 너무나 괴로웠지만 동시에 기쁘기도 했다. 그의 눈가도 계속 젖어 있었지만, 그는 눈물을 닦으며 모친을 향해 미소 지었다. 그리고 놀리듯 말했다.

"어머니, 저는 전생에 분명 어머니의 친아들이었을 거예요. 이번 생에 이리도 인연이 있는 것을 보면. 실종된 상태에서도 어머니에게서 멀리 있지 않았네요.”

마침내 진민도 조금은 냉정함을 되찾았다. 그녀는 손수건을 꺼내 조심스럽게 군구신의 눈가에 맺힌 눈물 자국을 닦아 주며 그를 살펴보았다. 그러나 살피면 살필수록 계속 자신도 모르게 중얼거릴 뿐이었다.

“어째서 알아보지 못했던 걸까?”

군구신이 그녀를 위로했다.

“제가 자랐으니까요. 부친께서도 저를 못 알아보셨는걸요.”

진민은 군구신을 한참 동안 바라보다가 믿을 수 없다는 듯 물었다.

“너는 대체…… 대체 어떻게 된 일이니? 어떻게 천염국의 정왕이 된 거야? 어째서 운공대륙으로 돌아오지 않았어? 어째서 네 아버지와 연락이 끊겼던 거니?”

진민으로서는 이해할 수 없는 일이 너무 많았다. 그러나 군구신의 말을 듣고 발바닥을 본 이상 군구신이 그녀의 작은 영자라는 것은 확실했다.

그녀는 도저히 믿을 수가 없었고, 동시에 이 모든 것이 환상일까 봐 두려웠다. 그녀는 의식하지도 못하는 사이에 계속 군구신의 옷자락을 잡은 채 놓지 않고 있었다.

군구신이 대답했다.

“아주 긴 이야기입니다. 어머니, 들어가서 이야기해요!”

진민이 고개를 끄덕이며 군구신의 버선이며 신발을 신겨 주려 했다. 군구신이 어쩔 수 없다는 듯 웃으며 제지했다.

"어머니, 저는 이제 다 컸어요. 어린 시절에도 다 할 수 있던 일인데, 지금 어머니께 해 달라고 하겠어요?"

진민이 잠시 멈칫하더니 곧 웃기 시작했다. 그녀는 자신이 정신이 없긴 없는 모양이라 생각하며 대답했다.

"그래, 염진도 다 할 줄 아는 일인데."

염진은 곁에서 계속 붉어진 눈으로 군구신을 바라보고 있었다. 그 눈빛이 마치 조금 홀린 듯해 보이기도 했다.

진민이 내실로 들어가려는 순간, 군구신이 잊지 않고 말했다.

"어머니, 잠시만요. 연아를 불러오겠어요."

## 아니라면 내가 어머니라 부를 거예요

"연아?"

진민의 눈물 어린 눈이 순식간에 기쁨으로 가득 찼다.

"연아를 찾았구나!"

그러나 군구신이 대답하기도 전에 그녀의 웃음기가 바로 어두워졌다. 천염국의 정왕이 고씨 가문의 대소저 고비연을 아내로 맞이했다는 이야기를 생각해 낸 것이다!

염진이 그녀에게 말하기를, 당시 혼례가 온 성을 뒤흔들어 놨다고 했다. 천염국의 정왕은 약녀 출신의 왕비를, 진양성 사람들은 물론이고 현공대륙 사람들이라면 누구나 알 정도로 사랑하노라고! 그리고 천택 황제도 이 형수를 무척 좋아한다고.

진민은 남신이 이야기하는 연아라면 분명 지금의 아내를 이야기하는 것이리라 생각했다!

그녀의 눈가에 살며시 실망이 스쳐 갔다. 하지만 그녀는 곧 군구신을 향해 웃으며 발꿈치를 세우고 머리를 정리해 주었다.

"정말 좋구나. 네가 돌아왔을 뿐 아니라 부인까지 함께 왔다니. 어서 데려오너라. 어미가 한번 제대로 봐야지."

그녀는 자신의 오해 때문에 실망했을 뿐, 아들이 연 공주가 아닌 다른 여자를 아내로 맞아서 실망한 것이 아니었다. 설령 유감스럽다 해도 그녀는 아들의 선택을 존중할 생각이었다. 어쨌든 감정상의 일은 영원히 옳고 그름으로 나눌 수 없으니까.

모친의 표정이 변하는 것을 지켜보던 군구신이 참지 못하고 웃음을 터뜨렸다. 눈에 어려 있던 슬픈 빛도 웃음과 함께 사라졌다. 그가 즐거워하며 말했다.

"어머니, 연아는 연아예요."

진민은 이해할 수 없었다.

"뭐라고……?"

군구신은 여전히 웃고 있었지만, 조금 부끄럽기도 했다.

"연아, 어릴 때부터 계속 어머니에게 며느리가 되겠다고 말하던 그 연아요."

"그, 그렇다면……."

진민은 의아한 눈빛으로 군구신의 손을 잡더니 점차 흥분하기 시작했다.

"정말로 연 공주라고? 어떻게 찾아낸 거니? 하지만 너는……."

군구신이 재빨리 말했다.

"어머니, 당장 이야기하기엔 너무 긴 이야기예요. 일단 염진과 함께 안으로 들어가세요. 제가 연아를 불러올게요. 연아는 밖에서 기다리고 있어요."

이 순간, 비연은 택과 함께 울타리 밖에 서 있었다.

그녀와 택은 멀리서 군구신이 정원 안으로 들어가는 것을 보고 깜짝 놀랐다. 두 사람은 재빨리 의논한 후 시내를 건넜고, 그들 모자가 상봉하는 장면을 지켜보았다.

비연은 물론이고 택도 울고 있었다. 두 사람은 얼굴 가득 눈물을 흘리면서도 웃으며 기뻐하고 있었다. 비연은 군구신이 자신을 언급할 때 바로 달려 들어가고 싶었지만, 어쩐지 바보같이 느껴지기도 해서 움직이지 못하고 있었다.

군구신은 몸을 돌렸다가 바로 비연과 택을 발견했다. 물론 진민도 그들을 발견했다.

군구신은 비연이 울고 웃는 모습을 보며 어쩔 수 없다는 듯 고개를 흔들더니, 다정한 목소리로 말했다.

"어머니, 연아입니다."

며느리가 시어머니를 만날 때는 본래 긴장하기 마련이다. 비연도 조금은 긴장하고 있었다. 그러나 민 이모가 자신을 바라보는 눈길을 본 순간, 그녀의 긴장은 풀리고 말았다.

그녀는 재빨리 달려가 진민을 끌어안았다. 그리고 마치 바보처럼 울고 또 웃으며 말했다.

"민 이모, 오랜만이에요! 연아는 고비연이 아니라 그 연아예요! 부끄러운 줄도 모르고 매일 이모의 며느리가 되겠다고 하던 그 연아라고요! 흑, 민 이모, 다시 저를 연 공주라 부르시면 저 울어 버릴 거예요! 그리고 가지도 않을 거야! 저는 이제 이모를 시어머니라 부를 거예요!"

진민은 그제야 눈물을 멈췄다. 마치 10년 전 대진국 태부부로 돌아간 것만 같았다.

당시 그녀는 연아를 연 공주라 부르며 갖춰야 할 예의를 모두 갖췄다. 연아는 계속 이렇게 그녀를 위협했다. 울어 버릴 거라고, 태부부에 눌러앉을 거라고, 그리고 그녀를 시어머니라고 부를 거라고!

그렇게 어린 연아는 매번 그녀를 울지도 웃지도 못하게 만들곤 했다. 당시 진민은 연아를 당해 내지 못했고, 고북월과 남신은 더더욱 당해 내지 못했다. 그들은 결국 연아의 뜻대로 하곤 했다.

그 즐겁던 나날이 마치 어제 있었던 일처럼 눈앞에 펼쳐졌다. 벌써 10여 년이 흘렀다니! 연아가 이렇게나 자랐다니!

진민이 감격하고 있노라니, 비연은 그녀가 자신의 신분을 믿지 않을까 두려운 듯 재빨리 진민을 놓아주고 진지하게 말했다.

"민 이모, 믿지 못하겠으면 제가 봉황의 날개를 보여 줄게요. 어릴 때 제가 부황 때문에 땀띠가 났던 것 기억하세요? 그때 이모가 저에게 약을 발라 주셨잖아요. 그때 봉황의 날개도 보셨잖아요!"

진민이 재빨리 그녀를 제지했다.

"남신이 나를 속일 리 있니. 가만히 좀 있어 봐라. 이모가 좀 보자꾸나."

비연이 기뻐하며 재빨리 눈물을 닦고 코를 들이마셨다. 그리고 허리를 쭉 펴고 단정한 자세로 섰다.

진민이 군구신을 비연 곁으로 끌어당기더니 두 사람을 함께 살펴보기 시작했다. 하나하나 꼼꼼히 살펴보던 그녀는 아들이 어릴 때와 많이 달라졌지만, 자세히 살펴보면 윤곽이며 온화해 보이는 미간은 똑같다는 것을 발견했다. 그리고 연아는…….

여자는 성장하기까지 외모가 열여덟 번 변한다는 이야기가 맞는 듯 어릴 때와는 완전히 달라진 모습이었다. 그래도 미간에 어린 기질은 부황과 몹시도 비슷했고, 입매며 턱은 모후를 좀 더 닮은 것 같았다.

만약 진민이 기억을 회복하기 전의 군구신이나, 살이 좀 더붙기 전의 비연을 보았다면 분명 이런 느낌을 받지 못했을 테고 그저 마음이 아팠을 것이다. 어찌 보면 진민이 그리도 사랑하던 이 아이들을 지금 만난 것이 오히려 다행이라고도 할 수있었다.

그녀는 두 사람을 열심히 살펴본 후 웃으며 말했다.

"너희 둘 다 정말 다 자랐구나. 하지만 여전히 어릴 때처럼서로 참 잘 어울려."

마침내 그들 모자 앞에서라면 부끄러움이라고는 모르던 비연이 살짝 부끄러운 듯 웃었다. 물론, 그렇다고 해서 큰 소리로대답하는 것을 잊지는 않았다.

"당연하지요! 어느 집안 아이들인데요!"

이때 곁에서 피식 웃는 소리가 들렸다. 모두 돌아보다가 웃고 있는 택을 발견했다.

택은 원래 이 감동적인 분위기에 젖어 눈을 붉히고 있었다. 그러나 모두 자신을 바라보자 바로 긴장하여 두 손으로 제 입을 막았다.

진민은 그제야 택의 존재를 눈치채고 말했다.

"이 아이는……."

택은 진민의 눈길을 받자 더욱 긴장하며 무의식적으로 한 걸음 물러섰다. 그는 원래 계속 감동하고 있었으나 자신이 주목받자, 자신은 외부인에 불과하며 이곳에 필요한 존재가 아니라는 생각이 들었다. 심지어 자신이 그들을 방해하고 있는 것 같기도 했다.

택이 아무리 어른스럽다 해도 결국은 아이였고, 지금 견디기 힘들지 않다면 거짓말이었다. 그러나 그는 강하게 참아 냈다. 택은 입술을 깨문 채 억지로 웃는 표정을 지었다.

그가 진민에게 대답하려 하자 군구신이 갑자기 택을 잡아끌더니 진민에게 소개했다.

"어머니, 제 친동생입니다. 이름은 군자택이고, 저희는 택아라고 부르고 있습니다. 아마도 염진이 어머니께 항상 말씀드렸을 겁니다. 어머니도 택아라고 부르시면 될 것 같습니다."

진민은 바로 허리를 굽혀 택에게 손을 내밀었다. 택은 그녀가 무엇을 하려는지 몰라 더욱 긴장하여 작은 몸을 굳혔다.

진민이 가볍게 택의 눈물을 닦아 주더니, 다정하게 말했다.

"나도 택아라고 불러도 괜찮을까?"

택은 황형과 염진의 어머니가 자신에게 이런 말을 건네리라고는 생각지 못했기에 살짝 멈칫한 상태로 오래도록 대답하지 못했다.

진민이 인내심을 발휘해 한참을 기다리다가 여전히 다정한 목소리로 물었다.

"나도 그래도 될까?"

택은 그제야 정신이 들었다. 기쁜 나머지 웃고 싶었지만 또 웃으면 안 될 것 같기도 해서 작은 입술을 점점 더 꽉 깨물었다. 그러나 참을 수 없을 것만 같았다.

그때 염진이 진민의 등 뒤에서 작은 머리를 쏙 내밀었다. 그역시 입술을 깨물고 있는 것을 보면 택과 똑같이 기쁘면서도 부끄러운 모양이었다.

염진이 말했다.

"택아, 네 황형이 우리 형이었어. 그러니까 이제 너도 내 형이 되는 거야. 어때?"

# 누구에게도 기회는 없어

택은 이미 마음속으로 염진을 동생이라 생각하고 있었다. 망설이지 않고 고개를 끄덕이며 특별히 큰 소리로 외쳤다.

"응!"

염진은 그저 기쁜 정도가 아니라 그야말로 흥분해서 진민을 끌어당기며 외쳤다.

"어머니, 택아가 승낙했어요! 승낙했다고요! 택아는 형의 동생이고, 또 내 형이에요! 택아가 어머니의 아들이 되겠다고 했어요!"

이 말에 택은 당황했다!

비연과 군구신이 참지 못하고 웃고 말았다. 그들 두 사람은 말할 것도 없고, 진민 역시 자신의 아들이 이렇게 택을 옭아매리라고는 생각지 못했다. 진민이 참지 못하고 피식 웃었다. 택은 바로 얼굴이 새빨갛게 달아올라 다급하게 변명했다.

"나, 나는 그런 뜻이 아니고, 나는……."

택은 다급한 나머지 어떻게 변명해야 할지도 알 수가 없었다. 아니, 사실은 자신의 가장 진실한 생각을 부인하고 싶지 않았다.

택은 황형에게서 이 모친 이야기를 들었을 때 사실 부러워 죽을 지경이었다.

오늘 모친을 직접 보게 되니 더더욱 욕심이 생기는 것을 참을 수가 없었다.

"나, 나는……."

택은 긴장하는 동시에 부끄러워하고 있었고, 마침내 다급한 나머지 눈가마저 젖어 들고 있었다.

진민은 원래 이 상황이 재미있었지만, 택의 눈에 눈물이 어리는 것을 보고 얼이 빠지고 말았다. 택은 염진과 못 할 말이 없는 사이였고, 진민은 택의 인내와 선량함, 비참했던 과거까지 모두 알고 있었다. 그녀는 택이 정말 좋았고 또 안타까웠다. 게다가 이 아이는 남신의 친동생이 아닌가. 남신과 혈연상 가장 가까운 아이!

그녀는 택을 안아 주려다 멈추고 일부러 위협하듯 말했다.

"얘야, 염진의 형이 되면서 내 아들은 되지 않을 생각인 모양인데, 꿈도 꾸지 마라!"

택이 바로 그녀를 바라보았다. 그 억울한 듯한 표정은 정말이지 너무나 귀여웠다. 이 순간 택은 황제가 아니라 그저 아이였다. 어머니를 바라는, 그러나 감히 바라지 못하는 아이.

택이 진민을 흘깃거리다 군구신을 흘깃거리더니 다시 시선을 진민에게로 돌렸다.

그는 감히 아무 말도 하지 못하고 있었다. 그 모습을 본 군구신이 안타깝고 마음이 아파 입을 열려 했으나 진민이 눈짓하며 제지했다. 그러고는 매우 엄숙한 태도로 계속 위협했다.

"자, 내가 일곱까지 셀 거야. 그때까지 대답하지 않으면 이 일은 없던 일로 치는 거다! 하나, 둘, 셋……."

진민이 숫자를 빠르게 세지는 않았지만 곧 일곱에 가까워졌다!

택이 마침내 다급해진 나머지 진민이 '여섯'이라고 말했을 때 입에서 나오는 대로 외쳤다.

"어머니!"

어머니?

바로 어머니라 부르는 거야?

모두 깜짝 놀랐다. 특히 진민이 무척 놀랐다. 물론 그들이 그런 뜻이기는 했지만…… 지금 바랐던 것은 그저 택에게서 명확한 답을 듣는 것뿐이었다.

택은 어머니라 부른 후 눈 한번 깜빡이지 않고 진민을 바라보았다. 그는 전혀 편해 보이는 얼굴이 아니었다. 오히려 지독하게 긴장하고 있는 것처럼 보였다! 택 스스로도 자신이 어머니라는 말을 할 줄 몰랐던 것이다. 그에게 어머니라는 단어는 몹시 낯선 단어였다.

진민이 한참 동안 아무 반응도 보이지 않자 택이 두려운 듯한 표정을 지었다. 아아, 황형에 염진 같은 동생이 있는 것만으로도 이미 충분한 거였는데! 어째서…….

택이 뒷걸음질을 치려 했을 때, 진민이 갑자기 그를 꼭 끌어안아 주었다. 그리고 기쁜 목소리로 외쳤다.

"그래, 잘했다! 모두 이 어미의 착한 아이들이지!"

염진도 기뻐서 하얀 이를 드러내고 웃고 있었다. 분명 제 딴에는 교활하게 웃고 있는 거였지만, 여전히 귀엽고 해롭지 않아 보이는 웃음이었다.

진민은 군구신 등을 모두 자리에 앉히고 직접 국수를 삶으러 갔다. 아직 궁금한 것이 많았지만 일단 아이들을 든든히 먹이고 싶었다. 그러나 아무도 앉을 생각은 하지 않고 진민을 도우려고 아우성을 쳤다.

결국에는 비연이 강압적으로 군구신 삼 형제를 자리에 앉혔다. 비연이 군구신에게 속삭였다.

"내가 며느리 노릇 좀 하게 해 달란 말이야!"

말을 마친 그녀가 군구신을 제대로 보지도 않고 재빨리 진민에게로 달려갔다. 진민은 부엌에서 바쁘게 움직이고 있었다. 비연은 숨을 헐떡이며 부엌으로 들어가 외쳤다.

"민 이모, 제가 도와 드릴게요! 고남신은 국수 먹을 때 계란을 풀지 않고 넣는 것을 좋아해요. 염진은 어떤지 모르겠네요?"

진민은 계속 바쁘게 움직이며 대답했다.

"네 생각이 맞았어. 형제 둘이 어쩜 그리 좋아하는 것까지 닮았는지."

비연이 부지런히 채소를 씻으며 말했다.

"민 이모, 사실 우리는 명신을 의심한 적이 한 번도 없어요. 우리가 어떻게 이모를 찾았는지 아세요?"

진민은 당연히 알고 싶었다. 그러나 그녀는 비연을 바라보며 말했다.

"일단 배부르게 먹고, 다시 천천히 이야기하자꾸나. 남신에게 이야기하게 하면 되지."

"아니, 잠시만요!"

비연이 단박에 거절했다.

"제가 드리고 싶은 말씀은, 바로 태부께서 우리에게 알려 주셨다는 거예요! 태부께서는 사실 계속 이모가 여기 계시는 것을 알고 계셨어요. 게다가 계속 수하들을 매복시켜 이모와 명신을 지키고 계셨어요……."

진민의 손이 바로 그대로 멈춰 버렸다. 비연은 그 모습을 보면서도 멈추지 않고 말했다.

"민 이모, 태부께서는……."

"연아!"

진민의 목소리가 갑자기 커졌다. 그러나 그녀는 곧, 다시 온화하고 진지하게 말했다.

"연아, 일단 국수부터 삶아 먹자. 괜찮지?"

"아니, 괜찮지 않아요!"

비연이 염치없이 핑계를 찾아 진민과 둘이서만 있으려 한 것은 당연히 목적이 있기 때문이었다.

그녀가 빠르게 말했다.

"태부가 어떤 분인지, 이모가 모르시나요? 태부께서 마음에 이모를 담지 않으려 했다면 이모를 찾지 않거나, 아니면 찾아도 바로 이모에게 와 얘기하셨을 거예요! 어떻게 그렇게 오래도록 숨어서 안 나오셨겠어요? 이모와 태부 사이에 무슨 일이 있었는지는 모르지만, 태부께서는 분명 자신이 없으신 거예요! 태부는 신선 같은 분이잖아요. 그 누구에게건 절대로 미안하거나 빚을 질 만한 행동을 하지 않는 분. 심지어 우리 부황과 모후께도 말이지요! 하지만 이모에게만은 그렇지 않아요! 이모가 보시기에도 그렇지 않나요?"

진민이 마침내 손에 들고 있던 것을 내려놓고 비연을 똑바로 바라보며 진지하게 말했다.

"연아, 국수 먹자!"

비연은 굴복하지 않았다.

"국수는 안 먹어도 괜찮아요! 민 이모, 인생에 10년이 대체 몇 번이나 있다고 생각하세요? 이모는……."

"그만!"

마침내 진민이 화를 냈다. 그녀가 비연에게 화를 낸 적은 물론 예전에도 있었다.

어쨌든 비연은 어릴 때 지금보다 더 진민을 괴롭혔으니까. 이 세상에서 남편을 제외하면, 진민을 화나게 할 수 있는 사람은 바로 이 며느리뿐이었다.

비연이 전혀 무섭지 않은 듯 계속 말했다.

"민 이모, 계속 태부께서 이모에게 빚을 지고 있다고 생각지 마세요. 태부께서 만약 정말로 빚을 지지 않기로 마음먹는다면, 이 세상 그 누구도 태부에게 양심의 가책을 느끼게 할 기회를 얻지 못할 거예요! 아시죠?"

진민은 당황하여 바로 비연의 시선을 피했다.

비연은 그녀의 뒷모습을 보며 몰래 한숨을 쉬고 말했다.

"민 이모, 저는 당분간 이모의 며느리가 아니라 딸이 될 생각이에요. 마음속 비밀이나 괴로움, 털어놓고 싶으시면 언제든지 딸에게 이야기하시면 돼요. 하지만 고남신이 내년 중추절 전에 우리 부황과 모후를 구해 주겠다고 약속했어요. 그러니까 이모에게는 시간이 1년밖에 없어요!"

말을 마친 비연이 몸을 돌려 부엌에서 나갔다.

진민은 비연의 뒷모습이 사라질 때까지 멍하니 보고 있다가 중얼거렸다.

"연아, 정말로 다 자랐구나. 운석, 당신들은 괜찮은 거야?"

진민이 곧 뜨거운 김이 모락모락 올라오는 국수를 가져왔다. 그리고 군구신 등이 배불리 먹은 다음에야 겨우 말하는 것을 허락해 주었다.

군구신이 그간의 모든 이야기를 털어놓는 동안 비연은 한 번도 끼어들지 않고 조용히 듣고 있었다. 군구신의 다정한 목소리가 그간의 일을 이야기하는 것을 듣고 있노라니 과거의 일을 다시 한번 겪는 듯한 느낌이 들었다.

군구신은 천염국의 대황숙에게 잡혀 인간답지 못한 삶을 살던 시절에 대해서는 그저 기억을 잃는 약을 먹었다고만 말했다. 그것만으로도 진민의 마음을 아프게 하기에 충분했으니까.

모든 이야기를 들은 후, 진민은 느끼는 바가 많았다. 특히 고운원에 대한 것이 그랬다.

군구신은 잠시 머뭇거리다가 물었다.

"어머니, 아버지와는 대체 무슨 일이 있으셨나요?"

## 네가 알면 됐다

진민은 군구신이 이런 질문을 할 거라고 예상한 듯 담담하게 미소 지었다.

"나와 네 부친 모두 자신들의 선택을 한 거야. 지금 이렇게 지내는 것도 아주 좋단다."

아주 좋다고?

아이를 데리고 멀리 타향에서 홀로 얼굴을 드러내지 않고 사는 것이 아주 좋다고?

군구신은 조금 화가 나서 말했다.

"어머니, 염진은 아직……."

진민은 이 화제를 이야기하고 싶지 않은 것이 분명했다. 그러나 그녀는 여전히 옅은 미소를 띤 얼굴로 다정하게 말했다.

"됐다, 됐어. 나중에 네 아버지를 만나면, 아버지에게 물어보면 되지 않니."

군구신은 미간을 찌푸렸다. 이 순간 비연이 몰래, 탁자 아래 그의 발을 밟았다. 군구신이 바라보자 비연이 그에게 눈짓했고, 군구신은 바로 입을 다물었다.

군구신도 모친을 괴롭힐 생각은 없었다. 그는 고개를 끄덕이고 더 묻지 않았다. 그러나 이때, 고개를 파묻고 국수를 먹던 염진이 가련한 목소리로 중얼거렸다.

"그럼 나는?"

모두 그를 바라보았다. 모두 염진의 이 말이 무슨 뜻인지 이해하지 못하고 있었다.

염진이 고개를 들었다. 새까만 눈동자는 겁에 질린 것 같기도 하고 가련해 보이기도 했다. 그는 어머니를 감히 바라보지 못하고 군구신을 바라보며 설명했다.

"형은 아버지에게 물어보면 되지만 나는 그럴 수 없잖아."

모두 그제야 이해했다.

군구신이 대답하려 하자 비연이 다시 힘차게 그의 발을 밟았다.

염진은 군구신의 대답을 기다리지 않고 그저 겁먹은 눈으로 어머니를 바라보았다.

진민은 염진의 가련한 모습을 보고 울지도 웃지도 못했다. 마음이 아파 왔지만 그녀는 양보하지 않고 바로 화제를 돌렸다.

"남신, 진양성에 오래 머물기 어렵겠지?"

염진이 작은 입을 비죽거리기 시작했다. 무척 억울한 모양이었다. 그러나 염진이 한마디 하려 했을 때 택이 몰래 그의 발을 밟으며 조용히 하라고 눈짓했다. 염진은 화가 난 듯 고개를 묻고 계속 국수를 먹었다.

군구신이 대답했다.

"잘 모르겠습니다. 지금은 상황을 봐 가며 대응해야 하는 때라서요. 하지만 저는 어두운 곳에 숨어 있는 흉수들이 곧 인내심을 잃으리라 생각하고 있습니다."

진민이 고개를 끄덕이며 진지하게 말했다.

"어미가 도와줄 수 있는 것이 없구나. 어미가 여기 있는 것에 너무 신경 쓰지 말고, 만사에 조심하고, 충동적인 행동은 자제하도록 해라."

비연이 재빨리 제안했다.

"민 이모, 저희를 도와주실 방법이 있어요! 택아와 염진, 이 두 아이가 무슨 짓을 저지를지 몰라 항상 마음이 조마조마해요. 그러니 이모가 궁에 들어가시면 어떨까요? 이모가 아이들을 돌봐 주신다면 저희는 안심할 수 있어요!"

이건 택과 염진을 모함하는 말 아닌가? 그러나 택과 염진은 눈을 빛내며 비연을 바라보았다.

택이 서둘러 말했다.

"어머니가 궁에 들어오시려면, 일단 그 전 어멈부터 쫓아내야겠어! 전 어멈은 정말 좋은 사람이 아니라고!"

진민이 궁금해하며 물었다.

"전 어멈?"

택이 바로 한바탕 원망의 말을 쏟아 냈다. 사실을 기초로 살을 덧붙이니 전 어멈은 그야말로 어디에도 또 없을, 용서받지 못할 죄인이 되어 있었다.

비연과 군구신은 말할 것도 없고 염진조차 차마 듣고 있기 힘들다 싶을 지경이었지만, 세 사람은 아무 말도 하지 않고 택이 계속 말하도록 내버려 두었다.

택의 말이 끝나자 진민이 미간을 찌푸리며 군구신을 바라보았다. 택이 즐거워하고 있노라니, 이게 웬일인가. 진민이 군구신에게 물었다.

"남신, 이 아이의 말을 얼마나 믿을 수 있는 거니?"

택은 창졸간의 일이라 대꾸하지 못하고 부끄러움에 얼굴이 새빨갛게 달아올랐다!

그러나 진민은 진지했다.

"곁에 두는 하인인데, 의심 가는 부분이 조금이라도 있다면 쓰지 말아야지."

이때 비연이 나섰다.

"민 이모, 이치상으로야 그렇지요. 하지만 쓸 만한 사람을 구할 수가 있어야 말이죠. 전 어멈은 확실히 의심 가는 부분이 있긴 하지만, 고씨 저택에서 오랫동안 일했고 해서……. 음……. 그냥 쓸 수밖에 없어요."

택이 다급하게 외쳤다.

"형수, 전 어멈을 조사해 보겠겠다고 했잖아요! 계속 쓸 생각이에요?"

비연은 어쩔 수 없다는 듯 어깨를 으쓱했다.

"그야 증거가 나오지 않으면 어쩔 수 없잖아? 그래도 궁에 있는 우둔한 무리보다는 전 어멈이 일을 잘하니까. 나는 전 어멈이 괜찮은 것 같아."

진민이 물었다.

"남신, 네 생각은 어떠니?"

비연의 뜻을 눈치챈 군구신이 비연에게 맞춰 주었다.

"쓸 만한 사람이 없으니 그대로 쓸 수밖에 없습니다."

그 순간 염진도 중얼거렸다.

"나는 전 어멈이 싫은데."

진민처럼 영리한 사람이 비연의 뜻을 알아채지 못할 리 없었다. 그러나 그녀는 결국 어머니였고, 아이들을 걱정하지 않을 수 없었다.

게다가 고북월이 그들 모자가 이곳에 있다는 것을 아는 이상 몸을 숨긴들 이제는 별 의미가 없었다.

그녀가 담담하게 말했다.

"내가 궁에 들어가마."

모두 기뻐했다. 특히 염진과 택은 좋아서 난리였다.

진민은 원래 이틀 정도 주변을 정리한 후 갈 생각이었지만, 염진과 택이 바로 정리를 끝내고 함께 가야 한다고 졸라 댔다. 택은 다음 날 아침에 조회에 나가야 했다.

비연은 진민이 정리하는 것을 도우려 했지만, 진민은 비연에게 아무 일도 시키려 하지 않았다. 비연이 단호하게 도우려 하자 진민은 군구신에게 일을 시키며, 비연에게는 꽃을 캐어 오라는 아주 간단한 일을 맡겼다.

택과 염진은 정원에서 놀다가 탁자 위에 엎어져 졸고 있었다.

진민은 정말로 군구신에게 물건을 정리하는 것을 돕게 할 생각이 아니었다.

그녀는 군구신을 내실로 잡아끌었다. 마음이 상당히 평온해지긴 했지만, 그녀는 다시 한번 아들을 위아래로 살펴보고 기쁜 듯한 미소를 지었다.

군구신도 전혀 싫은 기색 없이, 어머니가 자신을 살펴보게 내버려 두었다.

진민은 충분히 보았다 싶자 창밖을 흘깃 보고는 속삭였다.

"연아는 어릴 때부터 말끝마다 너에게 시집오겠다고 하더니, 낯선 나라에 떨어져서도 너를 지나치지 않고 찾아냈구나. 연아를 아껴 주어야 한다."

군구신이 고개를 끄덕였다.

진민이 갑자기 웃기 시작하더니, 농담하듯 말했다.

"후후, 내가 걱정이 너무 많지? 네가 연아를 아껴 주지 않으면 너를 찾아와 결판을 내려 할 사람이 차고 넘칠 텐데 말이다!"

군구신도 살짝 부끄러운 듯 웃었다.

진민이 진지하게 물었다.

"힘든 일이라도 있니?"

군구신도 창밖을 바라보았다.

비연이 꽃 덤불에 쪼그리고 앉아 있었는데, 대체 꽃을 얼마나 캐어 올 생각인지 짐작도 가지 않았다. 그는 저도 모르게 웃으면서도 여전히 부끄러워하며 말했다.

"저는 진심으로 연아를 대하고 있습니다. 꾀하는 바도 없고 두려워하는 바도 없는데, 힘든 일이 있을 리가요?"

"네가 그렇게 생각한다면 안심이다."

진민이 기뻐하더니, 다시 조금 망설이고는 목소리를 낮춰 물었다.

"남신, 지금 형세를 보면 연아가 아이를 갖기에는 적합하지 않을 것 같구나. 그러니……."

그녀는 아들과 이 화제를 어떻게 이야기해야 할지 알 수 없어 잠시 멈췄다가 웃으며 말했다.

"네가 알면 됐다!"

군구신은 바로 진민의 시선을 피해 다른 곳을 보았다. 그러나 그의 입가에는 수줍은 미소가 떠올라 있었다.

진민은 그의 마음속이 훤히 들여다보여 웃음을 참을 수가 없었다. 그녀는 결국 평소의 담담한 모습을 잃고 군구신의 어깨를 두드렸다.

"잘 기억해 두렴."

군구신이 그제야 말했다.

"어머니, 안심하세요. 비록 연아와 혼례를 치르긴 했지만, 지금 연아는 다른 사람의 신분으로 있는 셈이니 애매한 부분이 많습니다. 게다가 저희는 아직 예의 하나를 끝내지 못한 상태입니다. 그래서…… 그래서 저는 계속, 계속……."

군구신은 말을 끝내지 못했지만, 진민은 바로 알아차렸다. 그녀가 의아한 목소리로 물었다.

"그렇다면 혼례 후에도 계속 각방을 쓰고 있다는 거니?"

각방?

군구신은 다시 한번 모친의 시선을 피했다. 그는 잠시 머뭇거리다가 그저 웃기만 하고 대답하지 않았다.

진민은 군구신이 인정했다고 생각하고 진지하게 말했다.

"대례가 끝난 것이 아니라면 그리하는 것이 마땅하지. 하지만 너처럼 이렇게 고려하는 경우는 흔하지 않지. 어머니도 며느리가 올리는 차를 놓칠 생각이 없단다. 후후, 앞으로 기대하고 있으면 되겠구나."

## 그녀는 거짓말을 하지 않았다

군구신은 어머니가 이야기한 '각방'이 둘이 다른 방에서 잔다는 것인지, 아니면 부부간의 일이 없다는 의미인지 구분할 수 없었다. 그러나 그는 이미 귀뿌리까지 붉어진 상태여서, 감히 물어볼 엄두조차 내지 못했다.

그날 밤, 비연과 염진은 남고 군구신이 먼저 택을 데리고 성으로 돌아갔다.

진민 곁에 누운 비연은 수다쟁이의 본능이 점차 살아나 진민을 붙잡고 쉬지 않고 수다를 떨었다. 다만 안타깝게도 그녀는 결국 태부와 관련한 일은 묻지 못했다.

다음 날, 비연은 본래 진민이 물건을 정리하는 것을 도울 생각이었다. 그러나 일어나 보니 진민은 그녀보다 더 일찍 일어나 아침 식사까지 차려 놓았다.

좁쌀죽에 반찬이 세 가지였는데, 고기반찬도 있고 채소 반찬도 있었다. 진민의 요리는 보기에도 먹음직스러웠지만, 맛을 보면 더욱 좋았다.

배불리 먹은 비연이 정원 주변을 한 바퀴 돌았다. 새벽의 산골짜기는 공기가 유달리 맑았다. 햇볕을 받으며 화려하게 피어난 꽃에는 아직 마르지 않은 이슬이 맺혀 있었고, 주변의 모든 것은 고요하고 아름다웠다.

비연은 갑자기 진민을 궁으로 옮기게 하는 것이 아니라 자신이 이곳에 와서 진민과 살고 싶다는 생각이 들었다.

물론 이것이 꿈일 뿐이라는 것은 그녀도 알고 있었다. 어깨에 무거운 책임이 얹혀 있는데 어찌 이곳에서 맑음을 즐길 수 있을까?

비연과 염진은 주변을 정리했다. 오후가 되자 군구신과 택이 다시 왔다. 비연과 진민 모두 깜짝 놀랐다. 군구신과 택이 수하들을 보내리라 생각했지 직접 다시 오리라고는 생각지 못한 것이다.

진민이 군구신을 야단쳤다.

"너야 피곤하지 않다고 해도, 택아는 아직 어리잖니. 이렇게 힘들게 하면 안 되지!"

택은 성으로 돌아갈 때도 잤고, 여기까지 오는 동안에도 계속 잤다. 그 정도로 피곤했다. 그러나 진민이 이렇게 자신을 생각해 주는 것을 보자 마음이 따뜻해져, 자신이 억지로 따라온 것이라고 설명하는 것마저 잊고 말았다.

군구신도 별다른 변명 없이 그저 고개만 끄덕였다.

"예, 알겠습니다."

진민은 이 정원을 두고 떠나기가 조금 아쉬운 모양이었다.

군구신이 말했다.

"어머니, 제가 수하들로 하여금 이곳을 지키게 하겠습니다. 돌아오고 싶으실 때 언제든지 오실 수 있게요."

진민은 고개를 끄덕이며 직접 자물쇠를 채웠다.

일행이 궁에 돌아왔을 때는 이미 밤이었다. 군구신이 궁 안에 모든 준비를 끝내 놓은 상태였다.

궁 안의 하인들이며 진양성의 황족들은 설족에 대해 아는 바가 적었다. 군구신은 진민을 그와 택의 이모라는 신분으로 궁에 들어가게 했고, 후궁 전체의 모든 일을 맡겼다. 그리고 다른 사람들 앞에서는 비연처럼 그녀를 민 이모라 불렀다.

진민과 염진과 관련한 일을 처리하고 나니 날이 밝아 올 무렵이었다. 택은 길을 걸으면서도 졸다가 하마터면 넘어질 뻔했다.

군구신은 어쩔 수 없다는 듯 고개를 흔들며 택을 안아 올렸다. 택은 군구신의 어깨에 기댄 채 바로 잠에 빠져들었다.

군구신이 비연에게 나지막한 소리로 말했다.

"택아가 이런 상황이면 아랫사람들이 또 쓸데없는 말을 해 댈 것 같아. 일단 부로 돌아가 쉬도록 해. 오늘 나는 택아 곁에 계속 함께 있어야겠어."

비연은 발끝을 세워 두 손으로 군구신의 얼굴을 잡고 말했다.

"아무리 피곤해도 끄떡없는 정왕 전하께서, 택아를 오전 동안만이라도 쉬게 해 줄 수 없나?"

그러나 군구신은 무정하게 대답했다.

"그건 안 될 말이지."

비연은 그의 성격을 알고 있어 어깨를 으쓱하며 말했다.

"그럼 나는 궁에서 자고 있을래. 조회가 끝나면 나를 찾아와! 어때?"

군구신이 대답하기도 전에 비연 스스로 고개를 저으며 진지하게 말했다.

"아니, 안 될 말이지. 일단 돌아가서 전 어멈을 살펴봐야겠어. 진묵이 뭘 좀 알아냈을지 모르겠네."

비연이 정왕부에 돌아왔을 때, 전 어멈은 정원 청소를 하고 있었다. 비연은 일부러 그녀를 보지 못한 척했지만, 전 어멈이 곧 그녀를 발견하고 몸을 굽혀 인사했다.

"왕비마마, 돌아오셨군요! 전하께서는요? 황상께……서는 아직도 저에게 화가 나 계신가요? 제가 월병을 만들었는데, 궁에 들여보내 황상께 맛을 보시게 하려 했지만 안타깝게도 모두 돌려보내셨습니다."

비연의 눈에 영리한 빛이 반짝이는가 싶더니 그녀가 가볍게 탄식하며 말했다.

"택아가 설족 사람까지 불러들였으니! 어째서 일찍 이야기하지 않았어?"

전 어멈이 놀란 표정으로 물었다.

"설족 사람이라고요? 왕비마마, 저는 마마께서 무슨 말씀을 하시는지 모르겠습니다."

비연이 인내심을 발휘해 설명했다.

"황상께서 모후의 친척을 한 명 불러들이셨어. 민 이모라고 하는데, 아, 이름은 백민이라고 해. 민 이모는 어젯밤에 도착했고, 나와 전하도 오늘 아침에야 알게 되었지 뭐야."

전 어멈은 더욱 경악하며 말했다.

"왕비마마, 그 일은 저도 정말 몰랐습니다. 황상께서는 저에

관해 편견을 갖고 계십니다. 평소 제가 한마디라도 더 여쭈면 기분이 좋지 않으셔서……. 황상께서 진심으로 숨길 생각이셨다면 제가 어찌 알 수 있었겠어요!"

비연이 고개를 끄덕였다.

"그도 그렇지. 됐어. 택아가 어차피 전 어멈을 좋아하지 않으니, 전 어멈도 앞으로는 궁에 들어가지 않으면 그만이지."

전 어멈이 바로 대답하지 않고 꾸물거렸다.

"왕비마마, 하지만……."

그러나 비연은 그녀에게 말할 기회를 주지 않고 원망을 늘어놓기 시작했다.

"전하께서는 택아에게 그렇게 잘해 주시고 모든 것을 양보하시는데. 하! 그런데 설족 사람을 불러오면서 전하께 한마디 의논도 하지 않으시다니! 대체 군씨 가문의 적장자가 누구라고 생각하는 걸까?"

전 어멈의 눈에 복잡한 빛이 스쳐 가는가 싶더니 곧 달래듯 말하기 시작했다.

"왕비마마, 황상께서는 아직 어리셔서 이해하지 못하시는 일이 많습니다. 마마께서는 황상과 다투지 마세요. 전하께서 불쾌하게 여기실지도 모릅니다."

비연은 일부러 택에게 불만을 품은 척하며 전 어멈을 시험하고 있었다. 그러나 이 말을 듣는 순간 비연은 매우 놀랐다. 그녀는 얼마간이나마 전 어멈의 이 말에서 이간질을 읽어 낸 것이다.

비연이 재빨리 물었다.

"전하께서 불쾌하시면 그게 또 어때서? 전하께서 정말 불쾌하시다 해도 그건 나 때문이 아니라 택아 때문에 불쾌하시겠지! 택아가 북강의 감염병 이후 정말로 평안해졌다고 생각한다면 그건 너무 천진난만한 거지! 설족 사람들은 모두 늑대 같은 작자들이란 말이야!"

전 어멈은 제 생각을 계속 이야기하지 않고 대신 비연을 위로했다.

"왕비마마, 화를 가라앉히세요. 화를 내면 몸에 좋지 않습니다. 왕비마마 안색 좀 보세요. 이틀 동안 궁에서 중추절을 보내시면서 거의 쉬지 못하신 것 아닌가요? 제가 마마를 위해 약욕을 준비하겠습니다."

전 어멈이 계속 이간질을 하지 않으니 비연도 자신의 의심이 과했던 것인지, 아니면 이 늙은 어멈의 재주가 좋은 것인지 도무지 구분할 방법이 없었다. 그러나 비연은 풀을 쳐서 뱀을 놀라게 하는 실수를 하고 싶지 않아 그저 고개만 끄덕였다.

약욕을 끝낸 비연은 마침내 몸이 피로한 것을 느꼈다. 그녀는 침전 안으로 돌아온 다음 피곤한 것을 참고, 전전으로 나가 진묵을 불러들였다.

비연이 하품을 하며 물었다.

"상황이 어때?"

진묵은 비록 냉담한 성격이지만 일을 할 때는 상당히 믿을 만했다. 그는 이 며칠 동안 조사할 수 있는 것은 모두 조사를 마친 다음이었다.

"주인님, 지금 상황을 보면 전 어멈은 거짓말을 하지 않았어. 궁에는 확실히 염진 소사부가 궁에 머무는 것을 좋지 않게 보는 사람들이 꽤 많아. 그리고…… 황상께서 동성애를 즐기는 것은 아닌가 말하는 사람들도 있어."

비연의 표정이 진지해졌다.

"하소만이 이 일을 몰랐던 건가? 하소만은 왜 이 일을 전하께 미리 알리지 않았지? 어째서 지금까지 숨긴 거야?"

진묵이 대답했다.

"그건 알 수 없어. 만 공공이 좀 더 명확히 조사한 다음 다시 말씀드리려 했는지, 아니면 전하께서 마음 쓰시는 것이 싫었는지. 만 공공은 계속 북강과 진양성을 오가느라 궁 안의 일은 잘 알지 못했을 수도 있어."

"하소만에게 서신을 보내 정확히 물어봐!"

"내가 이미 보냈어."

그러자 비연이 다시 물었다.

"이 이틀 동안 전 어멈에게서 이상한 점은 없었어?"

진묵이 고개를 저었다.

"없었어."

비연 입장에서는 몹시 의외였다. 그러나 그녀는 여전히 어떤 결론도 내리고 싶지 않았다.

"진묵. 네 생각은 어때?"

진묵이 한참 생각하다가 말했다.

"어른과 아이라면, 나는 아이를 믿는 편을 택하겠어."

비연은 잠시 멈칫했다가 곧 웃고 말았다.

"네 말대로야. 일단 계속 조사해 봐. 기억해. 풀을 쳐서 뱀을 놀라게 하는 일이 있어서는 안 돼!"

진묵은 명을 받아 나가려다가 갑자기 발걸음을 멈추더니 비연에게 말했다.

"주인님, 주인님은 쉬어야 해."

안 그래도 비연은 피곤해 죽을 지경이었다. 그녀는 고개를 끄덕인 후 진묵을 내보내고 침실로 돌아왔다.

비연은 침상에 쓰러지는 순간 바로 깊은 잠에 빠져들었다. 그렇게 얼마나 잤을까, 깨어 보니 밖이 어두워져 있었다.

그녀는 침상에서 내려와, 달빛에 의지해 등불에 불을 밝히려 했다. 그러나 탁자 위를 아무리 뒤져도 화절자가 손에 잡히지 않았다.

비연은 서랍을 열고 뒤져 보기 시작했다. 그런데 이게 웬일일까. 비연의 손에 잡힌 것은 화절자가 아니라 한 권의 책이었다.

이 책은…….

# 원래 그랬던 거구나

검은 표지로 싼 그 책에는 제목이 없었다.

비연은 무슨 책인지 제대로 보지도 않고 대충 탁자 위에 내려놓았다. 그리고 한참을 다시 뒤적거려 마침내 화절자를 찾아내 등에 불을 붙였다.

등불이 밝아지는 순간, 그 책이 다시 눈에 들어왔다. 한눈에 그녀와 군구신이 혼례를 치르던 그 밤에 보았던 책이라는 것을 알아차렸다!

그때는 이 책에서 단 한 장만을 보았을 뿐이었다. 그 한 장만으로도 이 책을 평생 기억에서 지울 수가 없었다. 벌거벗은 남녀가 서로 끌어안고 입을 맞추는 그림이 너무나 생생했다.

그때는 그녀와 군구신이 서로의 신분을 밝히지 않은 상태였고, 그녀는 군구신에게 사기당한 것이나 마찬가지였다. 그래서 그 책을 보자마자 바로 군구신의 얼굴을 향해 던졌고, 욕설도 한바탕 쏟아 냈다!

지금 생각하니 군구신에게 조금 미안한 생각도 들었다. 어쨌든 이 책을 여기 두었던 사람은 그가 아니었을 테니.

생각이 여기에 이르자 비연은 참지 못하고 킥킥거리기 시작했다.

그녀는 재빨리 책을 서랍 속에 넣었다. 그리고 몸을 돌리는 순간, 갑자기 움직임을 멈췄다. 그녀는 눈동자를 한번 굴린 후 다시 돌아서서 꽉 닫힌 서랍을 바라보았다.

"봐도…… 좀 봐도 되지 않을까?"

조금 망설이다가 서랍을 열었다. 그러나 그 책을 보는 순간 그녀의 마음이 두 편으로 나뉘어 싸우기 시작했다.

그이에게 보라고 가져다 둔 책이지, 나한테 보라고 둔 게 아니잖아?

하지만 그가 보나, 내가 보나, 또 무슨 차이가 있지?

안 돼, 이런 나쁜 일을 하면 안 되는 거야!

그런데 군구신은 이 책을 보았을까?

우리 모두……. 어쨌든 나는 그의 사람이잖아? 좀 본들 아무 상관이 없을 것 같은데.

안 돼, 안 돼. 나는 그렇게 호색한 여자가 아니라고!

하지만 그는 볼 수 있는데 왜 나는 보면 안 되는 거지?

한바탕 마음속으로 전쟁을 치르던 비연이 다시 서랍을 닫았다. 그러나 결국 완전히 포기하지는 못하고 서랍 위에 손을 얹은 채 한참을 그대로 있었다. 마음속에서는 다시 2차 대전이 벌어지고 있었다.

그렇게 한참을 고민하던 비연은 마침내 결정을 내렸다.

딱 세 장, 세 장만 보자. 세 장을 본 후 책을 다시 넣어 두고 이 책의 존재를 잊어버리는 거다! 영원히 손을 대지 않는 거야!

결정을 내린 비연은 재빨리 서랍을 열고 책을 꺼냈다.

원래는 그 자리에서 펼쳐 보려 했지만, 곧 생각을 바꿔 침상으로 들고 갔다.

그녀는 책을 침상 위에 놓고 슬며시 웃었다. 군구신이 그렇게나…… 그렇게나 나쁜 것은…… 대체 이 책에서 얼마나 배웠기에 그런 걸까?

그녀는 마치 제 부군의 부끄러운 비밀을 훔쳐보게 된 것처럼 매우 긴장했다.

마침내 그녀는 입술을 깨문 채 살며시 책의 중간쯤을 펼쳤다. 그리고 책 안의 그림이 눈에 들어오는 순간, 그녀는 그대로 굳어 버렸다!

탁!

그녀가 다급하게 책을 덮었다. 얼굴이 새빨갛게 달아오르더니 곧 귀뿌리까지 붉어졌다.

이건…….

지금 대체 뭘 본 걸까?

그녀는 무의식적으로 가슴을 꼭 눌렀다. 호흡이 가빠지더니 심장이 미친 듯이 뛰다 못해 금방이라도 가슴에서 뛰쳐나올 것 같았다!

남녀 사이에…… 이런…… 이런…….

그녀는 경악했다!

책을 뚫어지도록 바라보고 있노라니 호흡이며 심장이 계속 안정되지 않았다.

한참이 지난 후에야 그녀의 눈에 떠오른 경악이 천천히 걷히고 대신 호기심이 자리 잡았다.

다시 눈알을 굴리기 시작했다. 그리고 마침내! 다시 책장을 넘겼다. 아주 조심스럽게, 그리고 아주 느리게.

살며시 책장을 넘김에 따라 그림이 조금씩 드러났다. 그녀는 긴장한 나머지 심장이 입 밖으로 튀어나올 것 같았다. 얼굴이 더욱 붉어지고 있었다.

그녀는 입술을 깨문 채 물기 어린 눈을 크게 떴다. 부끄러움, 호기심, 그리고 긴장…… 시선을 조금씩 움직여 결국은 가장 무어라 표현하기 어려운 위치에 이르렀다.

그녀가 참지 못하고 중얼거렸다.

"세상에……. 이게……. 침상 아래로 내려가지 못한다는 것이 이런 거였어! 고남신, 이 사기꾼!"

그녀는 책을 처음부터 다시 한 장 한 장 찬찬히 넘겨 보았다. 도저히 상상조차 하기 어려운 그림을 볼 때마다 그녀는 눈을 가리거나 책을 덮기를 반복했다. 그러나 그러면서도 그녀는 어쨌든 책 전체를 모두 훑어보았다!

마지막으로 그녀가 책을 덮으며 탁한 숨을 토해 냈다. 그저 멍하기만 했다.

바로 이 순간, 문밖에서 발걸음 소리가 들렸다. 비연은 정신을 차리고 허둥지둥 책을 서랍 안에 넣고 침상에 누워 자는 척했다. 비록 이불을 덮는 것조차 까먹었지만.

정왕부의 이 침전은 몹시 넓었고, 그들의 침실은 가장 안쪽에 있었다. 여기까지 통보 없이 올 수 있는 사람은 군구신뿐이었다.

군구신은 침전으로 들어오기 전 사람들에게 물어 비연이 종일 잤다는 사실을 알았다.

그는 방에 불이 켜져 있는 것을 보고는 직접 문을 열고 들어왔다. 그러나 비연이 여전히 침상에서 잠들어 있는 것을 보고는 발걸음 소리를 줄이며 천천히 다가왔다.

방 안은 몹시 고요했다. 군구신이 발걸음 소리를 줄였다 해도 비연은 그가 가까이 다가오는 것을 똑똑히 들을 수 있었다.

그녀는 방금 나쁜 짓을 했다는 생각에, 그것도 호색한 짓을 했다는 생각에 정말로 긴장하고 있었다. 대체 군구신의 얼굴을 어떻게 봐야 할지도 알 수 없었다. 그래서 그녀는 계속 자는 척하기로 했다.

군구신은 그렇게나 '심각한' 일이 있었다는 것을 알 리 만무했다. 그는 조심스럽게 비연에게 이불을 덮어 준 후, 그녀의 입술에 쪼는 듯이 가볍게 입을 맞추고는 옷을 갈아입으러 갔다.

군구신이 병풍 뒤로 간 후에야 비연은 몰래 안도의 한숨을 내쉬며 살짝 병풍 쪽을 곁눈질했다.

비록 병풍이 군구신의 몸 대부분을 가려 주고 있었지만, 비연은 병풍에 비친 그림자로 그의 일거수일투족을 매우 또렷하게 볼 수 있었다.

군구신이 막 옷을 벗고 있었다. 그의 몸은 곧고 잘 정련되어 있어, 비록 병풍에 비친 그림자라 해도 무어라 표현할 수 없이 유혹적이었다.

비연은 저도 모르게 눈을 크게 떴다. 그녀는 자신이 자는 척하고 있었다는 것도 잊은 채, 자신의 다정한 영 오라버니의 몸이 이렇게나 보기 좋다는 사실을 처음으로 의식하고 있었다.

군구신이 병풍에 걸려 있던 잠옷을 집어 드는 것을 보고서야 비연은 겨우 정신을 차렸다. 그녀는 재빨리 그에게서 등을 돌린 채 눈을 감았다.

병풍 뒤에서 나온 군구신은 먹빛 머리카락을 풀어 내리고 헐렁한 잠옷을 걸치고 있었다. 살짝 풀어 헤친 옷깃 사이로 뚜렷한 가슴 근육이 보일 듯 말 듯 했다. 덕분에 사람 전체가 어딘가 나른하면서도 유혹적으로 변한 것 같았다.

평소의 진지한 모습보다는 성숙한 남자의 매력이 더해진 듯한 모습이었다.

군구신이 등불을 불어 끈 다음 비연의 등 뒤에 옆으로 누웠다. 그리고 커다란 손을 뻗어 그녀의 허리를 끌어안았다.

그는 그저 가볍게 그녀를 안고 있을 생각이었지만, 어젯밤 어머니와 나눈 대화가 문득 떠오르자 저도 모르게 입꼬리가 살며시 올라갔다. 그리고 긴 다리로 천천히 비연의 두 다리를 얽어맸다. 마치 그녀를 품 안에 감춰 버리려는 듯.

이런 자세가 처음은 아니었다. 그러나 이 순간 비연의 마음은 예전과는 완전히 다를 수밖에 없었다.

예전이었다면 그녀는 그가 자신을 안는 것을 느끼는 순간 몸을 돌려 그의 품속으로 파고들었을 것이다. 심지어 두 다리로 그를 감싸며 그에게 찰싹 달라붙었을지도 모른다.

그러나 지금은 그 책 속의 그림들이 그녀 머릿속에 가득 찼고, 그 장면들을 아무리 떨쳐 버리려 해도 떨쳐 낼 수 없었다. 그녀는 심지어…… 심지어 지금 그녀와 군구신의 자세가 그 책 속 그림과 무척 비슷하다는 생각마저 하고 있었다!

비연은 긴장하는 동시에 자꾸만 떠오르는 이 생각들을 어떻게 제어할 수 없었다. 그때 군구신이 갑자기 그녀의 목덜미에 입을 맞추더니 품 안으로 더욱 끌어당겼다. 비연은 예상치 못한 일이라 그만 소스라치게 놀라고 말았다.

이 순간, 군구신도 그녀가 이상하다는 것을 눈치채고 그대로 멈췄다…….

## 아직 기회는 있다

군구신은 비연이 평소와 다르다는 것을 알아차렸으나, 그저 자신이 자고 있던 그녀를 방해했다고만 여겼다.

비연은 어쩔 수 없이 몸을 돌리고 막 깨어난 것처럼 물었다.

"돌아온 거야? 지금 시간이 어떻게 돼?"

그녀는 감히 그를 제대로 쳐다볼 수 없어 그의 품 안으로 파고들었다.

군구신은 제 품 안으로 고개를 묻는 그녀를 바라보며 사랑스럽다는 듯 미소 지었다.

"곧 해시[6]야. 하인 말을 들으니 종일 잤다고 하던데, 배고프지 않아?"

비연은 날이 어두워진 것은 알았지만 벌써 해시가 가까웠을 줄은 몰랐다. 그녀는 재빨리 고개를 들고 말했다.

"배고프지 않아. 그런데 내가 그렇게 오래 잤다니! 궁 안의 일은 다 잘 해결된 거야?"

군구신은 비연의 얼굴이 붉은 것을 보고, 심지어 목까지 붉은 것을 보고 재빨리 그녀의 이마에 손을 얹었다.

"너야말로 괜찮아? 얼굴이 왜 이리 붉지?"

---

6  밤 9시부터 11시까지.

군구신이 말하지 않았다면 비연은 자신의 얼굴이 달아올랐다는 것도 몰랐을 것이다.

그녀가 변명했다.

"이불이 너무 두꺼운가 봐. 조금 답답해서 그런 것 같아!"

그러나 그녀는 이불을 덮은 지 얼마 되지 않은 상태였다. 스스로 생각해도 이 이유는 억지스러웠다.

비연이 재빨리 일어나 앉아 침상 아래로 내려가려 했다.

"당신은 식사했어? 내가 국수라도 말아 올게!"

사실 그녀는 부끄러운 동시에 군구신이 무엇 때문에 자신을 속였는지 알고 싶었다. 대체 그래서 뭐가 좋다고?

그러나 그녀는 아직 군구신에게 물을 만한 마음의 준비가 되어 있지 않았다.

비연이 침상에서 내려가려 하자 군구신이 손을 뻗어 그녀를 잡아끌었다. 그러고는 그도 나른하게 반쯤 일어나 앉더니 비연을 제 어깨에 기대게 했다.

"나도 배고프지 않아. 우리 이야기 좀 하자."

비연은 그 말을 듣고 그가 중요한 이야기를 하려 한다는 것을 눈치챘다. 그녀는 잠시 그 책 생각은 내려놓고, 순순히 그에게 기대며 말했다.

"응, 말해 봐."

군구신이 이야기하고 싶은 내용은 그의 부모에 관한 것이었다.

"어젯밤 우리 어머니가 너에게 무슨 이야기를 했어?"

비연은 그에게 어젯밤 자신이 주로 이야기하고 민 이모는 거의 말을 하지 않았다고 말하기에는 조금 민망한 기분이 들었다.

"민 이모는 고집을 부리기 시작하면 태부보다 더 어렵다니까! 아무튼, 방울을 떼어 내고 싶으면 그 방울을 단 사람이 해결해야 하는 법이잖아. 태부께서 직접 오시지 않으면 우리로서는 방법이 없어."

비연이 말하다 말고 살짝 웃고는 다시 말했다.

"하지만 우리가 판을 짜 드릴 수는 있겠지. 태부께서 오시도록 말이야! 두 분이 서로 만나게만 해 드리면, 우리도 대체 어찌 된 일인지 다 알 수 있을 거야!"

군구신이 비연을 돌아보며 가볍게 그녀의 코를 문질렀다.

"우리 아버지는 그렇게 속기 쉬운 분이 아니야. 게다가 대진국의 홍수와 감염병이 심각한 상황이니, 남쪽의 상황이 안정되기 전에는, 아주 중요한 일이 아니라면 쉽게 오시지 않을 거야."

비연은 생각에 빠졌다.

군구신이 다시 말했다.

"연아, 이 일은 길게 생각하자. 아버지와 어머니는 대국을 중요하게 여기시는 분들이니, 이렇게 중요한 때에 사적인 일로 다른 일에 영향을 끼치려 하지 않으실 거야. 그분들 모두 마음에 맺힌 구석이 있는 듯하니, 일단은 이 상태를 유지하는 것도 나쁘지 않겠어."

비연이라고 이 이치를 모르는 것은 아니었다. 다른 좋은 방법이 떠오르지 않는다면 오히려 끼어드는 것이 일을 망칠 수도 있었다.

비연이 고개를 끄덕이며 물었다.

"염진이 열 살이 되는 것에 무슨 의미라도 있나? 민 이모는 대체 무엇을 숨기고 계신 거지?"

민 이모는 영원히 태부에게 돌아가지 않겠다고 말했지, 평생 태부를 보지 않겠다고 말하지는 않았다. 염진이 열 살이 되면 태부를 만나는 것도 허락하겠다고 했고, 태부를 그들이 있는 곳으로 불러도 좋다고 했다.

비연은 계속, 민 이모가 태부를 피하고 있는 더 큰 이유는 그녀 자신 때문이 아니라 염진 때문인 것 같은 느낌이 들었다!

군구신도 계속 이 문제를 생각하고 있었다. 그러나 그도 염진에게 열 살이 대체 무슨 의미가 있는지 알 수 없었다.

군구신이 열 살 되던 해에 빙해의 전쟁이 일어났다. 모든 이들이 바빴고, 그중에서도 부친이 가장 바빴다. 그 외에는 무슨 특이한 일이 있었던 것 같지는 않았다.

비연이 갑자기 무엇인가 떠오른 듯 서둘러 물었다.

"고씨 가문에 무슨 비밀이라도 더 있는 게 아닐까? 당신이 열 살 되던 해에 빙해에 전쟁이 있었지. 당신 아버지가 혹시 당신에게 제때 알려 주지 못한 무엇인가가 있는 건 아닐까?"

군구신이 고개를 저었다.

"만약 중요한 뭔가가 있었다면…… 부친은 그해에 병세가 중해 하마터면 돌아가실 뻔했어. 그런데 나에게 이야기하지 않으셨을 리 없지. 게다가 빙해의 전투 이후 1년 가까운 시간이 있었는데도 나에게 이야기하지 않으셨을 이유가 없고."

부친은 어린 시절부터 몸이 약했고 병치레가 잦았다고 했다. 비록 운공대륙에서 첫손가락에 꼽히는 의원이었지만 스스로를 치료할 수는 없었다.

그가 그럴 생각이 없으면서도 아내를 맞았던 것은 주변의 친우들을 안심시킴과 동시에, 영술의 후계자를 위해서였다. 그는 혼약을 맺고 아이를 입양할 생각이었다.

부친이 의성 진씨 가문의 대소저였던 모친을 택한 것은 각 방면으로 심사숙고한 결과였다.

첫째로는 당시 의성의 두 세력의 균형을 맞춰 불필요한 다툼을 줄이기 위해서였고, 둘째로는 당시 모친의 두 다리가 마비된 상태라 가문에서 난처한 처지에 놓여 있었기 때문이었다.

모친은 감히 혼사를 바랄 수 없는 상황이라 안온하게 살 수 있기만을 바랐지만, 가문에 의해 아무 곳으로나 시집가야 하는 운명이 되었다.

부친이 모친을 아내로 맞이한 것은 서로 필요한 것을 취한 것이라 할 수 있었다.

후에 모친의 다리가 나았으나 부친의 병세는 날로 심해져, 약으로는 어찌할 수 없는 지경에 이르렀다. 모친은 부친이 떠나보내려 해도 떠나지 않고 부친과 함께했다. 그리고 바로 모친의 이런 집착 덕분에 부친은 목숨을 건졌다.

군구신은 아주 또렷하게 기억하고 있었다. 그때 모친은 부친의 목숨을 구한 후, 마치 눈물로 이루어진 사람인 것처럼 울었다. 모친이 우는 모습을 본 것은 그때가 처음이었다.

그리고 그는 모친이 부친을 떠나겠다고 말하는 것을 처음 들었다. 그러나 부친은 모친을 붙잡았다.

설사 그들 사이에 애정이 없었다 해도 최소한 가족으로서의 정은 있었다! 그런데 대체 무슨 일이 있었기에 그들이 떨어져 지내게 된 것일까?

군구신은 잠시 머뭇거리다 결국은 몸을 일으켰다.

비연이 물었다.

"뭐 하려는 거야?"

"부친께 서신을 써야겠어!"

군구신의 대답에 비연도 재빨리 침상에서 내려왔다.

"내가 먹을 갈아 줄게!"

붓을 들기 전 군구신은 일부러 화내는 척하며 모친 입장에서 부친에게 한바탕 따지고 반응을 볼 생각이었다. 그러나 그는 결국 그렇게 할 수 없었다.

그가 실종되었을 때 모친이 괴로워한 만큼 부친 역시 괴로웠을 것이다.

모친이 염진을 데리고 부친을 떠난 것이야말로 부친에게 있어 일종의 징벌이 아니었을까? 자식 된 몸으로, 자세한 연유를 모르는 상황에서 그에게 물어볼 자격이 있을까?

게다가 부친은 변명하는 성격이 아니었다. 그가 아무리 따져 물은들 부친은 대답하지 않을 듯했다.

결국 군구신은 간단하게, 모친과 염진을 만났고, 그들을 궁에서 생활하게 했으니 안심하라는 이야기만 적었다. 물론 그와 염진이 부친과 모친이 만날 날을 기대하고 있다는 이야기 역시 빼놓지 않았다.

비연은 서신을 읽고 다급하게 말했다.

"당신네 가족들은 어쩌면 다 이런 성격이람! 나에게 좋은 생각이 있는데, 들어 볼래?"

군구신이 재빨리 물었다.

"무슨 방법인데?"

비연이 생긋 웃었다.

"우린 혼례에서 아직 끝내지 않은 예절이 하나 남아 있잖아. 나중에 우리가 부모님께 절을 올려야 하니, 당신 부모님도 그 자리에 계셔야 하잖아! 만약 그때도 서로 보려 하지 않으신다면 바로 나, 며느리의 체면을 전혀 생각해 주시지 않는 거지. 그럼 내가 우리 부황과 모후에게 이르면 그만이지! 흥!"

군구신은 잠시 멍한 표정을 지었으나 곧 웃고 말았다. 비연이 놀리듯 말했다.

"이것 봐, 본 공주를 아내로 맞이하면 좋은 점이 얼마나 많은지! 그러니까 어서 부황과 모후를 구해 내야 해!"

비연의 명랑한 웃음에 군구신은 마음이 아파 왔다. 그는 그녀의 웃음 아래 숨겨진 것이 무엇인지 너무나 잘 알고 있었다.

그가 그녀의 허리를 끌어안으며 말했다.

"일단 자도록 해. 검보를 써서 부친과 당신 오라버니에게 보내야겠어. 혹시라도 내가 깨달음을 얻도록 도와줄 수 있을지도 모르니까."

본래 한두 해 연습으로는 겨우 검법에 익숙해지는 정도가 맞
건만, 군구신은 이미 최고 경지에 이르러 있었다. 그에게 지금
가장 절실한 것은 두 번째 경지인 '무아유검'의 깊은 뜻을 깨닫
는 것이었다.

비연은 종일 잤기 때문에 잠이 오지 않았다.

"당신 곁에 있을래. 당신도 검법을 다 쓰고 나면 바로 자야
해! 절대로 또 검법을 연습하거나 하면 안 돼! 내가 당신이 매
일 밤 몰래 검을 연습하는 걸 모른다고 생각하지 마. 계속 그렇
게 무리하다간 주화입마에 빠질지도 몰라. 주화입마에 빠지면
그야말로 정말 무아유검의 경지에 이르게 되겠지!"

비연의 이 말을 듣는 순간, 군구신은 갑자기 무엇인가 깨달
은 듯 서둘러 말했다.

"연아, 뭐라고 했어? 다시 말해 봐!"

## 설마 그도 그녀와 같은 것일까

뭐라 말했냐고?

군구신의 긴장한 모습을 보고 비연은 자신이 말실수라도 했나 싶어 물었다.

"왜 그러는 거야?"

군구신은 확실히 긴장하고 있었다. 마치 '무아유검'의 깊은 뜻을 이해한 것 같았다. 그가 비연의 손을 잡고 진지하게 말했다.

"연아, 방금 했던 말을 다시 한번 해 봐!"

"내가 같이 있어 줄 테니 검보를 다 쓰면 자라고. 몰래 검을 연습하러 나가면 안 된다고. 당신 요즘 며칠 동안⋯⋯."

군구신이 말을 잘랐다.

"그게 아니라, 그다음!"

비연이 다시 말했다.

"당신이 계속 그런 식으로 연습하면 주화입마에 빠질 거라고. 그렇게 되면 정말 당신은 없고 검만 있는 상태가 되어 버릴 거라고!"

군구신이 잠시 생각에 잠긴 듯하더니 갑자기 기뻐하며 비연을 잡아끌었다. 비연은 영문도 모른 채 그의 품으로 쓰러졌다.

그는 감동한 얼굴로 그녀의 얼굴을 들어 올리더니 입술에 깊게 입을 맞췄다.

"연아, 너는 역시 영리해! 네가 나를 일깨워 주었다! 이제 건명검술의 두 번째 경지가 무슨 의미인지 알았어!"

뭐라고?

비연은 도무지 이해할 수 없었다.

군구신은 그녀를 내려놓더니 바로 건명보검을 집어 들고 문 밖으로 나가며 말했다.

"먼저 자도록 해, 날 기다릴 필요 없어!"

"밖이 서늘하던데, 옷을 좀 더 걸치고 가!"

비연이 다급하게 겉옷을 들고 따라 나갔다. 그 잠시 만에 군구신은 이미 보이지 않았다.

기나긴 회랑을 돌아 침전 내 가장 큰 정원에 도착하자 군구신이 보였다. 그는 이미 검을 연습하기 시작한 참이었다.

비연은 잠시 고민한 끝에 그를 방해하지 않기로 했다. 그래서 그의 겉옷을 입고 문가의 돌계단에 앉아 지켜보기 시작했다.

그녀도 군구신에게서 검술을 배우기는 했지만 아직 초심자에 지나지 않았다. 군구신이 몇 번이나 건명검술의 깊은 뜻을 설명해 주었지만, 그녀로서는 알 듯 말 듯 했다.

비연은 자신이 방금 했던 말이 군구신에게 대체 무슨 계시를 주었는지 알 수 없어 그저 의아할 뿐이었다. 그녀가 했던 말이 무슨 좋은 말도 아니고, 무술을 익히는 자에게 있어 주화입마가 치명적이라는 것은 당연한 이야기였으니까.

그녀는 두 손으로 턱을 괸 채 군구신을 바라보며 고민하기 시작했다. 이때 군구신이 기마자세로 서더니 상반신을 뒤로 젖혔다. 장검은 그의 상반신과 얼굴에 거의 붙다시피 하며 뒤를 찌르고 있었다.

찰나의 순간, 반쯤 풀어 헤쳐져 있던 그의 옷깃이 완전히 풀어져 유혹적인 가슴이 그대로 드러났다! 단단하고 넓은 가슴이며 선명한 복근……. 무어라 형용할 수 없이 유혹적인 모습이었다!

특히 이 순간 그의 자세는 그의 매력을 더욱 강하게 드러내고 있어, 보는 이로 하여금 핏줄이 팽창되게 만든다고 표현해도 지나치지 않았다.

비연은 눈을 휘둥그렇게 뜬 채 무의식적으로 입술을 깨물었다. 그녀는 군구신의 몸이 좋다는 것은 알고 있었으나, 옷을 풀어 헤친 그의 모습이 이리도 남성적인 매력이 강할 줄 미처 몰랐다.

이 순간, 책에서 보았던 장면들이 머릿속에 떠올라 그녀의 얼굴은 순식간에 붉게 달아올랐다. 그러나 그녀는 그 그림들을 머릿속에서 떨치려 하기는커녕 오히려 저도 모르게 빨려 들어가고 있었다.

그녀는 또한 예전에는 알지 못했던 것들을 생각하기 시작했다. 돌이켜 보면 군구신이 일부러 그녀를 속인 것은 아닌 것 같았다.

그녀는 사실 군구신도 자신과 같은 것은 아닌지, 그 책을 한번 펼쳐 본 적도 없고 그저 길에서 들은 풍문만 알 뿐 남녀 사이의 일에 대해서는 정말로 알지 못하는 것은 아닌지 의심하기 시작했다.

생각이 여기까지 이르렀을 때 그녀는 그만 피식 웃어 버렸다. 부끄럽기도 하고 우습기도 했다.

군구신은 검명검술에 집중하느라 이 순간 비연의 표정은 신경 쓰지 못하고 있었다. 그가 몸을 돌리더니 안정된 자세로 멈춰 섰다. 그는 이미 윗옷은 벗고 바지만 입은 채 계속 춤을 추듯 보검을 휘두르고 있었다.

그 모습을 본 비연의 얼굴이 더욱 붉어졌다. 그녀는 입술을 더욱 꽉 깨물었다. 그러나 그녀의 눈은 더욱 커지고 있었다.

그녀는 분명 대놓고 그를 바라보고 있었지만, 그녀의 시선이며 표정은 무언가 몰래 보내는 듯한 시선이고 표정이었다. 동시에 그녀는 한순간도 그를 놓치지 않겠다는 듯 계속 시선을 보내고 있었는데, 그 모습이 무척이나 귀여워 보였다.

군구신은 검을 연습하면 연습할수록 기운이 나는 듯 동작이 물 흐르듯 자연스럽게 이어지고 있었다. 비록 아직 인검합일의 경지에는 이르지 못했지만, 그의 움직임을 보고 있노라면 그가 검이고, 검이 그인 듯한 느낌이 들었다.

그의 동작이 점점 더 빨라지고 있었다. 이제 그와 검의 모습을 눈으로 판별하기가 쉽지 않았다. 그의 몸도 검도 마치 그림자와 같이 스쳐 가더니, 잠시 후 사람과 검이 마치 하나가 된 것처럼 서로를 구분할 수 없게 되었다!

비연이 경악하여 그 자리에서 벌떡 일어났다. 그녀의 눈앞에 보이는 것은 끊임없이 흔들리는 그림자뿐, 그녀는 군구신과 건명보검을 전혀 알아볼 수 없었다!

"주화입마?"

그녀는 중얼거리다가 곧 비명을 질렀다.

"군구신, 당신 미쳤어! 멈춰!"

설마, 정말로 그녀가 말한 대로 된 것일까? '무아유검'의 경지에 이르기 위해서는 일단 주화입마에 빠져 자신을 잃는 모험을 해야 할까?

안 돼!

이건 너무 위험하잖아!

"멈춰! 멈추라고!"

비연이 그에게 달려가려는 순간 군구신이 갑자기 멈춰 섰다. 어느새 건명보검은 땅을 찌르고 있었고, 군구신은 두 손을 검의 손잡이에 얹은 채 살짝 고개를 숙이고 있었다. 절박해 보이는 미간에 엄숙한 표정······.

그의 얼굴에서 흘러내린 땀이 벌거벗은 그의 상체 위로 떨어지더니 그 유혹적인 곡선을 따라 천천히 흘러내렸다. 무척이나 고요해 보이는 그에게서는 평소의 온화함은 느껴지지 않고 오히려 성숙한, 심지어 신비롭기까지 한 남자의 기운만이 느껴졌다.

비연은 갑자기 낯선 느낌을 받았다. 그러나 지금 그 느낌에 대해 생각할 여유는 없었다. 그녀는 군구신이 대체 어떤 상태인지 알 수 없어 당황할 뿐이었다. 감히 그를 쉽게 건드리지도 못하고 다급하게 소리쳤다.

"진묵! 진묵!"

곧 진묵이 나타났다.

비연이 다급하게 물었다.

"진묵, 이이를 좀 봐! 주화입마에 빠진 거야? 대체 어떻게 하면 좋아?"

진묵의 냉담한 눈동자에 평소 잘 드러나지 않는 경악이 스쳐 갔다. 그가 막 군구신에게 다가가려 했을 때, 갑자기 건명보검 안에서 거대한 힘이 폭발했다.

진묵이 재빨리 몸을 돌려 비연을 덮치다시피 땅에 쓰러뜨리고 제 몸으로 그녀를 감쌌다. 그리고 곧 피를 토해 냈다.

진묵도 놀랐고 비연도 놀랐다. 이 힘은 분명 건명의 힘이었다!

지난번 군구신이 건명보검에 숨겨져 있던 검보를 얻을 때, 그의 체내에 있던 건명력의 절반이 건명보검으로 돌아갔다. 그 후로 건명력은 계속 둘로 나뉘어 반은 군구신의 몸 안에, 반은 건명보검 안에 있었다. 방금 폭발한 힘은 바로 건명보검에 깃들어 있던 절반의 힘이었다!

겨우 절반이라 다행이었고, 진묵이 재빨리 반응했기에 또 다행이었다. 그러지 않았다면 진묵과 비연 모두 무서운 상황이었을 것이다.

그렇다면 군구신은?

비연은 진묵의 부상도 눈치채지 못하고, 재빨리 그를 밀쳐 내고 군구신 쪽을 바라보았다.

이 순간 군구신은 원래의 자세 그대로 서 있었다. 그러나 건명보검에서 황금 빛이 계속 흘러나오더니 그의 주변을 감싸고 있었다!

그 금빛에는 공격의 의도는 없어 보였지만, 멀리 있는 비연조차도 그 빛이 품고 있는 힘을 느낄 수 있었다. 그 힘은 바로 건명력이었다!

너무나 익숙한 장면이었다!

설마 건명보검 안의 건명력이 군구신의 몸으로 돌아가고 있는 걸까?

비연은 불안해 견딜 수 없었다. 그녀가 겨우 냉정함을 유지할 수 있는 것은 바로 군구신이 이 순간에도 고요하고 엄숙한 표정을 짓고 있다는 사실 덕분이었다.

진묵이 명치를 누르며 일어나더니 재빨리 입가의 핏자국을 닦았다. 그리고는 아무 일도 없었던 것처럼 속삭였다.

"주인님, 보아하니 나쁜 일이 아니야. 너무 걱정할 필요 없어."

지금 비연의 신경은 온통 군구신에게 쏠려 있었다. 그녀는 그저 고개를 끄덕이며 아무 말도 하지 않았다. 그러나 그녀의 작은 얼굴은 계속 굳어 있었다.

군구신은 대체…… 어떻게 된 것일까?

# 내가 이해할 수 없는 것

건명력이 계속 건명보검에서 흘러나와 군구신에게로 향했다. 군구신을 둘러싼 황금 빛이 점차 성대해지더니 금방이라도 그를 집어삼킬 것만 같았다.

비연은 두 주먹을 꽉 쥐었다. 스스로가 이렇게 무력하게 느껴지기는 처음이었다. 기다리는 것 외에는 아무 일도 할 수 없다니.

한참 후, 건명보검이 갑자기 모든 황금 빛을 잃더니 공중으로 솟아올랐다!

비연이 경악하여 무심결에 고개를 들었다. 그리고 그 찰나의 순간, 군구신의 몸을 감싸고 있던 황금빛이 갑자기 환영처럼 흐려지더니, 마치 그의 몸 안으로 흡수된 것처럼 순식간에 사라져 버렸다!

비연은 공중 높은 곳의 건명보검을 바라보다가 다시 계속 고개를 숙이고 있는 군구신을 바라보았다. 마음에 일말의 불안감이 떠오르고 있었다. 절대 좋은 상황이 아니라는 직감이 들었다!

그녀는 충동적으로 군구신을 부르며 그에게 달려가려 했다. 그러나 그녀가 움직이려는 순간, 진묵이 그녀의 손을 꽉 잡아당겼다.

"주인님, 안 돼!"

비연이 몹시도 사나운 표정을 지으며 외쳤다.

"이것 놔!"

진묵은 그제야 비연이 이상하다는 것을 눈치챘다. 그는 비연의 태도에 놀라면서도 그녀의 손을 놓지 않고 오히려 더욱 꽉 잡았다.

그와 동시에 건명보검이 맹렬한 기세로 아래로 떨어졌다. 정확히 말하자면 아래쪽을 향해 찌르듯 내리꽂히고 있었다. 바로 군구신을 겨냥하며!

"안 돼!"

비연은 사납게 발버둥을 쳐 진묵의 손에서 벗어났다. 그러나 그녀의 속도가 건명보검처럼 빠를 수는 없었다. 그녀는 눈을 크게 뜬 채 건명보검이 군구신을 찌르는 것을 지켜보는 수밖에 없었다!

그 순간 비연은 눈을 감은 채 그대로 바닥에 무너져 내리고 말았다.

온 세상이 고요해진 것만 같았다. 심지어 바람 소리조차 들리지 않는 세계가 되어 버린 것 같았다.

지난번에도 비연은 건명보검이 군구신을 찌르는 장면을 직접 보았다. 비록 그때 군구신에게는 아무 일도 벌어지지 않았지만, 이번에도 그러리라고는 아무도 보장할 수 없었다.

군구신은 방금 일부러 주화입마 상태에 빠졌다! 지난번과는 상황이 완전히 다른 것이다!

비연은 무릎을 꿇은 채 온몸을 통제할 수 없을 정도로 덜덜 떨면서 감히 고개조차 들지 못하고 있었다.

진묵이 빠르게 다가와 속삭였다.

"주인님, 전하는 아무 일 없어. 전하는 성공할 거야! 건명검술의 깊은 뜻을 알아낼 거라고!"

비연은 그제야 고개를 들었다. 건명보검은 군구신의 정수리에 멈춘 채였고, 군구신은 한 손으로 검날을 잡고 있었다. 그는 이미 고개를 들어 앞을 바라보고 있었는데, 표정은 여전히 엄숙해 보였다.

왜인지는 알 수 없었지만, 이 모습을 본 비연의 마음속에 다시 불안감이 치밀어 올랐다. 그러나 깊이 생각할 여유가 없었다. 군구신이 곧 건명보검을 사납게 땅에 내던져 버렸기 때문이었다.

건명보검이 바닥에 깔린 청석판 위로 떨어지는 순간, 청석판에 바로 균열이 생기더니 빠른 속도로 주변까지 퍼져 나갔다.

잠시 후 정원의 청석판이 모두 깨졌다. 물론 비연과 진묵의 발아래 청석판도 마찬가지였다.

그들은 이 힘이 건명력이라는 것은 알고 있었지만, 이것이 건명보검의 힘인지 아니면 군구신의 힘인지는 구분할 수 없었다.

군구신의 손은 온통 피로 젖어 있었다. 군구신이 검의 손잡이를 잡자, 그의 손에서 황금 빛이 흘러나오더니 건명보검으로 들어갔다.

군구신이 건명보검을 들더니 옆에 있는 석상을 향해 휘둘렀다. 검날이 닿는 곳마다 검기가 무지개처럼 피어났고, 거대한 석상이 순식간에 가루가 되어 버렸다!

바닥 가득 날리는 돌가루를 보며 비연과 진묵은 그대로 눈을 크게 떴다! 군구신이 건명보검으로 건명력을 발휘하는 것을 보는 것은 처음이었다. 의심할 바 없이 군구신은 건명력을 다룰 수 있게 된 것이다!

군구신은 그제야 천천히 정신을 가다듬었다. 그도 자신이 건명력을 다룰 수 있게 되었다는 사실을 깨달았다. 그는 손 안의 건명보검을 바라보며 입가에 잔잔한 미소를 떠올렸다.

"무아유검, 이것이었구나!"

비연이 재빨리 군구신에게 달려갔다. 마침 군구신도 몸을 돌리던 찰나였다.

비연은 본래 무슨 말이건 하려 했지만, 그의 입가에 떠오른 미소를 보는 순간 아무 말도 하지 못하고 그저 그의 품으로 뛰어들었다.

군구신은 그제야 자신이 비연을 놀라게 했다는 사실을 깨닫고 재빨리 말했다.

"괜찮아, 아무 일도 없으니까. 괜찮아."

사실 그가 방금 했던 행동은 아주 위험했다. 그는 스스로를 포기하고 주화입마의 경지에 이르렀다. 아주 조금이라도 착오가 있었다면 그동안의 모든 공력을 잃을 뿐 아니라 생명까지 대가로 치를 수도 있는 상황이었다.

다행히도 그의 모험은 옳았다. 건명보검의 두 번째 '무아유검'의 깊은 뜻은 바로 검을 연마하는 자가 스스로를 포기하고 온전히 보검을 따르는 것이었다. 그리고 스스로를 포기하는 방법은 단 하나, 주화입마뿐이었다.

일단 주화입마에 빠지고 나면 그는 스스로에 대한 제어력을 잃을 수밖에 없었다. 건명력이 건명보검으로 돌아가건 그에게 굴복하건, 그는 그대로 따를 수밖에 없었다.

결국에는 건명력이 그에게 굴복했다.

이 과정은 사실 비연이 본 것보다 더 위험했다. 그가 북해안에서 건명력을 얻은 후 며칠 동안이나 혼수상태에 빠졌을 때처럼, 그는 아무의 도움도 받지 못한 상태에서 스스로의 힘으로 헤쳐 나와야 했다. 그러나 그는 이번에도 버텼다.

군구신이 비연의 등을 가볍게 쓸어 주며 웃었다.

"연아, 네가 나를 일깨워 준 거다! 네가 아니었다면 나는 아마 주화입마를 떠올리지도 못했을 거야!"

비연은 대답하지 않았다.

군구신이 자신이 이해한 검술에 대해 다시 한번 이야기하려 했을 때, 비연이 마침내 참지 못하고 말했다.

"이런 모험을 하기 전에, 먼저 나에게 이야기할 수는 없는 거야? 당신에게 무슨 일이 벌어져도 나는 어떻게 당신을 구해야 할지도 모른단 말이야!"

비연은 놀란 나머지 분노가 치민 상태였다!

군구신은 연신 고개를 끄덕였다.

"그래, 맞아, 다 내가 잘못했어! 내가…… 내가 너무 조급한 나머지……."

이 깊은 뜻을 이해하기만 하면 두 번째 경지를 이해할 수 있고, 진정한 검합일의 경지로 한 걸음 더 나아갈 수 있다! 또 대진국 황제와 황후를 구하는 데도 한 걸음 더 나아가는 셈이었다.

그는 이미 수개월 동안이나 고민했지만 계속 깨닫지 못하고 있었다. 그런데 비연의 말 한마디에 문득 깨달은 셈이니, 어찌 조급하지 않을 수 있었을까?

비연은 그제야 고개를 들어 군구신을 노려보았다. 건명력은 빙해를 파해하는 열쇠니 그녀라고 기쁘지 않을 리 없었다.

아니, 그녀가 군구신보다 더 흥분하고 감동해야 옳았다. 그러나 그녀는 부황과 모후를 구하기 위해 군구신을 잃고 싶지는 않았다.

노려보는 것은 노려보는 것이고, 비연은 군구신을 더욱 강하게 끌어안았다.

군구신은 그녀에게 한참 동안 안겨 있다가 다정하게 말했다.

"연아, 이것 봐. 이제 나는 정말로 건명력을 통제할 수 있어."

그가 검을 몇 번 휘두르자 검이 닿는 곳마다 건명력이 나타났다. 비록 아직 익숙하지 않아 원하는 대로 다룰 수는 없었지만, 최소한 군구신의 마음대로 건명력을 불러낼 수는 있었다.

비연은 그의 흥분한 모습을 지켜보다가 마침내 방금까지 화내고 있던 것을 잊고 그만 피식 웃어 버렸다. 어쨌든 이 일은 무척 기쁜 일이었다.

군구신은 몇 번 검을 휘두른 다음 말했다.

"이제 나는 건명력을 사용할 수 있어. 좀 더 익숙하게 이 힘을 움직이게 되면, 아마 '무아무검'의 깊은 뜻도 이해할 수 있을 거야."

비연은 몹시 놀랐지만, 군구신이 방금 했던 설명을 제대로 귀에 담아 둔 상태였다. 그녀가 진지하게 물었다.

"이해 안 가는 것이 있어. 주화입마에 빠졌는데 어째서 건명력에게 조종당하는 것이 아니라 건명력을 제어하게 된 거지?"

군구신은 사실 이 문제에 대해서는 깊이 생각하지 않은 상태였다. 그가 웃으며 말했다.

"건명력이 나를 주인으로 택했는데, 어떻게 나를 조종할 수 있겠어? 만약 나를 조종할 수 있었다면, 아마 내가 북강에서 힘을 얻었을 때 마음을 잃고 꼭두각시로 전락했겠지."

비연은 잠시 숙고하다가 이치에 맞다는 생각이 들어 마침내 안심했다. 그녀는 군구신의 가슴을 치며 말했다.

"놀라 죽는 줄 알았잖아! 정말이지 행운이야!"

군구신이 그녀의 코끝을 문지르며 웃었다.

"애비의 공로가 이리 크니, 혹시 원하는 상이라도 있으신지? 본 왕이 무엇이라도 들어 드리리니."

비연은 그만 즐거워지고 말았다.

"내가 잘 생각해 본 후에 당신에게 말해 줄게!"

군구신은 막 깊은 뜻을 깨달은 참이었기에 계속 검을 연습하고 싶었다. 그러나 비연은 그에게 자러 가야 한다고 잔소리를 늘어놓았다.

군구신은 결국 연습을 그만둘 수밖에 없었다. 그는 기분이 좋아져 더욱 다정한 목소리로 말했다.

"나와 함께 자 준다면, 그럼 네 말을 듣지."

그와 함께…… 잔다고?

비연은 잠시 멈칫했다가 재빨리 군구신의 다정한 시선을 피했다. 분명히 그녀는 또 왜곡된 상상을 하고 있었다!

## 그를 시험해 보기로

군구신은 비연의 표정이 좋지 않은 것을 보고, 그녀의 얼굴 앞에 손을 흔들어 보였다.

"왜 그래? 아직도 무서운 거야? 언제부터 이렇게 소심해졌지?"

비연은 겨우 정신을 차리고 무의식적으로 군구신을 밀어내며 말했다.

"아니야. 그냥 조금 불안해서 그런 거야."

비연이 이렇게 말한 것은 핑계였지만, 또 핑계인 것만도 아니었다. 정말로 그런 느낌이 있었다. 그렇지 않았다면 방금 그렇게까지 다급하지도 않았을 것이다.

비연이 잠시 생각하다가 말했다.

"이 깊은 뜻, 당신은 계속 고민해야 하잖아. 어쨌든 이렇게 건명력을 다룰 수 있게 되었으니 조금 더 쉬워진 것 같지 않아?"

군구신이 어쩔 수 없다는 듯 웃으며 말했다.

"이제 겨우 건명력을 다룰 수 있게 되었을 뿐이야. 제대로 다루려면 계속 연습해야지. 어떻게 그리 쉽게 되겠어?"

비연은 그제야 고개를 끄덕였다. 그러자 군구신이 다시 재촉했다.

"밤이라 이슬이 차다. 들어가자. 일단 나는 목욕을 좀 해야겠어. 그다음 너와 함께 있어 줄게."

그 말을 들은 비연이 중얼거렸다.

"누가 누구랑 있어 준다고?"

그 말에 군구신은 사랑스럽다는 듯 그녀의 머리를 쓰다듬으며 말했다.

"그래, 네가 나와 함께 자 주는 거지."

비연은 군구신의 말에 다른 뜻이 있는 건지, 아니면 자신이 그 책을 보고 계속 이상한 생각을 하는 건지 구분할 수 없었다. 그러나 그녀는 아무 말 없이 그저, 목욕하러 가라고 군구신을 밀었다.

군구신이 떠난 후에야 비연은 진묵을 떠올렸다. 그러나 그는 이미 보이지 않았다.

비연은 바닥의 핏자국을 발견하고 서둘러 정원 밖으로 달려 나갔다. 그러나 그녀가 소리쳐 부르기 전에 진묵이 자동으로 나타났다.

진묵은 비연이 자신을 찾아 나왔다는 사실을 모르는 듯 여전히 무표정한 얼굴이었고, 입가의 피도 이미 깨끗하게 닦은 다음이었다.

"주인님, 왜 그래?"

비연이 진지하게 물었다.

"상처 입었어?"

진묵은 살짝 멈칫하더니 곧 고개를 끄덕였다.

"응."

비연이 다시 말했다.

"상처가 심해?"

진묵은 다시 고개를 끄덕였다.

"응."

비연은 약왕정에서 단약 몇 알을 꺼내 주며 말했다.

"하루에 한 알, 다 먹은 후엔 나를 찾아와. 앞으로 며칠 동안은 쉬는 데 주력하고. 전 어멈 일은 수하들에게 시켜도 돼."

진묵은 약을 받고 대답했다.

"상처는 그렇게 심하지 않아. 그러니까……."

비연이 미간을 찌푸리자 그는 바로 말을 고쳤다.

"알았어. 주인님 말을 들을게."

비연이 덧붙였다.

"왕부의 수비는 삼엄한 편이니 밤에 직접 파수를 볼 필요 없어. 앞으로 일찍 자도록 해. 그 그림 관련해서도 너무 조급해하지 말고."

비록 비연이 오랫동안 고씨 가문의 그 그림에 관해 묻지 않았지만, 진묵이 자주 밤에 그림에 달빛을 쏘인다는 사실을 잘 알고 있었다.

진묵은 말주변이 없는 사람이었다. 그는 계속 고개만 끄덕였다.

"응, 주인님 말을 들을게."

비연은 그런 그의 모습에 웃어 버리고 말았다. 그녀가 진묵에게 놀리듯 말했다.

"진묵, 언젠가 내가 너에게 아내를 얻어 주면, 그때도 내 말을 들을 거야?"

진묵이 멍한 표정을 지었다. 이번에는 한참이 지나도 정신을 차리지 못하는 것 같았다.

비연은 그의 멍한 표정을 보고, 참지 못하고 피식 소리 내어 웃었다. 그녀는 손을 흔들며 말했다.

"농담이야, 농담. 어서 가서 쉬어!"

비연이 몸을 돌려 침전으로 향했다.

진묵은 침전 대문 안으로 점차 사라져 가는 그녀의 뒷모습을 바라보다가 한참 후에야 중얼거렸다.

"주인님, 그건…… 주인님 말을 듣고 싶지 않아."

비연의 뒷모습이 사라지고 나서도 거대한 침전의 대문은 조용히 그곳에 서 있었다. 진묵에게 있어 그 문은 영원히 넘을 수 없는 그 무엇이었다.

그의 얼굴에 평생 거의 드러내지 않았던 쓸쓸한 표정이 떠올랐다. 진묵은 한참 후에야 몸을 돌렸다.

비연이 침전으로 돌아왔을 때 군구신은 아직 돌아오지 않은 상태였다. 그녀는 잠옷을 들고 병풍 뒤로 걸어가다가, 저도 모르게 군구신이 옷을 갈아입던 장면을 떠올렸다.

그녀는 재빨리 몸을 돌려 병풍을 보지 않으려 했다. 그러나 그녀의 시선이 이번에는 침상 옆 탁자 서랍 쪽으로 향했다.

어쩌다가 그 책을 보고 만 것일까! 그 책은 꼭 독과 같았다. 한 번 보고 나면 계속 저도 모르게 떠올리게 되니!

심호흡 후에 이불 안에서 잠옷으로 갈아입었다. 그러나 종일 잤으니 잠이 올 리 만무했다! 그녀는 계속 뒤척거리며, 자신도 모르게 그 서랍 쪽으로 시선을 보내고 있었다.

군구신은 대체 저 책을……. 군구신은 어찌…… 된 일일까?

"책을 봤을까? 아니야, 분명 보지 않았을 거야! 이유가 없잖아! 분명 보지 않은 거야! 바보……. 아냐, 본 것 아닐까?"

그녀는 고민에 빠져 중얼거렸다. 잠시 미간을 찌푸렸다가 다시 몰래 웃다가…… 그녀는 자신이 혼잣말로 수다를 떤다는 사실을 의식하지 못하고 있었다.

갑자기 비연이 말을 멈췄다. 그녀는 정말로 진지하게 고민하기 시작했다.

잠시 후 그 책을 꺼내 군구신의 베개 밑에 넣었다. 그녀는 계속 책에 얽매여 있느니 차라리 군구신의 반응을 보는 것이 낫겠다는 결론을 내렸다.

어쨌든 그들은 한참 만에 정왕부에 돌아온 셈이니, 하소만이 한 짓이라고 둘러대면 그만이었다.

어차피 이 책은 처음부터 하소만, 그 자식이 갖다 둔 것일 테니까!

결정을 내린 비연은 마침내 조용히 자리에 누웠다. 그녀는 평온한 표정을 지으려고 노력했지만, 입가에는 계속 웃음기가 묻어나고 있었다.

잠시 후, 군구신이 마침내 돌아왔다. 그는 흰옷으로 갈아입었는데, 옷깃이 살짝 풀어 헤쳐져 있고, 먹빛 머리는 옥비녀로 편하게 올려 고정하고 있었다.

오늘 밤 그는 기분이 무척 좋아 시종 잔잔한 미소를 머금고 있는 덕분에 사람 자체가 유달리 편안해 보였다.

사람을 매혹시키는 후두며 보일 듯 말 듯 한 가슴 근육, 모두 유혹적인 남자의 기운으로 가득 차 있었다. 비연은 끊임없이 떠오르는 상상을 어찌할 수 없었다.

그동안 남녀 사이의 일을 알지 못해 의식하지 못했던 걸까? 비연은 오늘 밤에야 제 남자가 이리도 매혹적이라는 사실을 처음으로 발견했다.

그녀는 한 손으로 머리를 받친 채 옆으로 누워 군구신을 바라보았다. 저도 모르는 사이에 입꼬리가 살짝 위로 올라갔다. 이 순간 그녀가 느끼는 것은 남녀 사이의 애정이나 욕망이라기보다는 완벽한 아름다움이었다.

군구신이 다가오다가 비연이 웃고 있는 것을 발견했다. 그도 웃으며 침상에 앉았다.

"왜 웃고 있는 거야?"

비연은 그제야 정신이 들었다. 그녀는 자신의 계획을 되새기며 마침내 긴장하기 시작했다.

"아, 아니야, 아무것도!"

군구신이 이불을 들어 올리고 자리에 누웠다. 비연은 슬며시 그의 베개를 바라보았다. 그녀는 잠시 망설이다가, 일부러 애교를 부리며 군구신을 끌어안았다.

"한참 기다렸단 말이야. 어째서 이제야 온 거야?"

비연이 군구신의 허리를 끌어안으며 무심결인 척 베개를 건드렸다. 그러나 베개는 꼼짝도 하지 않았고, 책도 모습을 드러내지 않았다. 비연은 절망하여 힘없이 군구신의 허리에 머리를 묻었다.

군구신은 언제나 그녀의 애교에는 견디지 못하는 편이었다. 그녀가 이렇게 자신을 안아 오니 그는 또 좌불안석이 되었다.

그는 비연이 방금의 주화입마 때문에 아직도 무서워하고 있다고 생각하고, 가볍게 등을 쓸어내려 주었다.

"괜찮아. 네가 있는데 나한테 무슨 일이 생길 리 없지."

네가 있는데 나한테 무슨 일이 생길 리 없지!

이 말은 그녀가 그에게 무엇을 준다는 의미가 아니라, 그녀가 존재하는 한 그는 감히 스스로를 위험하게 만들 수 없다는 의미였다!

그녀 뒤에는 수많은 사람들이 있고, 그 모두가 믿을 만하며, 또한 그녀 자신도 사실 스스로를 지킬 수 있는 사람이었다. 그러나 그는 여전히, 만약 그가 없어진다면 그녀가 어떤 모습일지 상상할 수 없었다.

군구신의 이런 진지한 태도에 비연은 그만 고개를 들 수 없었다. 그러나 그녀는 그가 책을 본 적 있는지 없는지, 오늘 밤에는 꼭 알아내야 했다.

그녀는 마음을 사납게 먹고, 군구신의 베개 위로 제 머리를 놓다가 뭔가에 부딪친 척 책을 침상 아래로 던져 버렸다.

"아야! 이게 뭐지?"

군구신이 재빨리 돌아보니 바닥에 펼쳐진 책이 보였다. 그리고 그 책 속에는…… 말로 표현할 수 없는 무엇인가가 있었다!

 이 순간 비연의 심장은 제어를 잃을 정도로 빠르게 뛰고 있었다. 그러나 그녀는 과감하게 고개를 내밀어 역시 바닥을 바라보았다…….

## 당신이 어떻게 나오는지 보겠어

군구신은 책 속의 장면을 보는 순간 그대로 굳어 버렸다! 덕분에 비연의 움직임을 제때 막지 못했다.

비연이 그의 몸 위로 고개를 내밀어 침상 아래를 내려다보았다. 책 속의 그 말로 표현하기 어려운 그림을 이미 본 그녀였지만, 다시 보아도 귀뿌리까지 새빨갛게 달아올랐다.

이 순간 세상이 그대로 조용히 멈춰 버린 것 같았고, 시간마저 멈춘 것 같았다. 비연은 군구신의 몸이 굳은 것을 분명히 느낄 수 있었다. 그리고 그녀의 몸도 굳고 있었다. 심장은 계속 빠르게 뛰었고, 이제 호흡마저 곤란할 지경이었다.

이렇게 두 사람은 복잡한 표정으로 조용히 있었다.

얼마나 지났을까. 마침내 군구신이 다급하게 반응했다.

그가 가장 처음으로 한 일은 비연의 눈을 가리는 것이었다. 그리고 비연도 그제야 반응했다. 그녀는 자신이 연기를 해야 한다는 것을 깨닫고 비명을 질렀다.

"꺄악……!"

군구신이 다른 손으로 그녀의 입을 막았고, 비연은 움직이지 않았다. 이렇게 두 사람은 다시 한번 침묵에 빠져들었다. 주변의 공기마저 갑자기 고요해진 것 같았다.

비연은 자신이 뭔가 해야 한다는 것을, 그래야 군구신을 계속 시험해 볼 수 있다는 것을 알고 있었다. 그러나 그녀도 뭘 어떻게 해야 할지 도무지 알 수 없었다. 군구신의 반응을 기다리는 수밖에 없었다.

군구신은 한 손으로 비연의 눈을, 다른 한 손으로는 그녀의 입을 막은 채 그 잘생긴 얼굴을 붉게 물들이고 있었다. 그는 마치 어쩔 줄 모르겠다는 듯 무심결에 책을 바라보고는, 바로 미간을 찌푸리고 시선을 돌렸다.

비연이 생각한 대로, 군구신은 이 일이 하소만이 한 짓이라 생각하고 속으로 그를 욕하고 있었다.

군구신의 시선이 곧 비연의 몸으로 떨어졌고, 그는 더더욱 어쩔 줄 모르게 되어 버렸다. 그의 눈빛은 답답해 보이기도 하고, 번뇌에 휩싸인 것처럼 보이기도 했으며, 심지어 초조해 보이기도 했다.

설사 그렇다 해도 그는 여전히 생각을 바꿀 의향은 없었다. 그 생각은 그 자신에게 있어서는 원칙이었고, 그녀에 대해서는 존중과 애정이었다.

비연은 점점 더 군구신의 반응을 기다릴 수 없었다. 너무나 궁금했다!

군구신은 그…… 원래 알고 있었을까, 아니면 그녀처럼 바보 같았을까? 그는 지금 뭘 하는 거지? 그녀가 처음 책을 보았을 때처럼 놀라서 멍해져 있는 건 아니겠지?

비연은 머뭇거리다가 마침내 군구신의 손을 잡아 내리고 다시 그 책을 보았다.

군구신은 다시 막으려 했지만 비연이 밀어내고는 허리를 굽혀 그 책을 집어 들었다. 그녀는 일부러 호기심이 인 듯 군구신 앞에서 책을 펼쳐 보기 시작했다.

군구신이 어떻게 그녀가 그 책을 보게 놔둘 수 있을까! 그는 책을 빼앗으며 다급한 나머지 사납게 외쳤다.

"보면 안 돼!"

비연이 말없이 군구신을 바라보았다. 당황한 나머지 얼굴이 곧 불이라도 날 것처럼 붉어진 상태였지만 그녀는 눈 한번 돌리지 않고 그를 바라보았다.

그녀가 자신을 시험하고 있다는 사실을 군구신이 알 리 만무했다. 그녀의 시선에 불편해진 나머지 그는 서둘러 변명했다.

"말했잖아. 이건 내 책이 아니야. 하소만이 갖다 놓은 거라고. 나, 나는…… 본 적 없어……."

비연이 입술을 깨물고 몰래 주먹을 쥐며 말했다.

"나, 나도 본 적 없어. 그, 그럼…… 그럼, 우리 같이 볼까?"

군구신이 당황하여 깊이 생각하지도 않고 바로 거절했다.

"안 돼. 너는 이렇게 허튼 물건은 보면 안 돼."

말을 마치자마자 그는 바로 몸을 돌려 책을 서랍 안에 넣었다.

비연이 마음속으로 낙담했다!

군구신이 방금 그렇게 한참 동안 멍하니 있었던 것은 분명…… 저 물건을 처음 보았기 때문이겠지?

하지만 방금 했던 말을 생각해 보면 그는 아무래도 예전부터 그…… 일에 대해 아는 것 같았다! 진실은 대체 무엇일까?

비연은 정말 내키지 않았지만, 다시 그를 시험해 보기로 했다. 그러나 감히 직접 물어볼 수는 없었다.

군구신은 다시 자리에 누웠고, 그녀는 생각 끝에 아무 말 없이 계속 그를 물끄러미 바라보았다.

이 순간 군구신은 얼마간이나마 냉정해진 다음이었다. 비연의 그 큰 눈이 자신을 바라보는 것을 보자, 그는 갑자기 깨닫고 말았다.

지금 중요한 것은 비연이 아마도…… 침상 아래로 내려가지 못한다는 것이 대체 어떤 의미인지 이해한 듯하다는 것이었다. 비연이 저렇게 바라보는 것은 아마도…… 그에게 증명을 요구하고 있는 걸 거다.

군구신은 비연의 시선을 피하려고, 일단 그녀를 품에 안고 속삭였다.

"시간이 많이 늦었어. 자자."

비연은 순순히 그의 품에 기댄 채 눈알을 굴렸다. 어쩐지 달갑지 않았다.

얼마 지나지 않아 그녀가 다시 눈을 크게 뜨고, 군구신의 가슴 위에 엎드린 채 말없이 그를 물끄러미 바라보았다. 반드시 그에게서 무슨 이야기건 듣고야 말겠다는 듯.

군구신의 얼굴이 다시 붉어졌다. 그는 시선을 피하며 그녀의 앞머리를 가볍게 쓸어 올렸다.

비연은 그의 손을 피하고 계속 그를 바라보았다.

군구신이 갑자기 비연을 침상 위에 눕게 하더니 그녀의 입술에 가볍게 입을 맞췄다. 그리고 그녀를 품 안으로 끌어들이더니, 머리를 그녀의 어깨에 묻었다.

비연이 다시 발버둥을 치며 몸을 돌려 군구신과 얼굴을 마주 보았다. 그녀가 계속 자신을 쳐다보자 군구신은 피하려 했지만, 비연이 바로 사나운 얼굴로 미간을 찌푸리는 것을 보고 어쩔 수 없이 그녀와 마주 보았다.

두 사람이 서로를 마주 보는 가운데 분위기는 점점 더 미묘하게 변해 갔다. 주변은 지극히 고요했고, 흐르는 것은 시간뿐이었다. 그들의 신경은 온통 서로의 몸에 쏠려 있었고, 모든 것은 이제 중요하지 않은 것 같았다.

고요한 가운데 비연은 저도 모르게 입술을 깨물었고, 군구신의 시선은 바로 그녀의 예쁜 입술 위로 떨어졌다.

군구신의 시선을 느낀 비연은 조금 억울하기도 하고 조금 답답하기도 했다. 그리고 조금 실망스럽기도 했다. 그녀는 무심결에 입술을 깨문 이에 더욱 힘을 주었다.

군구신이 미간을 찌푸리더니 바로 손을 뻗어 왔다.

"깨물지 마."

비연은 토라진 것처럼 입술을 더욱 꽉 깨물었다. 군구신은 손으로 막을 수 없다는 것을 깨닫고 고개를 살짝 숙여 다가오더니 그녀의 입술에 입을 맞췄다.

창졸간의 일이라 비연은 저도 모르게 입술을 벌리고 말았다. 순간, 군구신의 입맞춤이 깊어졌다.

군구신은 비록 조금 화가 나 있는 상태였지만, 그의 입맞춤은 여전히 다정했다. 그는 그녀의 예쁜 입술을 가볍게 문 채 점점 더 깊은 곳으로 향하고 있었다.

비연으로서는 이렇게 다정한 그를 이길 방법이 없었다. 곧 그에게 입맞춤을 되돌려 주기 시작했다.

비연의 반응에 군구신의 다정함은 어느새 격렬함으로 변했다. 입맞춤이 깊어질수록 두 사람은 그대로 홀려 버린 듯 격렬하게 서로를 탐했다. 이제 그만두려 해도 그만둘 수 없었다.

매번 그랬던 것처럼, 군구신은 제어가 안 되는 것처럼 그녀에게 연연하고 있었다. 그리고 비연은 가볍게 그의 머리를 끌어안은 채 온몸에서 힘이 빠지는 것을 느끼고 있었다.

군구신의 입맞춤이 그녀의 가슴 윗부분에 이르는 순간, 서로의 호흡이 가빠 왔다. 여기까지가 그가 제어할 수 있는 한계선이었다. 그는 결코 이 선을 넘은 적이 없었다.

그는 잘 알고 있었다. 일단 이 선을 넘으면 통제력을 잃을 거라는 사실을. 그의 인내심은 사실 그렇게 대단하지 않았다.

그는 항상 혼례에서 중요한 예절을 하나 끝내지 않았다는 사실을 되새기곤 했다. 그는 아직 떳떳하게 그녀를 안고 빙해를 건너오지 못했다. 그러니 그녀가 배가 부른 채로 부모를 만나게 해서는 안 되었다.

그리고 무엇보다 그는 그녀에게 완벽한 첫날밤을 선물하고 싶었다. 이렇게 다급하게 그녀를 놀라게 하는 것은…….

바보 같은 비연은 아무것도 모르니…….

어쨌든 그는 자신을 설득할 수 있는 수많은 이유가 있었다.

군구신은 비연의 몸에서 손을 뗐다. 그의 손에 점차 힘이 들어가더니, 무엇인가 억제하듯 주먹을 쥐었다.

비연이 고개를 들었다. 그녀는 지금 호흡조차 어려울 정도로 온몸에서 힘이 빠진 상태였다. 그녀는 원래 무엇 때문에 이리 괴로운지 알지 못했지만…… 그러나 지금은 알고 있었다.

비연이 속삭였다.

"고남신……."

군구신이 그제야 고개를 들었다. 그러나 그가 그녀에게 대답하기도 전에, 비연이 갑자기 그의 손을 잡더니 자신의 아름다운 부분 위에 올려놓았다!

사랑의 마음이 일어나면 그 정에 매혹되기 마련이니…….

# 두 가지 나쁜 소식

군구신의 커다란 손이 비연의 아름다운 곳을 덮는 순간, 군구신은 그 감촉에 그만 넋이 나갔다!

무어라 표현할 수 없는 감각이 그의 손에서 시작해 온몸으로 두루 퍼졌다. 제어력을 잃기 직전이던 그로서는 견디기 어려운 감각이었다. 그의 아래쪽에서 작열하는 느낌이 갑자기 용솟음치기 시작했다!

물론 비연이라고 사정이 다르지 않았다. 그녀도 본능에 따라 행동하고 있을 뿐이었다. 제 감정을 억제할 수 없었고, 후에 무슨 일이 벌어질지는 아예 생각하지도 않았다. 무어라 표현할 수 없는 감각이 순식간에 온몸으로 퍼졌고, 저도 모르게 신음소리를 냈다.

"고남신……."

그녀가 다시 한번 그를 불렀다. 이 다정하고 사랑스러운 목소리에 군구신은 그야말로 상상의 나래를 펼칠 수밖에 없었다.

군구신은 여전히 그녀의 가슴에 얼굴을 묻고 있었고, 그의 손 역시 그대로 움직이지 않고 있었다. 숨소리는 비할 데 없이 거칠어져 있었다.

방 안은 고요했고, 두 사람의 미묘한 숨소리만이 유달리 또렷하게 들려왔다.

시간마저 정지된 것 같았다. 이 고요한 공기 속에서, 움직이지 않는 두 사람의 몸 위에서, 다섯 손가락을 살짝 펼치고 있는 군구신의 커다란 손 위에서.

이 손을 움직여야 할까, 아니면 움직이지 말아야 할까?

계속해야 할까, 아니면 그만두어야 할까?

이 결정은 마치 처음을 결정하고 또 끝을 결정하는 것 같았다.

그들이 함께 공유하는 어떤 운명을 결정하고, 모든 것의 모든 것을 결정하는 것만 같았다!

고요한 가운데 군구신의 호흡이 점차 급해졌고, 비연 역시 마찬가지였다. 그들은 서로의 숨소리를 들을 수 있었고, 이 순간 서로가 욕망에 시달리고 있다는 것도 느낄 수 있었다.

마침내 두 사람의 다급한 숨소리 속에서 군구신이 천천히 고개를 들어 비연을 바라보았다. 비연 역시 그를 보고 있었다. 안개라도 어린 듯한 그녀의 눈빛이 그를 설레게 했다.

비연은 아련하게 그를 바라보며 속삭였다.

"영 오라버니……."

가장 친밀한 이 호칭이 군구신을 철저히 무너뜨렸다!

그는 비연을 바라보았다. 그의 손이 마침내 그녀의 몸을 가볍게 쓰다듬기 시작했고, 비연은 놀란 신음을 냈다. 그리고 이 신음 소리가 군구신이 마지막까지 지키고 있던 이성을 자극한 것이 분명했다!

그는 자제력을 잃었다!

비연 역시 자제력을 잃었다!

그는 고개를 숙이고 그녀의 아름다운 부분에 입을 맞췄다. 그녀는 어찌할 바를 모르고 고개를 들었다. 그리고 저도 모르게 몸을 살짝 곧게 폈다. 자신의 모든 것을 그에게 주고 싶었다!

　그는 옷을 사이에 두고 그녀의 부드러움을 느끼는 동시에, 그녀의 옷을 풀어 헤치기 시작했다. 비연은 계속 온몸을 떨고 있었다. 그녀는 두 손을 그의 옷 속에 넣어 그를 끌어안고, 마치 무엇인가 찾는 것처럼 그의 등을 계속 쓰다듬었다.

　그는 그녀의 옷을 모두 벗긴 다음 넋이 나간 듯 그녀를 바라보았다. 그러나 그녀는 그에게 시간을 많이 주지 않았다. 바로 그의 목을 끌어안고 입을 맞췄던 것이다.

　그 역시 그녀를 끌어안고 입맞춤을 되돌렸다. 두 사람은 서로를 끌어안은 채, 마치 미친 듯이 몇 번이고 서로에게 입을 맞췄다.

　군구신은 제 옷을 벗어 침상 아래로 떨어뜨리고는 패기롭게 그녀를 내리누르며 다시 입을 맞췄다. 이때였다. 문 두드리는 소리가 들렸다.

　그러나 그들은 처음으로 애정을 맛보는 데 빠져 있었다. 서로의 온기와 격렬함 속에서 미친 듯이 자신을 잃고 있던 그들은 문밖에서 들려오는 소리에는 마음을 쓰지 않았다.

　군구신이 비연의 목을 따라 아래로 내려오며 입을 맞췄고, 비연은 그의 머리를 끌어안은 채 점점 더 어지럽게 숨을 쉬고 있었다. 마침내 그가 그녀의 가슴까지 내려왔다……. 내려왔는데…… 갑자기 누군가가 발로 차서 문을 열었다!

그 순간 군구신은 정신이 들었고, 비연 역시 깜짝 놀랐다.

군구신이 바로 이불을 끌어당겨 비연을 덮어 주었다. 투각장식이 있는 병풍 너머로 누군가가 문밖에 서 있는 것이 보였다. 바로 진묵이었다!

군구신이 노한 소리로 외쳤다.

"무엇을 하려는 거지?"

진묵은 확실히 문을 찼다. 그것도 아주 사납게. 그러나 이 순간 그는 고개를 숙이고 있었기 때문에 군구신은 그의 표정을 제대로 볼 수 없었다.

진묵이 평소와 같이 평온한 어조로 말했다.

"전하, 주인님, 꼭 보고해야 할 급한 일이 있어. 북해와 흑삼림에서 동시에 소식이 왔는데, 하소만이 실종되었고, 흑삼림에 큰불이 났어. 능씨 가주가 행방불명되었고, 전다다는 거의 붕괴한 상태래. 목연이 전하와 주인님이 빨리 와 주기를 바라고 있어."

비연과 군구신 모두 경악했다. 그들은 진양성으로 돌아오며, 일단 사태를 지켜보며 대응하기로 한 참이었다.

그들은 어둠 속의 여우들이 손을 뻗어 오리라 생각하긴 했지만, 처음으로 듣게 되는 소식이 이럴 줄은 상상조차 못 했다!

하소만이 축운궁주의 손에 떨어진 걸까?

흑삼림이 불탔다고?

축운궁도 흑삼림에 있다!

축운궁주와 백리명천은…… 대체 무슨 수를 쓰기로 한 걸까?

진묵이 조용히 문을 닫고 몸을 돌린 후에야 고개를 들었다. 방금 그가 보았던 그 장면은…… 자신도 모르는 사이에 뇌리에 깊이 새겨지고 말았다.

그는 모든 것을 보지는 못했다. 다만, 그녀의 옥과 같은 팔과 어깨, 그리고 군구신이 그녀의 몸 위에서 격렬하게 그녀를 괴롭히고 있는 모습을 보았다. 그 장면만으로도 그로서는 잊지 못하기에 충분했다.

그는 저도 모르게 고개를 돌려 굳게 닫힌 문을 한참 동안 노려보았다. 그 모습이 생각에 잠긴 것 같기도 하고, 아무 생각 없이 그저 멍하니 있는 것 같기도 했다. 언제나 냉담하던 그의 시선도 마치 엷은 안개에 싸인 듯 보였다.

한참 후, 방 안에서 인기척이 들리자 그는 바로 그 자리를 떠났다. 총총히 움직이는 그의 발걸음은 마치 도망치는 것처럼 보였다.

방 안에 있던 군구신은 이미 옷을 입은 다음이었다. 이 순간의 심정은 그야말로 복잡 그 자체였다. 그는 흑삼림과 관련한 일 때문에 조급해하는 동시에, 방금 자제력을 잃었던 것을 고민하고 있었다. 그야말로 무어라 표현해야 할지 알 수 없는 상황이었다.

비연은 이불로 제 몸을 감싸고 있었다. 얼굴은 여전히 새빨갛게 달아올라 있었고, 미간을 살짝 찌푸린 채였다. 그녀는 군구신이 옷을 다 입고도 움직이지 않자 참지 못하고 재촉했다.

"어서 나가. 나도 곧 나갈 테니까!"

군구신은 그제야 비연이 부끄러움 때문에 침상 아래로 내려오지 못하고 있다는 걸 알아차렸다.

비연이 다시 재촉했다.

"어서 나가라니까! 아금 숙부가 행방불명이라니, 전다다 그 애가 지금 울다 죽을 지경일 거야. 축운궁주와 백리명천이 무슨 짓을 하고 싶은지 모르겠지만, 우리가 꼭 가 봐야 해! 그리고 북해에 들어갈 수 있다면 분명 인어족일 테니까, 하소만은 분명 그들의 손에 있을 거야. 그들이 행동을 시작한 거지!"

군구신은 바로 나가지 않고 비연의 옷을 찾아와 침상 위에 놓더니, 뜻밖에도 그녀가 감싸고 있는 이불을 벗기려 했다.

비연은 긴장한 나머지, 안 그래도 붉어져 있던 얼굴이 더욱 붉어져 이제 귓불까지 새빨갛게 달아올랐다. 그녀는 군구신을 노려보며 말했다.

"좀 점잖게 굴어! 함부로 굴면 안 돼!"

군구신은 말없이 비연을 바라보았다. 그는 이제야 그녀의 목이며 팔에 자신이 남긴 흔적이 꽤 많이 남아 있는 것을 깨달았다.

그도 조급한 상황이었으나, 그 전에 먼저 그녀가 오해하지 않도록 그들에 관한 일을 이야기해야 했다.

비연은 군구신이 무엇을 보는지 알 수 없어, 자신도 모르게 조금 민망해졌다.

그녀의 말만 들으면 먼저 함부로 군 것이 군구신 같지만, 사실…… 정에 사로잡혀 이성이라고는 사라져 버렸던 그녀도, 먼저 불을 붙인 게 자신이라는 것은 똑똑히 기억하고 있었다.

물론 민망한 것은 사실이지만, 그렇다고 부끄러워 쥐구멍이라도 찾고 싶은 정도는 아니었다.

어쨌든…… 비록 혼례에서 아직 치르지 못한 절차가 있다 하나 그녀는 그를 자신의 부군으로 인정하고 있었다. 누가 누구에게 함부로 굴었건, 또 어떻게 함부로 굴었건……. 뭐, 당연한 것 아니겠냐는 말이다!

비연이 다시 재촉했다.

"됐어, 그만 나가 봐!"

그러나 군구신은 그녀에게 더욱 다가오더니, 귓가에 대고 진지하게 속삭였다.

"연아, 아직 혼례의 예절을 끝내지 않았는데 내가 오늘 경솔했다. 우리가 예를 다하는 날에는 결코 이렇게 거칠게 굴지 않고, 너에게 잘해 주겠다."

말을 마친 그는 비연의 어깨에 남아 있는 붉은 흔적에 입맞춤을 남기고 밖으로 나갔다.

비연은 한참을 멍하니 있다가 겨우 정신을 가다듬었다. 울수도 웃을 수도 없는 심정이었다.

그녀는 마침내 어찌 된 일인지 깨달았다. 그는 모든 것을 알고 있었지만 계속 기다리고 있었던 것이다. 그의 저 진지하고 보수적인 성격은…… 어린 시절과 정말로 똑같았다!

경솔? 거칠게?

이 두 단어가 마음에 들지 않았다. 그녀는 수개월이 지난 후이 두 단어의 뜻을, 그의 진정을 체험하게 되리라는 것을 아직 모르고 있었다! 물론 그것은 훗날의 이야기지만.

비연은 제 몸 위의 흔적을 지우고 싶어 안달이었다. 그녀는 빠르게 옷을 갖춰 입고 마음 정리도 끝낸 다음 군구신을 찾아 밖으로 나갔다.

군구신이 정왕부 내 심복들을 불러 모아 상황을 설명하고 있었다…….

## 여우들이 꼬리를 드러내다


군구신이 정왕부의 일을 안배하는 동안 비연은 직접 짐을 꾸렸다.

두 사람이 모든 준비를 끝냈을 때는 하늘이 밝아 오고 있었다. 그들은 바쁘게 아침을 먹고는, 한숨도 쉬지 않고 바로 궁으로 달려갔다.

축운궁주와 백리명천이 무엇을 할 생각이건, 흑삼림 쪽의 화재는 그들이 정식으로 손을 쓰기 시작했다고 생각하기에 충분했다. 아마도 수많은 상황이 그들을 기다리고 있을 것이다. 결국은 모든 것을 안배하여 걱정할 일을 줄여야 했다.

그들은 가만히 앉아 죽음을 기다리는 성격이 아니었다. 그러나 적은 어둠 속에 있었고, 그들은 밝은 곳에 있었다. 게다가 적은 한 무리만이 아니었다. 그들은 잠시나마 수동적으로 기다리는 수밖에 없었다. 적들이 손을 써야 그들도 반격할 기회를 찾을 테고, 수동적인 상황에서 능동적인 상황으로 반전시킬 수 있을 것이다.

그러나 그들이 수동적이라 해서 열세에 처한 것은 아니고 오히려 우세한 입장이라 할 수 있었다. 어쨌든 건명력이 군구신에게 있었고, 봉황력은 비연의 소유였으며, 서정력은 헌원예가 장악하고 있었다. 그들이 움직이지 않는 한 그 누구도 북해와 빙해에 어떤 파도도 일으키지 못할 것이다!

어두운 곳에서 매복하고 있는 적을 경계하기 위해서가 아니라면, 그리고 고운원의 존재 때문에 계속 마음을 놓지 못한 것이 아니었다면, 또한 천 년 전의 진실을 알고 싶은 것이 아니었다면, 아마도 그들은 그 무엇도 신경 쓰지 않고 그저 무술 수련에만 힘쓰는 것이 나았을 것이다.

군구신이 일단 건명력을 장악하여 검과 합일을 이루면, 그리고 비연이 봉황력을 조종할 수 있게 되면, 그들은 빙해를 깨고 대진국의 황제와 황후를 구출할 수 있었다.

그들이 어깨에 짊어진 책임은 너무도 무거웠고, 경계해야 할일 역시 너무도 많았다. 최후의 승부를 겨룰 때까지 한 걸음 한걸음 조심스럽게 걸어가는 수밖에 없었다.

사실 이 세상에 그들만큼 어두운 곳의 여우들이 빨리 꼬리를 드러내기를 바라는 이들도 없을 것이다!

비연과 군구신이 궁에 들어갔을 때 택도 막 조회를 마치고 진민, 염진과 함께 꽃차를 마시고 있었다. 비연과 군구신이 갑자기 온 것을 보고 그들 모두 깜짝 놀랐다.

진민이 재빨리 하인에게 차를 가져오라 명했고, 택은 농담을 건넸다.

"황형, 형수, 차라리 궁으로 이사 오시는 게 어때요!"

군구신은 아무 말도 하지 않았고, 비연은 직접 문을 닫았다.

이 모습을 본 진민과 두 아이는 바로 뭔가 잘못되었다는 걸 알아차렸다. 진민이 서둘러 물었다.

"남신, 무슨 일이니?"

군구신은 간단하게 사정을 이야기한 후, 자신이 성안과 궁안에 안배해 둔 상황도 설명했다. 그리고 진민에게 염진을 데리고 운공대륙으로 돌아가기를 권했다.

"어머니, 아버지를 만나고 싶지 않으신 거라면, 제가 잘 안배해 두겠습니다."

군구신의 말이 끝나자 택도 바로 제 의견을 말했다.

"어머니, 바로 마차를 안배해 드리겠습니다. 축운궁주의 목적이 무엇인지는 아직 알 수 없지만, 어쨌든 백리명천 그는 수단이 아주 음험합니다. 그는 원래 진양성에도 매복을 심어 두고 있었지요. 과거의 수법을 되풀이할 가능성도 있으니, 진양성은 안전하지 않습니다!"

진민이 바로 고개를 저었고, 염진도 거부했다.

"그럴 수는 없어."

군구신이 입을 열려는 순간 택이 먼저 말했다.

"우리가 안전해야 황형과 형수도 걱정하지 않을 수 있는 거야. 천염국의 황제가 아니라면 나도 함께 갔을 거야. 하지만 나는 황위에 오른 이상, 칼이 내 앞에 들어온다 해도 갈 수 없어!"

군구신은 안타까움 절반, 감탄 절반으로 택의 머리를 쓰다듬어 주었다. 택과 염진은 다르다. 택에게는 자신에게 속한 책임이 있는 것이다.

군구신은 고개를 끄덕이며 택의 말에 동의를 표시했다.

"어머니, 염진을 데리고 가십시오. 제 수하들이 택을 지킬 테니 안심하시고요. 진양성에는 제가 뱀을 유인해 굴을 나오게 할 계책을 세워 놓았습니다."

비연도 한마디 거들었다.

"백리명천은 진양성에 분명 세작을 심어 두었을 거예요. 게다가 기씨 가문 쪽에도 잔류한 세력이 있지요. 혁소해와 기욱이 수희와 한우아를 납치했으니, 축운궁주와 백리명천이 움직이기 시작하면 그들도 분명 움직일 거예요. 민 이모, 진양성은 안전하지 않아요."

진민은 직접 꽃차 두 잔을 따라 비연과 군구신에게 건네며 진지하게 말했다.

"너희들이 보기에 내가 그리도 믿음이 안 가니?"

비연이 재빨리 변명했다.

"그런 뜻이 아니에요, 민 이모. 저희는……."

진민이 비연의 말을 끊었다.

"그렇다면 진양성은 내게 맡겨 다오. 진묵은 너희가 데려가고, 전 어멈의 일도 나에게 맡겨 줘. 내가 택을 내 아이로 인정한 이상, 절대로 택아 혼자 남아 있게 할 수는 없어."

택은 눈시울을 살짝 붉히면서도 계속 진민을 설득하려 했다. 그러나 비연이 그런 택을 제지하더니, 군구신과 의논하지도 않고 진민에게 말했다.

"좋아요, 민 이모. 그럼 진양성은 이모께 부탁드릴게요!"

비연에게는 당연히 나름의 생각이 있었다. 그녀는 고 태부에게 이 일을 알릴 생각이었다. 그것도 모르고 진민이 무척 기뻐하며 진지하게 고개를 끄덕였다.

비연은 진묵에게 전 어멈을 조사한 내용을 진민에게 알려 주게 했고, 군구신도 진민에게 궁중과 조정에서 쓸 만한 인물의 이름이 적힌 서류를 건네주었다.

모든 설명을 끝낸 후, 비연과 군구신은 아쉬워하면서도 오래 머물지 못했다. 진민도 그들에게 어서 흑삼림으로 가라고 재촉했다.

떠나기 직전, 진민이 비연에게 말했다.

"연아, 다다 그 애는 네 령아 이모와 아금 숙부가 손 위에 올려놓고 사랑하며 키웠단다. 그래서 어려운 일을 그다지 겪어 보지 못했지. 보기에야 조숙해 보이지만 사실은 아주 아이 같은 데가 많단다. 최근 몇 년 동안 나도 그 애를 보지 못했으니, 지금은 얼마나 자랐는지 모르겠구나. 어쨌든 다다를 보면 인내심을 갖고 위로해 줘야 해. 그리고 절대로 틈을 주지 말고, 그 애가 충동적인 일을 벌이지 못하도록 해야 한다."

비연이 고개를 끄덕였다.

"민 이모, 안심하세요. 잘 알겠어요."

충동적인 일?

자신을 그리도 사랑하는 아버지에게 일이 생겼는데 어떻게 충동적으로 굴지 않을 수 있을까? 비연은 그 심정을 그 누구보다도 잘 알고 있었다!

진민이 비연에게 이야기하는 동안 군구신은 택에게 천염국과 백초국의 시국에 대해 이야기하고 있었다. 그 외에도 수많은 일을 하나하나 설명했다.

그는 가까스로 타개한 국면이 백리명천 때문에 엉망이 되기를 바라지 않았다. 이 일은 그가 헌원예에게 했던 약속과도 관계있었다.

모든 일을 안배한 후, 비연과 군구신은 진민, 염진, 그리고 택에게 작별을 고하고 비밀리에 진양성을 떠났다.

그들이 성 밖에 도착했을 때 진묵이 마차를 준비하고 그들을 기다리고 있었다.

진묵이 직접 마차를 몰았다. 그는 평소처럼 눈빛은 냉담하고 얼굴은 무표정했다. 마치 어젯밤에 아무 일도 없었던 것 같았다.

비연은 고개를 숙이고 있었지만, 시선을 회피하는 것이 아니라 다른 생각에 빠져 있어서였다. 궁에서 나온 후 지금까지 그녀는 계속 축운궁주와 백리명천이 흑삼림을 불태운 이유를 고민하고 있었다.

군구신이 진묵을 흘깃 보더니 어떤 기분도 드러내지 않고, 여전히 평온한 목소리로 말했다.

"흑삼림 동쪽으로 가자. 그곳에서 망중을 만날 예정이다."

진묵은 비굴하지도 거만하지도 않게 고개를 끄덕였다.

"알았어."

말발굽이 빠르게 질주하자 마차가 멀어져 갔다.

이때 막 빙해 남안에 도착한 당정과 정역비도 같은 소식을 들었다. 당정은 다급한 나머지 정역비에게 일단 임 노부인을 모시고 진양성으로 돌아가라고 말했다. 그녀는 빙해를 건너자마자 바로 흑삼림으로 갈 예정이었다.

임 노부인이 다급하게, 당정에게 조급해하지 말고 정역비와 함께 가라고 권했다.

당정 일행을 맞이하러 온 사람은 바로 상관 부인이었다.

당정은 상관 부인의 이야기를 듣고 고칠소가 어주도에서 지하 수맥을 하나 발견했고, 승 회장이 도움을 주러 갔다는 사실을 알게 되었다. 그리고 소 부인은 한우아의 행방을 조사 중이어서, 지금 현공상회와 한가보의 일은 모두 상관 부인이 처리하고 있었다.

백초국 상황이 이미 안정되었다는 사실을 알게 된 정역비는 과감하게 당정과 함께 흑삼림으로 가기로 결정했다. 임 노부인은 상관 부인에게 부탁하기로 했다.

흑삼림의 화재는 며칠째 계속되고 있었는데, 중앙 숲에서부터 시작되었다고 했다.

흑삼림에는 거주하는 이들이 많지 않고, 외부인들은 감히 들어가지 못하는 곳이니 화재를 진압할 사람도 한정되어 있었다. 게다가 늦가을이다 보니 숲이 전체적으로 건조한 상태라 불이 쉽게 꺼질 것 같지 않았다.

날이 저물 무렵이 되자 불은 하늘을 붉게 물들였고, 구름마저 불에 타오르는 듯 보였다.

전다다는 네 번째로 자신을 지키던 이를 피해 불바다 속으로 뛰어들었다. 목연이 막 구출한 영수들을 달래고 있다가, 전다다가 불을 향해 뛰어가는 것을 보고 재빨리 달려가 그녀를 제지했다.

목연이 화난 목소리로 외쳤다.

"전다다! 계속 냉정하지 못하겠다면 이 일을 네 어머니께 알리겠어! 어머니와 함께 불에 뛰어들면 되겠지!"

## 짐승들만도 못하게 굴 거라면

전다다는 '어머니'라는 단어를 듣는 순간 바로 조용해졌다.

그녀가 목연을 바라보았다. 어머니와 똑같이 물기 어린 커다란 눈을 더욱, 더욱 크게 뜨고. 그러나 그 눈빛에 평소 같은 영민한 빛은 없고 대신 핏줄이 가득 서 있었다.

이렇게 오랫동안 그녀는 눈물을 한 방울도 흘리지 않았지만, 눈은 마치 몇 번이고 운 것처럼 붉어져 있었다.

지금은 어머니라는 단어만이 그녀를 안정시킬 수 있는 것 같았다.

그녀는 어머니에게 이 일을 어떻게 말해야 할지 알 수 없었고, 어머니에게 이 일을 알리고 싶지도 않았다. 어머니가 이 사실을 알게 되면 대체 무슨 일이 벌어질까?

그녀와 아버지, 그리고 목연은 축운궁 근처에 잠복한 지 오래였다. 그들은 원래 손을 쓰려 했으나, 인어족 병사들이 몰래 자신들의 뒤를 밟고 있는 것을 발견하게 되었다. 다행히도 목연의 속도가 빨라, 그녀와 아버지가 인어족 병사들을 따돌리도록 도와주었다.

후에 그들 세 사람은 중앙 숲에서 길을 잃었고, 며칠이 지나도록 빠져나가지 못했다. 아버지는 어차피 나갈 수 없다면 차라리 중앙 숲 중심을 찾을 수 있기를 희망하며 깊숙한 곳으로 들어가기로 했다.

중앙 숲은 팔괘와 같은 형태로 이루어져 있어 팔괘림이라 불렸고, 숲에 들어가는 것 자체가 기문둔갑 진법 안으로 들어가는 것과 같았다. 아버지가 예전에 고 태부, 칠 숙부와 함께 온 경험이 없었다면 그들은 아마 방향조차 제대로 분간해 내지 못했을 것이다.

소문에 따르면 팔괘림 안에는 용의 시신이 있어 짐승들이 감히 들어가지 못한다고 했다. 그러나 사실 팔괘림 중심에는 용의 시신이 없었고, 용의 시신으로 만든 건명보검은 계속 구려족이 수호하고 있었다.

원래 그들이 비연 일행과 함께 떠나지 않고 흑삼림에 남은 것은 첫째로는 축운궁주의 내력을 조사하기 위해서였고, 둘째로는 건명보검이 팔괘림 중심에 있지 않은데도 짐승들이 감히 팔괘림에 접근하지 못하는 이유를 찾기 위해서였다.

이 팔괘림의 중심에는 대체 어떤 비밀이 숨겨져 있는 것일까?

아버지는 그전의 경험을 토대로 그들을 데리고 수많은 길을 시험해 보았고, 결국 그들은 팔괘림 중심이 있는 방향을 확신하게 되었다.

그런데 갑자기 큰불이 일어났다. 바로 팔괘림 중심이 있는 방향에서 일어난 불이었다.

불은 단숨에 팔괘림 전체로 번졌다. 그들은 곧 방향을 잃고 그저 불길이 적은 곳으로 도망치는 수밖에 없었다.

그러나 불은 그들의 상상을 완전히 벗어나 점점 더 커졌다.

마지막 순간, 아버지는 목연에게 그녀를 데리고 도망치라고 했고 목연은 두말하지 않고 바로 그녀를 기절시켰다.

그녀가 깨어났을 때는 팔괘림 밖이었다. 팔괘림 전체가 불바다로 변해 있었고, 심지어 숲 바깥쪽까지 불길이 번지며 흑삼림 전체를 위협하고 있었다.

목연은 아버지가 십중팔구 세상을 떠났을 거라 말했지만 그녀는 믿지 않았다! 그녀는 지금도 아버지를 찾아 불길 속으로 뛰어들려 하고 있었고, 좋은 소식을 얻은 후에 어머니에게 알리겠다고 고집을 부리고 있었다.

전다다는 멍하니 목연을 바라보았다. 목연이 한숨을 쉬고는 제 두 손을 그녀의 어깨 위에 얹었다. 그의 말투는 전다다와 한창 다툴 때보다도 훨씬 차갑게 들렸다.

"전다다, 정신 차려! 몇 번이나 말했잖아. 너를 구한 다음 다시 네 아버지를 찾으러 돌아갔었다고. 하지만 그때는 이미 불길이 너무 세서 아예 가까이 접근할 수도 없었어! 지금 저 안의 불길이 얼마나 무서운지 직접 보라고! 들어가 죽을 생각이야? 저 안에 들어가면 불에 타 죽지 않는다고 해도, 금방 질식사할 거라고!"

전다다는 여전히 멍한 표정으로 아무 말도 하지 않았다. 목연의 그 죽음처럼 고요하기만 하던 두 눈에 분노가 스쳐 갔다.

그는 갑자기 전다다의 허리를 끌어안더니 그녀를 데리고 공중으로 솟아올랐다. 그리고 곁에 있던 높은 용수나무 위, 그중에서도 가장 높은 줄기 위에 착지했다. 흑삼림 전체를 조망하기에 충분한 높이였다.

목연이 멀리 불바다를 가리키며 날카로운 목소리로 전다다에게 말했다.

"제대로 보라고!"

전다다가 갑자기 그의 손을 뿌리치더니 화난 목소리로 물었다.

"그래서 뭐 어쩌라는 거야? 내가 뭐, 우리 아버지가 돌아가시는 걸 볼 수라도 있다는 거야?"

목연의 분노는 전다다에게 뒤지지 않았다. 그는 한 단어 한 단어 또렷하게 말했다.

"아니, 그럴 수는 없겠지. 네 아버지는 이미 돌아가셨으니까!"

전다다는 바로 고개를 돌리더니 힘차게 목연의 따귀를 올려붙였다.

"닥쳐!"

이 따귀에는 힘이 잔뜩 실려 있었다. 목연의 뺨이 곧 붉게 부어올랐다.

목연은 전다다가 손을 쓸 거라고는 생각하지 않은 듯 잠시 멈칫했다. 전다다는 이 기회를 틈타 허공으로 뛰어내려, 불길이 일렁이는 팔괘림 쪽으로 달려갔다.

전다다의 뒷모습을 바라보는 목연의 눈에 노기가 점점 짙어져 갔다. 그의 죽은 듯한 눈동자에 이렇게 뚜렷한 감정이 드러난 것은 아주아주 오랜만의 일이었다.

그의 마음 역시 아주 오랜 세월 동안 이렇게 파란을 겪은 적이 없었다. 그는 평생 처음으로 한 여자 때문에 분노를 느끼고 있었다.

목연이 전다다를 쫓기 시작했다. 얼마 지나지 않아 그는 그녀를 따라잡았지만 제지하지 않고, 대신 다시 한번 그녀의 허리를 끌어안았다.

그러고는 불바다를 향해 달리기 시작했다. 어찌나 빠른지, 전다다가 반응할 겨를도 없을 정도였다.

얼마 지나지 않아 목연은 전다다를 데리고 경계선 앞에 멈췄다. 이 경계선은 성인 남자의 키를 훌쩍 넘을 만큼 넓었는데, 불에 탈 것이라고는 아무것도 없이 텅 비어 불길이 선을 넘어오지 못하도록 철저하게 막고 있었다.

최근 며칠 동안 목연은 능씨 가문의 이름으로 흑삼림에 있는 모든 이들을 소집했다.

그리고 그들 중 일부에게는 불길에서 도망쳐 나온 짐승들을 위로하고 치료하는 동시에 맹수들이 묻혀 나온 불씨를 제거하게 하고, 다른 이들에게는 불길이 번지는 것을 막기 위해 이 경계선을 만들게 했다.

이 두 가지 일 모두 분초를 다투는 시급한 일이었다.

어쨌든 흑삼림은 무척 넓었고 인원은 부족했다. 시일이 그렇게 오래 지났는데도 그들은 흑삼림 북부의 불길을 아직 잡지 못하고 있었다!

이런 상황에서 전다다는 어찌 이리 제 신분도 잊고 날뛰는 걸까? 정말이지 변변치 못하게!

목연은 잠시 멈추었을 뿐, 곧 전다다를 데리고 성큼성큼 불바다 속으로 걸어 들어갔다.

경계선 밖에서도 얼굴로 끼쳐 오는 열기와 검은 연기를 견디기 어려울 지경이었는데, 하물며 불바다 속은 말해 무엇할까?

곧 목연과 전다다가 기침을 시작했다. 그러나 목연은 발걸음을 멈추지 않고 여전히 앞을 향해 걸어갔다!

전다다의 기침이 점점 더 심해졌지만 그는 안타까운 빛이라고는 전혀 보이지 않고 오히려 좀 더 빨리 걸었다.

마침내 전다다는 기침 때문에 걷지도 못할 지경이 되었다. 그녀는 쪼그리고 앉아 두 손으로 입을 막고 기침을 했다. 그녀는 이제 숨을 쉬는 것조차 힘들어 보였다.

목연 역시 기침하고 있었다. 전다다를 바라보는 그의 눈동자는 죽어 버린 물처럼 유난히도 차가웠다. 그도 계속 기침하며 말했다.

"죽고 싶다면 더 들어갈 필요도 없이 여기서 조금만 더 버티면 될 거야! 쿨럭, 쿨……. 그리고 아주 많이…… 죽고 싶지 않은 짐승들이 아주 많이 나를 기다리고 있지. 네가 그 짐승들만도 못하게 굴 거라면, 내 앞에 모습을 보이지 마!"

말을 마친 그는 망설임이라고는 전혀 없이 몸을 돌렸다. 그가 발걸음을 옮기는가 싶더니 순식간에 경계선 밖으로 위치를 바꿨다.

그는 잠시 서 있었으나, 결국은 고개 한번 돌리지 않고 한 걸음 한 걸음 앞으로 걸어갔다.

전다다는 기침 때문에 숨조차 쉴 수 없을 지경이었다. 그녀는 그대로 바닥에 쓰러지고 말았다.

곧 죽을 것만 같았다. 그리고 죽음에 직면한 듯한 바로 이 감각이 그녀를 철저히 깨어나게 했다.

그녀는 겨우 여기에 온 것만으로도 견딜 수 없는데, 불바다에 갇혀 나오지 못한 아버지는 어땠을까?

그녀는 아버지를 구할 수 없었다……. 그 누구도 아버지를 구할 수 없었다. 아버지는…… 이제 정말로 세상에 안 계신 것이다!

"쿨럭……. 쿨럭……."

그녀는 고통스러워하며 간신히 몸을 일으켰다. 그녀가 몸을 돌려 한 걸음 내딛는 순간, 마침내 눈물이 흐르기 시작했다.

그녀는 불바다를 등진 채 한 걸음 한 걸음 걸어 나왔다.

그녀는 제 몸 안의 폐를 토해 내기라도 할 것처럼 기침하고 있었다.

그녀는 자신이 어떻게 버텨 가며 경계선을 넘었는지도 알 수 없었다. 경계선을 넘는 순간 그녀는 그 자리에 쓰러지고 말았다.

목연은 먼 곳에서 계속 지켜보고 있었다. 전다다가 쓰러지는 것을 본 그의 눈에 초조한 빛이 스쳐 가더니, 가능한 한 가장 빠른 속도로 되돌아왔다.

"보기에는 어른스럽고 영리하더니, 아직 다 자라지도 않은 아기였군!"

목연이 전다다를 안아 들었다. 그리고 그 순간 그녀가 정신을 잃은 것이 아니라는 사실을 알아차렸다.

전다다는 눈을 크게 뜬 채 계속 눈물을 흘리고 있었다. 그녀는 분명 그의 말을 들은 듯, 눈물을 흘리면서도 그를 노려보았다.

"나를 내려놔!"

## 그도 짐승만 못하다

울어서 얼룩진 전다다의 얼굴을 보고 있노라니 목연은 평소와는 달리 다정한 마음씨가 되었다. 그는 그녀의 노한 눈길을 피하며 냉랭한 목소리로 말했다.

"보아하니 깨어난 모양이군."

전다다가 다시 한번 외쳤다.

"내려놓으라고!"

목연은 듣지 못한 것처럼 잔소리를 시작했다.

"능씨 가문의 후예가 되어서는! 아직 흑삼림 내 다른 가문들에게 신분을 공개하지 않았다 해도, 당연히 짊어져야 할 책임을 짊어져야지. 너는……."

전다다가 차갑게 말을 잘랐다.

"내려놓으라고!"

목연은 마침내 그녀를 다시 바라보았다. 그리고 전다다와 잠시 눈을 마주친 후 불시에 두 손에서 힘을 뺐다.

쿵!

전다다가 무겁게 바닥에 떨어졌다. 어찌나 아픈지 얼굴이 일그러질 정도였다. 평소였다면 이미 비명을 질렀을 것이다. 그러나 이번에는 아프다는 말 한마디 나오지 않았다.

그녀는 몸을 일으키더니 눈물을 닦고, 목연을 한 번 노려본 후 몸을 돌렸다.

목연은 멀어져 가는 전다다의 뒷모습을 바라보며 저도 모르게 미간을 찌푸렸다. 그는 마침내 안심하지 못하고 몰래 전다다의 뒤를 밟았다.

전다다는 두어 번 뒤를 돌아보았지만 목연의 모습이 보이지 않자 그가 자신을 따라오지 않는다고 생각했다. 그녀는 마침내 발걸음을 늦추고 엉덩이를 문질렀다.

그녀는 걸어가면서도 계속 엉덩이를 문질렀고, 눈물은 또다시 흘러내리기 시작했다.

너무 아프잖아!

그러나 그녀가 눈물을 흘리는 것은 아파서가 아니었다. 그녀는 이제 현실과 대면해야 했다. 아버지가 존재하지 않는 현실과.

그녀가 걷고 있노라니 갑자기 새하얀 호랑이가 앞에서 달려왔다. 어린 시절부터 그녀를 지켜 주던 대백이었다!

대백을 발견한 순간 그녀도 대백을 향해 달려갔다. 그녀는 대백의 몸 위에 제 몸을 던지고 마침내 통곡하기 시작했다.

"대백, 아빠가 돌아가셨어! 어머니께 어떻게 말해……. 흑흑, 대백……."

전다다의 울음은 멈추지 않았고, 대백의 방울 같은 눈도 젖어 들었다. 대백은 위로하듯 전다다의 이마에 입을 맞췄다.

목연은 근처에 몸을 숨긴 채 조용히 그 모습을 지켜보았다. 그는 그제야 사건이 벌어진 후로 지금까지 전다다에게 위로의 말을 단 한마디도 건네지 않았음을 깨달았다.

불길 속으로 뛰어드는 그녀를 제지하며 계속 잔소리만 늘어놓았을 뿐이었다.

그는 그녀가 짐승만도 못하다고 말했지만, 사실 그 역시 짐승만도 못했던 것 아닌가?

축운궁주에 의해 목씨 가문이 멸망하고, 그가 축운궁주에 의해 굴욕적인 상황을 맞게 됐을 때, 그는 눈물 한 방울 흘리지 않고 강하게 버텨 냈다.

그러나 그녀는 그가 아니다! 그가 이렇게 가혹하게 굴어서는 안 되는 거였다!

목연은 다시 한번 미간을 찌푸렸다. 그는 자신의 마음속에 숨어 있는 안타까움을 깨닫지 못하고, 그저 영문을 알 수 없는 초조함을 느낄 뿐이었다.

그는 결국 그대로 그 자리에 선 채 그녀를 지켜보았다.

전다다는 울고 또 울었다. 한참을 울어도 도저히 멈출 기색이 보이지 않았다. 목연이 더 참지 못하고 성큼성큼 걸어 나가 그녀를 대백의 몸에서 잡아끌었다.

"그렇게 계속 울면 눈이 멀 수도 있어!"

전다다는 목연이 아직도 근처에 있으리라 생각지 못하던 차였다. 그녀는 재빨리 눈물을 닦고 외쳤다.

"나 울고 있었던 거 아니니까, 꺼져! 내 일에 신경 쓸 필요 없으니까!"

목연이 냉랭하게 말했다.

"보아하니 아직도 정신을 차리지 못한 모양이군."

전다다는 이미 자신의 책임이 막중하다는 사실을 의식하고 있었다. 그러나 그녀에게는 시간이 좀 더 필요했다.

전다다는 목연의 살피는 듯한 시선에, 부끄러움이 분노로 변해 그의 손을 사납게 뿌리쳤다.

"넌 대체 네가 나에게 뭐라고 생각하는 거야? 남의 일에 신경 쓰지 말고 꺼져!"

전다다는 말을 마치자마자 바로 목연을 밀어내고 걷기 시작했다. 목연이 따라가려 하자 전다다는 다시 몸을 돌리더니, 마치 작은 호랑이처럼 사나운 기세로 외쳤다.

"대백, 저 짜증 나는 녀석이 날 따라오지 못하게 해 줘!"

목연이 바로 대백을 노려보았다. 그의 시선을 받은 대백은 감히 움직일 수조차 없었다.

최근 수개월 동안 목연은 거의 매일 전다다 부녀와 함께 있었고, 대백은 목연을 친근하게 여기고 있었다. 게다가 목연에게는 칠률목적의 마력까지 있으니, 대백은 목연을 그저 친근하게 여기는 정도가 아니라 몹시도 좋아했다.

이 순간 대백은 무척 놀라고 있었다. 어쨌든 수개월 동안 함께하면서 목연의 눈에 이렇게 명확한 감정이 떠오른 것을 본 적이 없었던 것이다.

대백이 움직이지 않는 것을 보고 전다다는 더욱 수치스러운 감정이 들었다. 그녀는 몸을 돌려 뛰기 시작했다.

목연이 쫓아오더니 그녀의 앞을 가로막았다. 전다다가 방향

을 바꿔 뛰면 목연이 다시 쫓아와 가로막았다. 전다다는 화가
난 나머지 눈물이 다시 나오기 시작했다.

"내가 우는 모습을 보면 뭐 즐겁기라도 해? 자, 이제 만족스
러워? 이번엔 네가 이겼어, 됐지? 네가 한 말 다 이해했고, 네
말이 다 맞아! 내가 다 잘못했고, 내가 변변치 못하고, 내가 강
하지 못한 거야. 그러니 그런 식으로 보지 말라고. 기다려. 지
금 가서 내가 해야 할 일을 다 할 테니까. 단 하나도 빠트리지
않고!"

말을 마친 그녀는 사납게 목연을 발로 한 번 찬 다음 몸을 돌
려 계속 뛰기 시작했다.

목연도 계속 쫓았다. 그는 더욱 빠른 속도로 그녀를 가로막
았고, 전다다는 미처 발걸음을 멈추지 못해 그대로 그의 품에
부닥쳤다.

전다다가 몸을 일으키려는 순간, 목연이 그녀의 허리를 안더
니 제 가까이 끌어당겼다.

전다다는 깜짝 놀라 그를 바라보았고, 단호한 그의 눈빛을
보고 더욱 놀랐다.

이 순간의 목연은 평소와는 아주 달라 보였다.

전다다가 발버둥을 쳤지만 목연이 갑자기 그녀를 안아 들고
성큼성큼 걸어가기 시작했다.

곁에 있던 대백도 이 모습을 보고 몹시 놀랐지만, 잠시 후 곧
쫓아가기 시작했다.

전다다가 죽어라고 발버둥을 쳤다.

"놔, 놓으라고! 눈 마비 녀석, 놓지 못해! 놓지 않으면 내가 이 숲에 있는 야수들을 모두 불러 너를 찢어 버리라 할 거야! 놓으라고! 이 망할 눈 마비 자식, 놓으란 말이야!"

목연은 전다다가 아무리 발버둥 치고 울어도 아무 느낌이 없는 듯했다. 전다다는 이제 조금 무서워졌다. 목연은 대체 그녀를 어디로 데려가고 있는 걸까?

그러나 목연이 빠른 속도로 돌아간 곳은 바로 능씨 저택이었다. 그는 그대로 전다다의 규방으로 들어가 그녀를 침상에 내려놓았다.

전다다가 눈을 휘둥그렇게 뜨고 물었다.

"대체 뭘 하려는 거야?"

목연도 침상에 앉더니 그녀를 마주 보았다. 그의 눈동자에 비친 단호한 빛이 더욱 짙어졌다.

전다다는 재빨리 침상 안쪽으로 몸을 숨기며 분노한 목소리로 경고했다.

"이봐, 목씨, 우리 아버지가…… 우리…… 아버지가…… 아버지가 안 계신다고 해서, 네가 뭘 할 수 있다고 생각하지 말라고. 말해 두겠는데, 우리 언니가 곧 올 거라고. 만약 감히……."

전다다가 말을 끝내기도 전에 목연이 그녀의 말을 끊고 제 어깨를 두드렸다.

"빌려줄게. 내가……. 나는 사람을 위로하는 법을 몰라. 그러니까 여기서…… 빌려줄게. 울고 싶은 만큼 울어. 내가 듣지 않은 것으로 할 테니까. 지금 상황으로는 너 하나쯤 빠진다 해도 큰 문제 없을 거야. 며칠 동안 잘 힘들어하도록 해."

잘 힘들어하라고?

목연은 확실히 사람을 위로하는 법을 모르는 모양이었다!

평소였다면 전다다는 이 말을 듣자마자 어떻게든 그에게 잘못을 인정하게 했을 것이다.

그러나 이 순간만큼은 그녀도 이 말이 뭐가 이상한지 따질 힘이 없었다. 그녀는 천천히 손을 내려놓고 목연을 물끄러미 바라보며 아무 말도 하지 않았다.

목연은 인내심을 발휘해 기다렸으나, 전다다가 계속 움직이지 않자 아예 침상 안쪽에 가부좌를 틀고 등을 내주었다.

"됐어, 그럼 등을 빌려줄게. 내가 널 안 볼 거라니까? 그냥 울라고. 그…… 눈이 나빠질 정도로까지는 울지 말고. 숲속의 일은 걱정할 필요 없어. 네가 해야 할 일은 내가 다 할 테니까. 불길이 잡히면 내가 다시 팔괘림 안으로 들어갈 수 있는지 살펴볼게. 최소한…… 최소한 시신이라도 찾을 수 있도록. 어머니께 말씀드리기 싫으면 일단은 아무 이야기도 하지 마. 네 언니가 오면 그때 다시 의논해 보자."

전다다는 입술을 깨물었다. 그녀의 눈에 점차 눈물이 차오르기 시작했다.

목연이 한참을 기다렸으나 등 뒤에서는 아무 기척도 느껴지지 않았다. 그가 돌아보려 했을 때, 전다다가 갑자기 그를 덮쳐 왔다. 그녀는 그저 그의 등에 기대지 않고, 등 뒤에서 그를 안았다.

전다다가 흐느끼는 동안 목연은 그대로 굳어 있었다. 그가 천천히 고개를 숙였을 때, 전다다의 두 손이 그의 허리를 감싸고 있는 것이 보였다. 아주 강하게, 아주 단단하게…….

## 망각, 그녀를 위로하다

목연은 전다다가 두 손을 떨고 있는 것을 발견했다.

전다다는 슬픔에 잠겨 자신이 목연과 얼마나 가까이 붙어 있는지도 잊고 점점 더 그를 강하게 끌어안았다. 그녀의 온몸이 목연의 등에 달라붙은 것 같았고, 전다다의 눈물이 그의 등을 흠뻑 적셔 놓았다.

전다다가 그를 강하게 끌어안으면 끌어안을수록 목연의 몸은 더욱 굳어 갔다. 이렇게 추운 날이건만, 심지어 땀마저 배어 나오는 것 같았다.

그는 몇 번이나 전다다의 손을 떨쳐 내려 했지만, 제 손이 전다다의 손에 닿기도 전에 결국 포기하고 말았다.

전다다는 계속 흐느끼고 있었다. 아주 한참 후에야 그녀의 울음소리가 잦아들었다. 그녀는 울다 지쳐 잠이 들고 있었다.

그녀의 손에서도 힘이 빠지더니 한 손은 그대로 아래로 떨어지고, 다른 한 손은 여전히 목연의 허리를 잡고 있었다.

목연은 다시 고개를 숙여 전다다의 손을 바라보았다. 이 상황이 싫은 듯 입가가 일그러졌으나, 그는 여전히 움직이지 않고 계속 기다렸다.

잠시 후 전다다의 남은 한 손마저 천천히 목연의 허리에서 미끄러져 떨어지고, 전다다의 몸도 그의 등에서 미끄러졌다.

목연은 전다다가 깊이 잠든 것을 확인한 다음에야 침상에서 내려오려 했다.

그러나 발이 바닥에 닿는 순간, 목연이 바로 다리를 움츠렸다. 다리며 발이 전부 마비된 것처럼 저렸다.

어째서 방금은 이 사실을 깨닫지 못했던 걸까? 설마 너무 긴장해서 그랬던 걸까?

그는 다시 바닥을 밟으려 했지만 다리가 너무 저려, 걷는 것은 고사하고 제대로 설 수조차 없었다.

목연은 미간을 찌푸렸다. 이유 모를 초조함이 밀려왔다. 어쨌든 그는 다리를 쭉 뻗은 채 계속 앉아 기다리는 수밖에 없었다.

그때였다. 대백이 들어왔다.

목연이 제 주인의 침상에 앉아 있는 것을 보고 대백이 멈칫했다. 목연은 재빨리 변명하기 시작했다.

"다리가 저려서 그래."

그러나 대백은 사람의 말을 모르니 망연자실할 뿐이었다.

목연은 짐승의 말로 변명하려다가 갑자기 멈췄다. 그는 평소 일관되게 유지하는 냉정한 모습을 되찾고, 대백을 아예 상대하지도 않았다. 굳이 말하지 않아도 깨끗한 자는 깨끗한 법이거늘, 그가 짐승에게까지 변명할 이유가 무엇이란 말인가?

대백은 본래 목연이 아주 이상하다고 생각했지만 이 모습을 보고 더욱 이해할 수 없어져 버렸다. 그는 조금 억울한 마음이 들었지만 감히 소리를 내지는 못하고, 조심스럽게 제 주인에게로 다가갔다. 그리고 제 주인이 잠든 것을 확인하고는, 옆에 자리를 잡고 엎드려 주인을 지키기 시작했다.

목연은 두 다리가 괜찮아지자마자 바로 침상에서 내려와 방을 나가려 했다. 그러나 그가 방 문 앞에 이르렀을 때 전다다가 갑자기 큰 소리로 울기 시작했다.

깨어난 걸까?

목연이 다급하게 돌아보았다. 곁에 있던 대백도 바로 몸을 일으켜 침상 앞으로 달려갔다. 그러나 전다다는 깨어난 것이 아니라 여전히 눈을 감은 채 울면서 두 손을 휘젓고 있었다. 악몽을 꾸고 있는 듯했다.

목연이 대백을 바라보았고, 대백도 그를 바라보았다. 목연은 대백으로 하여금 전다다를 위로하게 할 생각이었고, 대백은 목연이 위로하기를 기다리고 있는 모양이었다.

사람과 짐승이 이렇게 서로를 바라보는 동안 전다다의 울음소리가 더욱 커졌다. 그녀는 이제 두 손을 내젓는 정도가 아니라 발길질을 하며 비명을 지르고 있었다.

"아빠! 안 돼! 아빠······. 아빠······. 우리를 떠나면 안 돼······. 금도 필요 없어. 아무리 금을 많이 줘도 싫어. 아빠만 있으면 돼. 아빠, 가지 마······."

대백은 전다다의 말을 알아들을 수 없었지만, 그녀가 아버지를 그리워하고 있다는 것은 이해할 수 있었다.

대백이 서운하다는 듯 목연에게 울음소리를 내더니, 전다다가 깨어나길 바라는 듯 그녀의 손을 핥기 시작했다. 그러나 전다다는 잠에서 깨어나기는커녕 오히려 더 괴로워하기 시작했다.

"이거 놔! 놓아줘! 나를 구하지 말고 우리 아빠를 구해 줘! 어서 우리 아빠를……. 흑흑! 내가 아빠를 해친 거야! 내가 쓸모가 없어서……. 나만 없었으면 아빠는 살 수 있었어. 다 내 잘못이야……. 나야……. 나 때문이야……. 흑흑."

목연은 그제야 전다다가 그저 슬퍼하는 것만이 아니라 자책하고 있다는 사실을 알아차렸다. 전다다는 자신이 아버지가 살아날 기회를 빼앗았다고 생각하고 있었다.

최근 며칠 동안 그녀는 단 한마디도 하지 않았지만, 마음속으로는 얼마나 괴로웠던 걸까?

"이렇게 바보 같을 줄이야!"

목연이 가볍게 탄식하며 다가갔다.

그가 막 전다다의 손을 건드려 깨우려 했을 때, 전다다는 바로 그의 손을 밀어내고 더욱 격렬하게 외쳤다.

"싫어! 우리 아빠를 구해 줘! 제발, 제발 우리 아빠를 구해 줘! 어서 가! 어서! 나는 신경 쓰지 말고 아빠를 구해 줘……. 흑흑, 목연, 제발, 아빠를…… 제발 아빠를 구해 줘……."

목연의 손이 그대로 굳어 버렸다. 그는 잠시 망설였지만, 결국은 마음이 아련해짐을 느끼고 전다다 곁에 앉았다. 그리고 칠률목적을 꺼내 살며시 불기 시작했다.

칠률목적은 신묘하게도 자연 그대로의 소리 같은 음이 나는데, 그 음에는 마치 소리 없이 만물을 적시는 봄비 같은 따뜻함이 배어 있었다.

목연이 지금 불고 있는 것은 영수들을 달래는 곡이 아니라 수년 전 스스로 창작한 〈망각〉이라는 곡이었다. 이 곡의 곡조는 편안하고 우아했으며, 칠률목적의 다정한 음색이 충분히 발휘되고 있었다.

누구라도 이 곡을 들으면 봄날의 평화로운 바람이며 겨울날의 따사한 햇빛을 느낄 수 있었다. 그리고 아무리 슬프고 초조한 마음이라도 이 곡을 듣고 있노라면 점차 가라앉아 모든 것을 잊을 수 있었다.

전다다도 점차 손을 내려놓고 더 이상 움직이지 않았다. 울먹거리는 소리도 고요하게 잦아들더니, 다시 깊은 잠에 빠져드는 것 같았다.

대백은 한참 전부터 온화한 표정으로 바닥에 엎드려 있었는데, 살짝 눈이 감긴 것이 언제라도 잠이 들 것 같았다.

목연의 시선은 계속 전다다에게 고정되어 있었다. 그는 전다다가 조용해진 것을 보고도 멈추지 않고 계속 피리를 불었다. 그리고 곡을 완주한 다음에야 칠률목적을 내려놓았다.

그는 보기에는 평온해 보였지만, 칠률목적을 꽉 쥐고 있는 손은 그의 속마음을 드러내고 있었다.

그는 전다다와 대백을 평온하게 만들어 주었지만, 대신 제 마음속 악몽을 끌어내고 말았다!

그는 지금까지 다른 이 앞에서 〈망각〉을 불었던 적이 없었다. 그가 이 곡을 불 때는 언제나 스스로에게 들려주고 스스로를 위로하기 위함이었다. 그는 이미 1년 이상 이 곡을 불지 않았다.

온 힘을 다해 억제하려 해도, 축운궁에서 있었던 일들이 악몽처럼 그의 뇌리를 스쳐 갔다! 그는 마침내 참지 못하고 몸을 돌려 달려 나갔다.

반쯤 졸고 있던 대백이 기민하게 몸을 일으키더니, 전다다가 계속 잠들어 있는 것을 확인하고 목연을 따라갔다.

목연은 단숨에 능씨 가문의 저택을 나왔다. 그 속도가 어찌나 빠른지 대백도 따라잡을 수 없을 정도였다.

목연은 하늘을 찌를 듯 높은 나무 위에 앉아 앞쪽의 불바다를 바라보았다. 그의 눈 속에 분노의 불길이 활활 타오르기 시작했다.

가문을 멸한 원한, 그리고 자신을 능욕한 원한! 반드시 갚고 말 것이다!

축운궁주는 젊은 남자들을 통해 젊은 외모를 영원히 유지할 수 있다고 믿었다. 그래서 축운궁 안에는 남자 제자들이 가득했다.

최근 수년 동안 그 역시 축운궁주에게 적지 않게 희롱을 당했다. 그가 죽겠다며 위협하지 않았다면, 그는 자기 자신을 지킬 수 없었을 것이다.

설사 목연이 더 생각하고 싶지 않다고 해도, 그 치욕적인 장면들이 계속 머릿속에 떠올랐다. 목연은 역겨움을 느끼는 동시에 분노했다!

갑자기 그는 주먹으로 나무줄기를 사납게 쳤고, 줄기에는 깊은 틈이 생겨났다.

목연은 그렇게 날이 밝아 올 때까지 나무 위에 계속 앉아 있었다. 햇빛이 그의 얼굴을 비추자 겨우 정신이 들었다.

그는 계속 쥐고 있던 칠률목적을 잘 갈무리하고 땅 위로 뛰어내렸다. 얼굴에 마른세수를 한번 하고 나자, 그는 평소의 냉담한 모습을 되찾았다. 죽은 듯한 눈은 아무 일도 없었다는 듯 다시 텅 비어 버렸다.

전다다 역시 잠에서 깨어나 침상 위에 멍하니 앉아 있었다. 그녀는 목연의 피리 소리는 기억하지 못했고, 그저 자신이 목연을 안고 울었다는 사실만 기억하고 있었다.

그녀는 제 곁을 지키던 대백에게 물었다.

"그 눈 마비는?"

## 내 아버지라도 그렇게 하셨을 거야

대백은 전날 밤 목연을 찾지 못했기에 고개를 저었다.

전다다도 깊이 생각하지 않고, 일단 찬물로 얼굴을 씻은 후 심호흡을 했다.

"대백, 더 울 수가 없어……."

그녀는 잠시 생각하다가 다시 말했다.

"울고 싶어도 참아야 해. 복수한 다음에 다시 울겠어!"

전다다는 바로 화재 현장으로 달려갔다. 목연이 능씨 가문의 몇몇 장로들과 함께 흑삼림 지도를 펼쳐 놓고 새로 불길을 보낼 곳을 토론하고 있었다. 그들 곁에는 불에 타 죽은 영수 몇 마리가 보였다.

영수들의 표정을 보고, 전다다는 그들이 목연에게 위로받으며 떠났다는 사실을 알아차렸다.

그녀는 자신도 모르게 중얼거렸다.

"사람을 위로하는 방법은 모른다면서, 짐승들은 잘 위로해 주네……."

대백이 그녀의 말을 알아들은 듯 고개를 들더니, 그녀의 말에 반대하듯 두어 번 울음소리를 냈다.

전다다는 대백의 머리를 두어 번 치며 짐승의 말로 말했다.

"대백, 나만 쫓아다니지 말고, 도울 만한 일이 있는지 살펴봐. 도망쳐 나오는 영수들이 불씨를 옮겨 오지 않도록 살펴봐 주고."

대백은 바로 명을 받들러 달려 나갔다.

전다다는 전날 밤 아무 일도 없었다는 듯 성큼성큼 다가가 목연의 어깨를 힘차게 두드렸다.

"눈 마비, 내가 깨어났어! 지금 무슨 상황인지 이야기해 줘!"

목연은 그녀가 왔다는 사실을 이미 알고 있었다. 그 역시 전날 밤 아무 일도 없었다는 듯 그녀를 돌아보았다. 그리고 아무 감정도 없는 눈빛으로 상황을 자세하게 설명해 주었다.

전다다는 그제야 사태가 그녀가 생각했던 것보다 훨씬 심각하다는 사실을 알게 되었다. 불이 난 면적이 너무 넓었고, 사람은 너무도 부족했다. 제때 불길을 통제하지 못한다면 흑삼림 전체가 타 버리고 말 것이다.

전다다가 진지하게 물었다.

"그렇다면 네 뜻은…… 우리가 취사선택할 수밖에 없다는 거군!"

목연이 고개를 끄덕이며 말했다.

"그래. 우리는 방금 토론을 끝냈어. 북부에는 가시나무가 많고 지형이 복잡하지. 다른 곳보다는 북부를 포기하는 편이 손실이 적을 거야."

목연이 지도를 가리키며 계속 말했다.

"북부의 가장자리로는 강이 있어. 불이 강변에 도착하기까지 최소한 이틀은 필요하지. 이틀 후라면 우리가 다른 지역에 모두 경계선을 만들 수 있어. 그때 강변에 가서 물가의 큰 나무들을 몇 그루 베어 주기만 하면 강이 바로 불이 지나가는 길이 될 거야. 그렇게 되면 불이 흑삼림을 태우지도 않고, 흑삼림 밖 산림에 재앙을 만들지도 않겠지."

목연이 설명을 끝냈을 때 장로 하나가 진지하게 말했다.

"소저, 이 일을 할지 말지는 소저께서 결정하셔야 합니다."

전다다는 생각에 잠겼다가 물었다.

"북부에 어떤 가문이 있지? 그들은 반대하지 않나? 내가 능씨 가문 대소저의 신분으로 그들과 이야기를 나눠 보겠어!"

전다다와 부친은 흑삼림으로 돌아온 후 신분을 공개하지 않았지만, 암암리에 능씨 가문을 지탱해 왔다. 그리고 능씨 가문은 여전히 흑삼림의 다른 가문들에게서 우두머리로 대접받고 있었다. 다른 가문 가주는 능씨 가문의 체면을 세워 주려 할 것이다.

장로가 고개를 저으며 말했다.

"아닙니다, 대소저. 이 구역에는 주로 영수들의 소굴이 많습니다. 이미 동면에 든 영수들이 적지 않지요. 겨우 이틀 동안 그들을 깨워 대피시키는 것은 결코 쉬운 일이 아닙니다. 이 늙은이가 다른 가주들과 상의한 결과, 그들 모두 별다른 의견이 없고 능씨 가문의 결정에 따르겠다고 합니다. 대소저, 이 일은…… 그들은 좋게 생각하고 있지 않습니다."

전다다는 그제야 목연이 이야기한 '취사선택'이 단순히 북부의 삼림을 포기할까 말까 하는 문제만이 아니라, 북부 삼림에서 동면 중인 영수들을 포기할까 말까의 문제까지 포함한다는 것을 알아차렸다. 그리고 다른 가주들의 태도를 보면, 능씨 가문에게 악역을 맡기려는 것이 분명해 보였다.

전다다가 중얼거렸다.

"영수들을 포기할 수는 없어!"

첫째, 능씨 가문이 그런 결정을 내린다면 장래 반드시 다른 영수들의 원한을 사게 될 것이다.

둘째, 그녀 스스로도 그런 잔인한 일을 받아들일 수는 없었다. 타오르는 불길 속에서 죽어 간다는 것은 얼마나 고통스러운 일인가?

전다다는 갑자기 아버지를 떠올리고 눈이 붉어졌다. 그러나 그녀는 울지 않고 더욱 단호하게 말했다.

"설사 짐승이라 해도, 산 채로 불에 타 죽는 것을 지켜보지는 않겠어! 우리에게 이틀의 시간이 있으니, 어떻게든 그 영수들을 구해 내겠어!"

장로들이 서로를 바라보더니, 한 장로가 입을 열었다.

"대소저, 시간이 겨우 이틀뿐입니다. 대소저 혼자의 힘으로는 해낼 수 없습니다. 다른 사람들을 보내 도와 드리고 싶지만, 그러면 화재 진압에 차질이 생기니 얻는 것보다 잃는 것이 더 많습니다! 이 일은 저울질을 잘 해 보셔야 합니다. 아니라면 결국 우리 능씨 가문 전체가 잘못한 것이 될 테니까요."

전다다가 재빨리 대답했다.

"영수들의 도움을 받으면 돼!"

장로가 바로 반박했다.

"대소저, 북부의 영수들은 대부분 흉악한지라, 같은 영수라 해도 가까이 다가갈 수 있는 영수들은 적습니다. 대소저께서 억지로 그리하신다면 우리 영수들을 상처 입힐 뿐 아니라, 대소저의 안전 역시 보장하기 어려울 것입니다. 대소저, 동면하던 영수들이 방해받을 경우의 결과는……. 대소저도 분명 보신 적 있으실 겁니다. 우둔하나마 제 의견으로는, 이 일은 시간을 끄는 것이 좋을 것 같습니다. 얼마가 되건 최대한 시간을 끌어보지요."

전다다는 장로에게 대답하지 않고 목연을 바라보았다.

목연은 처음에는 아무 말도 하지 않았지만, 전다다가 눈을 크게 뜨고 자신을 바라보자 결국은 불쾌한 듯 말했다.

"노려보면 어쩔 건데? 스스로 결정하도록 해!"

전다다는 물론 목연에게 대신 결정을 내리게 할 생각이 아니었다. 그녀가 물었다.

"이틀 동안 나를 도와줄 수 있어?"

동면하던 영수들이 일단 잠에서 깨어나면, 그 사나운 정도가 백수의 제왕인 호랑이에게도 뒤지지 않는다.

전다다는 자신이 짐승들을 완벽하게 통제할 수 있다고 자신할 수 없었다. 그러나 목연이 피리 소리로 영수들을 안정시켜준다면…… 그녀는 자신할 수 있었다.

목연은 잠시 머뭇거리더니 결국은 승낙했다.

"최근 며칠 동안 도망쳐 나올 영수들은 다 도망쳐 나온 것 같으니, 몸을 빼도 상관없겠지."

전다다가 몹시 기뻐하며 말했다.

"좋아! 그럼 우리 둘이 가면 돼. 지금 당장 가자."

목연은 무표정한 얼굴로 고개를 끄덕였다.

장로들이 서로의 얼굴을 바라보기 시작했다. 모두 그들이 무리하게 모험을 한다고 여기는 듯했다. 우두머리 장로가 다시 한번 권했다.

"대소저, 다시 한번 생각하십시오. 이 일은 절대……."

전다다가 장로의 말을 잘랐다.

"아버지가 계셨다면 분명 이렇게 하셨을 거야! 다들 기다리도록 해. 이번에 나는 북부의 그 영수들을 구출해 올 뿐 아니라, 그들을 길들여 올 테니까! 어디 흑삼림의 그 누가 감히 우리 능씨 가문에게 승복하지 않을 수 있는지, 그때 가서 두고 보자고!"

그 가주들이 능씨 가문을 치켜세우는 척하며 뜨거운 감자를 넘긴 것은 그저 좋지 않은 마음을 품은 정도가 아니라, 사실상 능씨 가문에게 이 이상 승복하지 않는 것이었다.

능씨 가문은 예전에 아버지의 실종으로 인해 급격하게 무너져 내렸다. 아버지는 원래 가문을 크게 일으킬 계획이었지만, 빙해의 일 때문에 잠시 신분을 드러낼 수 없었을 뿐이었다. 이제 그녀가 아버지를 대신해 바라던 바를 이루어야 했다!

전다다의 여린 얼굴은 엄숙하고 진지했다. 장로들은 그녀의 기세를 보고 감히 더 말을 붙이지 못했다.

목연의 눈에 인정하는 듯한 빛이 스쳐 갔다. 그는 전다다를 알게 된 지 꽤 되었지만, 지금 처음으로 마음 깊은 곳에서 그녀를 인정하고 있었다.

목연은 자신이 맡고 있던 일을 설명한 후, 전다다와 함께 흑삼림 북부 구릉지대로 향했다.

전다다는 대백으로 하여금 호랑이들을 모두 소환하게 했을 뿐 아니라 능씨 가문의 비밀 지도도 챙겼다. 이 지도에는 영수들의 소굴이 상당수 기록되어 있었다.

그날 점심 무렵 그들은 북부 구릉에 도착했다. 전다다는 지도의 기록에 따라 동굴을 찾았고, 호랑이들과 함께 깊이 잠든 영수들을 깨웠다. 목연이 적극적으로 협조하니, 반나절 내내 몇 번 놀라기는 했어도 별 위험 없이 순조롭게 일을 처리할 수 있었다.

물론 이 반나절 동안 그들이 찾은 것은 모두 체구가 작은 영수들로, 진정한 도전은 내일부터가 될 터였다.

밤이 되었을 때, 그들은 천막조차 갖고 있지 않아 각자 쉴 만한 곳을 찾아 자기로 했다. 목연은 나무 위로 올라갔고, 전다다는 나무 아래 대백의 몸에 기대어 누웠다.

밤이 점차 깊어 가건만 두 사람 모두 잠을 이루지 못하고 있었다. 전다다는 몸을 뒤척이다가 문득, 나무 위에서 목연이 자신을 바라보고 있다는 것을 알아차렸다…….

# 본 소저가 어때

목연은 전다다의 시선을 느끼자마자 바로 몸을 돌렸다. 동시에 전다다도 시선을 피해 다른 곳을 바라보았다.

그러나 전다다는 곧 뭔가 이상하다는 생각이 들었다. 내가 왜 피해야 하지?

전다다가 다시 나무 위를 바라보았다. 목연은 어지럽게 자라난 줄기 위에 누워 있어, 그녀로서는 마른 듯한 그의 뒷모습만을 볼 수 있었다.

전다다가 큰 소리로 물었다.

"왜 나를 몰래 훔쳐본 거야?"

목연이 미동도 없이 차갑게 대답했다.

"기상천외한 생각이군."

전다다가 다시 물었다.

"네가 나무늘보라도 돼?"

이때에야 목연이 겨우 몸을 옆으로 돌려 물었다.

"그건 또 무슨 뜻이지?"

전다다가 무시하는 듯한 표정으로 말했다.

"나무늘보만이 나무줄기를 안고 잠을 자니까! 네가 나무늘보가 아니라면, 거기서 나무를 붙잡고 뭐 하는 거야? 분명 나를 훔쳐보고 있었지!"

"나는……."

목연이 다시 편하게 누운 후 두 손으로 팔베개를 했다. 아무리 봐도 전다다를 상대할 뜻이 없어 보였다.

전다다가 몸을 일으키더니, 나무 위로 뛰어올라 목연 곁 나뭇가지에 앉았다. 그녀는 고개를 갸우뚱하며 목연을 바라보았다.

"눈 마비, 그렇게 나를 계속 지켜볼 필요 없어. 나는 이 이상 바보 같은 일을 하지 않을 테니까. 그리고 내가 설사 바보 같은 짓을 하고 싶더라도, 일단 그 속이 시커먼 녀석들을 완전히 굴복시킨 다음에나 할 거라고!"

목연은 결코 그녀를 걱정해서 바라보았던 것이 아니었다. 사실 그도 자신이 왜 그녀를 보고 있었는지 알지 못했다. 어쨌든 그는 변명하지 않고, 퉁명스럽게 되물었다.

"어쨌든 바보 같은 일을 또 할 수도 있다는 거군?"

전다다의 눈에 슬픈 빛이 어리는가 싶더니 곧 사라졌다. 그녀는 싫은 표정으로 말했다.

"넌 왜 그렇게 바보 같아? 나는 그냥 예를 든 것뿐인데, 그걸 진짜라고 믿는 거야?"

목연이 그녀를 흘깃 노려보고는, 이 일에 대해서는 더 이야기하지 않기로 마음먹었다.

"그 외에 다른 할 말 있어?"

전다다가 대답했다.

"없어!"

목연이 그제야 일어나 앉으며 퉁명스럽게 물었다.

"그럼 아직 안 내려가고 뭐 하는 거야?"

전다다는 갑자기 곤란한 기분에 화가 났다.

"너!"

목연은 침착하게 옷을 정리하고는 다시 누워 눈을 감았다.

전다다는 두 눈을 가늘게 떴다. 그녀는 불시에 두 다리로 목연이 누운 나뭇가지를 사납게 흔들었다.

워낙 창졸간의 일이라 목연은 그대로 아래로 떨어졌다. 그러나 반사적으로 공중제비를 한 바퀴 돈 다음 평온하게 땅에 착지했다.

전다다는 그가 방금 누워 있던 곳에 편안히 누웠다. 그리고 휘파람을 불자, 나무 아래에 있던 대백이 바로 기어 올라와 그녀와 가까운 가지에서 그녀를 지키기 시작했다.

목연이 올려다보니 전다다의 왜소한 등이 잔뜩 한가로운 기운을 내뿜고 있었다. 그는 본래 화를 내야 했지만, 자신도 모르게 입가가 보기 좋은 곡선을 그렸다. 그는 어쨌든 전다다도 체념하고 정말로 기운을 낸 모양이라고 생각했다.

목연은 잠시 서 있다가 다시 나무 위로 뛰어올랐다. 전다다는 그가 올라오는 것을 알았지만 일부러 눈을 감고 자는 척했다.

목연은 그녀에게 어떻게 할 생각은 없었다. 그는 그녀 근처에 앉아 나지막한 목소리로 물었다.

"내일은 꽤 힘든 하루가 될 텐데, 정말로 잠이 오는 건가?"

전다다는 그제야 눈을 뜨고 반문했다.

"넌 잠이 오지 않는 모양이지?"

목연이 냉랭하게 말했다.

"담력과 식견이 있는 거야 좋은 일이지만, 맹목적으로 자신한다면 목숨도 건지지 못할 수 있어."

전다다가 눈썹을 치켜세우고 목연을 흘깃 보더니 다시 눈을 감았다. 목연이 다시 한번 권하려 하자 전다다가 웃으며 말했다.

"눈 마비, 나에게 관심이라도 있는 거야?"

목연은 전다다가 눈을 감고 있는 것을 알면서도, 그녀의 시선을 회피하듯 고개를 돌리고 차갑게 말했다.

"망상에 빠져 있군!"

전다다가 웃으며 눈을 떴다.

"농담한 것뿐인데, 진짜로 받아들이는 것 같네!"

목연이 눈썹을 치켜세우며 불쾌한 목소리로 말했다.

"아무래도 넌 그저 깨어난 정도가 아니라 기분도 꽤 좋은 모양이지?"

전다다는 그의 질문에는 대답하지 않고 자리에서 일어나더니, 소매에서 능씨 가문의 비밀 지도를 꺼냈다. 그리고 진지하게 지도를 가리키며 말했다.

"이곳이 바로 북부 구릉에서 가장 중요한 곳이야. 이곳을 얻으면 북부 구릉 전체를 얻을 수 있지!"

목연이 흘깃 보고 물었다.

"이게 병사들을 이끌고 전쟁이라도 하러 가는 것 같아?"

전다다가 목연을 바라보았다. 그 물기 어린 두 눈은 마치 무슨 말이라도 건네는 것처럼 영민하고 진지해 보였다.

전다다가 목소리를 낮춰 설명하기 시작했다.

"병사들을 이끌고 전쟁터로 가는 것과 별반 차이 없어. 우리가 내일 우두머리를 잡는 방법을 쓴다면 말이야! 맞혀 봐. 북부 구릉을 주름잡고 있는 게 누구인지 알아?"

목연이 반문했다.

"너는 알고 있어?"

흑삼림에서 짐승을 부리는 가문은 여기저기에 고루 분포되어 있었고, 자기만의 영역이 따로 있었다. 그러나 북부 구릉에는 어떤 가문도 머물고 있지 않았다. 즉, 지금까지 어떤 가문도 정복하지 못한 곳이었다.

전다다가 비밀스러운 표정으로 목연에게 가까이 오라고 손짓했다.

목연이 싫은 듯 냉랭하게 말했다.

"여기 다른 사람이 있는 것도 아닌데, 목소리만 좀 낮춰 이야기하면 되잖아."

전다다가 양옆을 돌아보더니, 그래도 안심이 되지 않는다는 듯이 속삭였다.

"이건 우리 능씨 가문의 비밀인걸. 이리 와!"

목연은 그제야 달갑지 않은 듯 가까이 다가왔다. 전다다는 재빨리 그의 두 어깨를 잡고 귓가에 속삭였다.

"우리 증조할아버지께서는 북부 구릉을 정복할 계획이셨는데, 안타깝게도 시기를 놓치고 말았지. 그다음 우리 할아버지 때에는 아버지의 일로 인해 계획을 실행하지 못했어. 북부 구릉이 어떤 상황인지는, 사실 우리 능씨 가문이 아주 잘 알고 있지."

여기까지 말한 전다다는 비밀스럽게 웃으며 말했다.

"이 일은 장로들도 잘 모르는 일이야. 우리 아버지도 나 한 사람에게만 알려 주셨거든. 나 혼자서라면 자신이 없었지만, 네가 도와준다면 성공할 가능성이 8할은 돼. 아니라면 나는 그렇게 충동적으로 행동하지 않았을 거야! 내가 그들에게 이야기하지 않은 이유는, 그들을 놀라게 해서 굴복시키고 싶어서야. 앞으로 그들이 나를 음해할 생각조차 하지 못하도록 말이야! 그 장로 중 몇 명은, 우리 아버지가 돌아오기 전에는 심한 내분을 벌였다고 하더라고!"

말을 마친 전다다가 목연을 바라보며 진지하게 말했다.

"본 소저가 어때? 용기도 있고 지혜도 있고, 그렇지 않아?"

목연이 그녀를 바라보며 아무 말도 하지 않았다.

전다다가 가볍게 탄식하더니 말했다.

"우리는 배수진을 치고 싸워야 하는 셈이지만, 어쨌든 이 북부 구릉을 얻어야만 해. 아니면 연아 언니에게 도움을 청할 수밖에 없어. 원래 우리가 언니를 도와야 하는데, 돕지 못하는 것은 그렇다 치더라도 오히려 귀찮게 해서는 안 될 말이잖아!"

목연의 눈빛이 깊어졌다. 그의 눈동자를 가득 채운 것은 전다다의 모습이었다. 그는 여전히 아무 말도 하지 않았다.

전다다가 다시 한번 그의 귓가로 다가갔다. 목연은 분명 불편한 듯, 몸을 굳히며 엄숙한 표정을 지었다.

전다다는 목연의 이상한 모습을 눈치채지 못하고 속삭였다.

"북부 구릉의 패자는 영양이야. 이곳의 영양은 호랑이만큼 이나 크지. 보통 영양과 비교하면 털이 아주 적고, 코가 유난히 길어서 냄새에 특별히 민감해. 중추절이 지나면 동굴에서 동면 하는데, 천둥 번개가 쳐도 움직이지 않는다고 해. 우리가 우두 머리의 항복만 받아 내면, 영양 전체의 항복을 받아 내는 것이 나 마찬가지야. 그리고 영양들에게서 항복을 받아 내면, 북부 구릉의 다른 영수들은 그 이상 문제가 되지 않아!"

전다다는 여기까지 말한 후 마침내 목연을 놓아주었다. 그리 고 빛나는 두 눈에 웃음기를 가득 담고 이어 말했다.

"영양 소굴이 지도에 표시되어 있어. 모두 세 곳인데, 방해 물이 있지. 내일 아침에 영양들의 우두머리부터 찾아야 해. 우 두머리를 찾으면 나와 대백이 동굴 밖으로 끌어내는 역할을 맡 을 거고, 너는 밖에서 매복하고 있다가 도와주면 돼. 계산해 보 았는데, 영양 동굴 외에 북부에는 크고 작은 동굴이 열 곳 넘게 있어. 우리에겐 내일과 모레밖에 없으니, 내일 황혼이 지기 전 에 반드시 영양의 우두머리로부터 항복을 받아 내야 해. 아니 라면 늦고 말 거야!"

목연은 여전히 전다다를 바라보고 있었다. 마치 정신이 나간 것처럼……

## 나도 너를 좋아하지 않거든

전다다가 웃으며 목연의 얼굴 앞에서 손을 흔들어 보였다.

"왜 그래? 본 소저의 지혜에 감탄하기라도 한 거야?"

목연은 그제야 정신이 들었다. 뜻밖에도 조금 당황해, 무심결에 고개를 끄덕이고는 나무 아래로 뛰어내렸다.

전다다는 목연이 그렇게 쉽게 인정하리라 생각하지 않아 순간 멈칫했고, 곧이어 의아한 표정을 지었다.

목연이 나무 아래로 뛰어내린 다음 중얼거렸다.

"말도 안 돼!"

방금 전다다가 끊임없이 이야기하는 모습을 보며, 자신도 모르게 그녀가 몹시 귀엽다는 생각을 했다. 그렇게 싫은 것만은 아니라고!

아무래도 너무 피곤했던 모양이었다.

목연이 막 자리에 앉았을 때 머리 위에서 전다다의 목소리가 들려왔다.

"눈 마비, 사실 나도 너에게 감탄했어."

목연이 고개를 들었다. 전다다가 나뭇가지 위에 엎드린 채 그를 보고 있었다. 물기 어린 커다란 눈은 환희로 가득 차 있었다.

목연은 당황스러운 나머지 입술을 깨문 채 바로 고개를 숙였다. 그는 자신이 방금 고개를 끄덕여 전다다를 인정해 주었다는 사실을 깨닫지 못한 채 그저 망연자실했다!

전다다가 다시 한마디 덧붙였다.

"잘 자. 내일 아침 일찍 깨울 테니까!"

목연이 대답 없이 손을 흔들어 알아들었다고 표시했다. 이렇게 두 사람은 조용해졌다.

전다다가 몸을 돌려 두 손으로 팔베개를 하고 누웠다. 그녀는 여전히 눈을 크게 뜨고 있었지만, 그 눈에는 이제 기쁨 대신 희미한 슬픔이 어리고 있었다.

얼마나 지났을까. 그녀는 천천히 눈을 감고 겨우 잠이 들었다. 목연은 나무에 기댄 채 가부좌를 틀고 앉아, 자는 듯 마는 듯 고개를 숙이고 있었다. 만물이 고요한 밤이 점차 깊어 가고 있었다.

갑자기 밤의 정적을 깨고 울먹이는 소리가 들려왔다. 바로 눈을 뜬 목연이 잠시 귀를 세웠다가 곧 전다다를 바라보았다. 전다다가 울고 있었다!

기분이 좋아진 것 아니었나? 어째서 또 우는 거지?

목연은 잠시 머뭇거리다가 듣지 못한 척하기로 마음먹었다. 그러나 울음소리가 점차 커졌고, 곧 비명도 들려왔다.

"안 돼! 아빠⋯⋯. 아빠, 가지 마! 나랑 어머니를 두고 가면 안 돼! 아빠, 가지 마, 가지 말란 말이야! 가면 안 돼! 아빠, 엄마가 울 거예요! 아빠, 나는 두고 가도 돼. 하지만 엄마를 생각해 봐! 엄마가 아빠를 찾지 못하면 울 거란 말이야⋯⋯."

목연은 그제야 전다다가 다시 악몽을 꾸고 있다는 사실을 알아차렸다!

그가 막 나무 위로 올라가려 했을 때, 이게 웬일일까, 전다다가 뒤척거리다가 나무에서 떨어졌다!

목연은 생각할 겨를도 없이 바로 공중으로 날아올라 그녀를 받아 안으며 천천히 착지했다.

전다다가 놀란 나머지 잠에서 깨어났다. 눈을 뜬 순간, 그녀가 보게 된 것은 바로 목연의 두 눈동자였다. 그녀는 목연의 눈동자가 이리도 깊은 것을 처음 보았다. 다만 안타깝게도 그녀는 마음에 깊이 새기지 않았다.

이 순간 전다다는 어쩔 줄 몰라 하고 있었다. 그녀는 자신이 악몽을 꾸며 울었다는 사실을 알고 있었다. 그녀의 얼굴은 눈물에 젖어 얼음처럼 차가웠다.

두 사람이 함께 바닥에 착지한 후, 전다다는 다급하게 목연을 밀어냈다. 그녀는 목연을 등지고 일부러 싫은 듯 말했다.

"저 나무 위는 너에게 양보할게! 어떻게 자려 해도 불편한걸. 그래서 잠깐 악몽을 꾸었지 뭐야!"

전다다는 목연의 대답을 기다리지 않고 손을 내저으며 말했다.

"올라가. 나는 원래의 자리가 훨씬 좋은 것 같아. 나는……."

목연의 눈에 스스로도 모를 안타까움이 떠올랐다. 그는 마침내 전다다의 말을 잘랐다.

"계속 연기하고 있었구나."

그녀는 잠만 들면 바로 악몽을 꾸는 듯했다! 그런데 기분이 나아졌을 리 없지 않은가?

그녀는 분명 여전히 슬픔에 잠겨 있었다. 그녀가 그와 입씨름을 벌이고, 또 그에게 웃어 보였던 것 모두 연기에 지나지 않았다!

전다다는 숨기고 있던 사실이 드러났지만 죽어라 인정하지 않았다.

"무슨 말을 하는 건지 모르겠는데? 네가 자지 않는다고 해도, 나는 자야 하거든!"

그녀는 여전히 고개 한번 돌리지 않고 휘파람을 불었다. 대백을 불러 이 자리를 떠날 생각이었다.

목연이 마침내 한 걸음 다가오더니, 손을 뻗어 그녀를 제지하며 담담하게 말했다.

"전다다, 내 앞에서는 그럴 필요 없어."

전다다는 조금 부끄러운 나머지 다급하게 말했다.

"아니야! 내가 무슨 연기를 했다는 거야? 내가 너를 좋아하는 것도 아닌데!"

목연은 말할 것도 없고, 전다다 자신마저 스스로가 이런 말을 할 거라고는 생각지 못했다. 전다다는 난감한 표정을 지었지만 목연은 담담하게 물었다.

"좋아하는 사람 앞에서는, 연기를 한다는 거군?"

"나, 나는……."

전다다가 다급하게 부인했다.

"아니야, 그렇지 않아! 나는, 내 뜻은……."

전다다는 대체 무어라 말해야 할지 모르는 상황에 빠졌다.

목연이 다시 물었다.

"좋아하는 사람이 있어?"

전다다는 그대로 멍해졌다.

대체 무슨 소리를 하는 거야? 내가 허튼소리를 했다고, 목연이 이상한 생각이라도 하게 된 걸까? 내게 어떻게 좋아하는 사람이 있을 수가 있다고!

전다다가 한참 동안 대답하지 않자 목연이 다시 담담하게 물었다.

"그 사람이랑 입을 맞췄던 거야?"

엇…….

전다다는 다시 멍한 표정을 지었다. 몇 달 전, 비연과 군구신이 입을 맞추는 것을 보았을 때 그녀가 당황해 도망치다가 목연에게 비웃음을 당한 적이 있었다. 그때 그녀는 입에서 나오는 대로 반박했었다.

'입술을 맞춰 본 적 없는 것도 아닌데, 내가 그런 일에 놀랐을 리 없잖아?'

그녀는 그 일을 예전에 이미 잊고 있었지만, 목연은 계속 마음속에 담아 두었던 것이 분명했다.

"나, 나는……."

전다다가 망연자실한 것을 보고 목연은 그녀가 부끄러워 대답하지 못한다고 생각했다. 목연의 말투에 절로 싫은 감정이 배어 나왔다.

"그 사람이 누구인지 몰라도 네가 좋아한다니…… 그 사람은 아무래도 대대로 재수가 없겠군."

전다다는 심호흡을 한 후 몸을 돌려 목연을 바라보며 말했다.

"일단, 본 소저에게는 좋아하는 사람이 없어. 그리고 누구와도 입을 맞춰 본 적이 없다고! 그러니 이상한 소리는 하지 마! 둘째, 그게 누구건 본 소저의 애정을 받는다면 삼생에 다시없을 행운이겠지! 수고스럽겠지만 본 소저를 대신해 많이 퍼뜨려 주면 좋겠군! 그리고 본 소저가 방금 한 말은, 그러니까 본 소저는 너를 좋아하지 않으니 네 앞에서 결점을 숨기거나 좋은 면만 내보이려 할 이유가 없다는 의미야!"

전다다가 말을 마치는 순간 온 세상이 고요해진 것 같았다.

두 사람은 소리 없이 서로를 응시했다.

전다다는 마음속으로 놀라고 있었다. 사실 그녀는 방금까지 계속 그의 앞에서 연기를 하고 있었다. 그에게 약한 모습을 내보이고 싶지 않았으니까. 변변치 않은 모습을 보여 주기 싫었으니까!

그리고 목연도 속으로 놀라고 있었다. 그는 그녀가 계속 자신 앞에서 일부러 즐거운 척하고 있었다고 확신하고 있었다.

그러니까…….

먼저 정신을 차린 것은 전다다였다. 그녀는 허둥지둥 몸을 돌렸다.

목연이 물었다.

"어디 가는 거야?"

전다다가 발걸음을 멈췄다. 그녀는 잠시 망설이다가 다시 목연을 돌아보며 소탈한 표정으로 말했다.

"아무 데도 안 가. 자도록 해. 그래야 기운을 내서 내일 싸우러 가지!"

그녀는 나무에 기대앉아 팔짱을 끼고 눈을 감았다.

목연은 그녀를 한참 동안 바라보다가, 결국은 한숨을 쉬고는 그녀 가까이 다가가 앉았다. 두 사람 사이는 다시 고요해졌다.

한참 동안 전다다는 흡사 자는 것처럼 미동도 하지 않았다. 그러나 목연은 그녀가 잠들지 않았다는 사실을 알고 있었다.

전다다는 감히 잠들지 못하고 있었다. 잠이 드는 순간 또 악몽을 꿀까 봐 두려웠다. 그녀는 악몽이 무서웠고, 목연에게 자신이 우는 모습을 보여 주고 싶지 않았다!

그녀는 몸을 일으켜 다시 한번 나무 위로 올라가 나뭇가지에 누웠다. 그녀는 눈을 크게 뜬 채 밤하늘의 밝은 달을 멍하니 바라보았다.

목연은 그런 전다다를 바라보았다. 유난히도 작고 외로워 보이는 전다다의 등을 보니 마음이 좋지 않았다.

그는 다시 고개를 숙이고 한참을 조용히 있다가, 결국은 소매 속에서 칠률목적을 꺼내 가볍게 불기 시작했다. 그가 부는 곡은 바로 어젯밤에 불었던 〈망각〉이었다…….

## 자제, 좋지 않은 안색

조용히 누워 있던 전다다는 다정한 피리 소리가 들려오는 순간 정신을 차리고 나무 아래를 바라보았다.

"무슨 일이야?"

화재로 인해 아주 많은 영수가 상처를 입고 미쳐 갔다. 목연이라고 모든 영수를 위해 칠률목적을 불 수 있는 것은 아니었다. 그는 심하게 자제력을 잃은 영수들만을 위해 칠률목적을 사용했고, 다른 영수들에게는 보통 피리를 사용했다.

어쨌든 칠률목적은 목씨 가문 대대로 내려오는 보물로, 보통 물건이 아니었다. 그것을 불려면 상당한 내공을 소모해야만 했다.

전다다는 칠률목적의 소리를 들은 순간, 자제력을 잃은 영수가 가까이 다가오고 있다고 생각했다. 그래서 주변을 둘러보았지만 사방은 고요하기만 했다. 영수의 기척은커녕 풀을 스치는 바람 소리조차 들리지 않았다. 목연도 여전히 나무에 기댄 채 조용히 피리를 불고 있었다.

전다다는 어찌 된 일인지 물으려 했지만, 문득 지금 들려오는 곡이 평소와는 다르다는 것을 알아차렸다.

영수를 안정시키기 위한 곡조는 매우 특수하고, 심지어 기이한 느낌도 들었다.

그러나 지금 목연이 불고 있는 이 곡은…… 그저 보통의 음악 같았다.

칠률목적으로 보통 곡을 연주한다고? 대체 뭘 하고 싶은 걸까? 설마 잠이 오지 않아 피리를 불며 시간을 죽이려는 건가? 피곤하지도 않은 걸까?

전다다는 잠시 목연을 응시하다가, 그가 그녀에게 신경 쓰지 않고 있다는 것을 알고 다시 몸을 돌려 누웠다. 음악을 듣고 있노라니……. 듣고 또 듣고 있노라니 마음이 가라앉았다. 잠시나마 모든 것을 잊고 외부와 격리되어, 그저 음악 속에 빠져드는 것 같았다.

전설에 따르면 혼을 빨아들이는 음악이 있다고 했는데 이런 것일까?

전다다는 목연에게 그런 능력이 있는지는 알 수 없었다. 그러나 이 순간 그녀는 목연이 차라리 제 혼을 빼앗아 가기를 바라고 있었다. 그렇게 모든 것을 다 잊을 수 있기를, 그래서 한숨 편하게 잘 수 있기를.

어쨌든 슬픔은 온전하게 억누를 수 없으니, 그녀는 기운을 내야 했다. 이 피리 소리 속에서 잠시나마 휴식을 취할 수 있다면, 예전으로 되돌아간 것처럼 여길 수 있다면 얼마나 좋을까!

전다다는 자신도 모르게 눈을 감았다. 그러자 피리 소리가 마치 더욱 가까워진 듯 그녀의 귓가에서 맴돌기 시작했다. 그녀의 모든 감정이 피리 소리를 따라 움직이더니, 정말로 모든 것을 잊고 점차 잠에 빠질 것만 같았다.

그러나 전다다가 정말 잠들려던 순간 피리 소리가 천천히 멈췄고, 전다다는 바로 눈을 떴다. 그녀는 곡이 끝났다는 것을 알아차렸다.

전다다는 가볍게 탄식하며 아래를 내려다보았다. 이 순간, 목연도 칠률목적을 내려놓으며 그녀를 올려다보고 있었다.

두 사람의 시선이 다시 한번 교차했다. 그녀는 그저 안타까움을 느끼고 있었지만, 그는 그녀가 편안히 잠이 드는지 관심을 기울이고 있었다.

두 사람 모두 아무 말 없이, 거의 동시에 서로의 시선을 피했다.

목연은 잠시 망설이더니 계속 연주하려는 듯 칠률목적을 다시 잡았다.

전다다는 가련한 표정으로 나뭇가지에 매달린 채, 그에게 한 번만 더 연주해 달라고 부탁할까 망설이고 있었다.

"계속 연주할 거야?"

"아직도 안 자는 거야?"

두 사람이 거의 동시에 말했다. 말이 끝나는 순간 두 사람 모두 어쩐지 부끄러운 기분이 들어 다시 침묵에 빠졌다.

그러나 얼마 지나지 않아 전다다가 나무 아래로 뛰어내리더니 목연 곁에 앉았다. 그녀는 평소의 그 자못 오만한 말투로 말했다.

"네가 이런 곡을 불 수 있을 줄은 몰랐어. 내가 정말 너를 너무 얕보았나 봐! 방금 불었던 곡의 이름은 뭐야? 누구에게 배운 거지?"

목연은 고개를 돌리지 않은 채 그저 흘깃 바라보기만 했다. 그리고 그도 평소의 그 냉담한 말투로 대답했다.

"내가 지은 곡이야. 이 곡을 들을 수 있다니, 삼생의 행운으로 여기길 바라."

전다다는 코웃음을 치더니 말했다.

"너는……. 햇빛을 좀 더하면 아주 찬란해 보일 텐데."

목연은 다시 그녀를 흘깃 보고는 나무에 기댄 채 아무 말도 하지 않았다. 전다다는 그가 칠률목적을 다시 집어넣지 않는 것을 보고는 자신도 나무에 기대앉았다.

한참 후 목연이 물었다.

"계속 듣고 싶어?"

"나, 나는……. 사실……."

전다다는 우물쭈물하며 명확한 답을 내놓지 않았다. 목연이 그제야 돌아보더니 조소하는 듯한 눈빛을 던졌다.

전다다가 눈썹을 치켜세우며 한마디 하려 했을 때, 목연이 먼저 말했다.

"기억해 둬. 이 곡은 〈망각〉이라고 해."

그는 몸을 돌리더니 다시 연주하기 시작했다. 전다다는 입까지 올라왔던 말을 모두 삼킨 채 듣고 또 듣다가, 저도 모르게 목연 쪽을 바라보았다.

전다다는 문득 목연의 옆모습은 그렇게 냉담해 보이지 않는다는 것을, 그보다는 소년 특유의 맑은 기운 덕에 훨씬 좋아 보인다는 것을 깨달았다.

전다다가 중얼거리듯 물었다.

"잊고 싶은 거라도 있는 거야?"

목연이 갑자기 연주를 멈췄다. 그러나 그는 전다다의 질문에 대답하지 않고 곧 다시 연주하기 시작했다.

음악의 영향을 받아서일까, 전다다의 심정은 상당히 편안해 졌다. 그녀는 앞쪽 어둠을 바라보며 담담하게 말했다.

"듣기 좋아. 정말로."

목연은 아무 말 없이 계속 조용히 피리를 불었다. 전다다도 조용해지더니 얼마 지나지 않아 눈을 감고 잠이 들었다.

목연은 오래도록 움직임이 느껴지지 않자 고개를 돌려 보려 했다. 그러나 바로 그 순간, 전다다의 머리가 갑자기 그의 어깨로 기대어 왔다. 목연은 살짝 굳었으나 멈추지 않고 계속 연주 했다.

피리 소리는 달빛처럼 부드럽고 온화하게 잠든 전다다를 어루만져 주었다. 곡이 끝나도 목연은 멈추지 않고 다시 불기 시작했다. 벌써 세 번째였다.

목연이 다섯 번째로 불기 시작했을 때, 전다다가 깊은 잠에 빠져들었다. 그녀의 머리가 불시에 목연의 어깨에서 다리까지 미끄러져 내렸다.

피리 소리가 멈췄다. 목연은 자신도 모르게 몸을 굳혔다. 그러나 전다다는 깨어나기는커녕 오히려 몸을 목연 쪽으로 돌리더니, 손을 뻗어 그의 허리를 끌어안고 그의 배에 얼굴을 묻었다.

목연은 흠칫 몸을 떨었다. 몸이 점점 더 굳어 가고 있었다. 심지어 칠률목적마저 손에서 놓친 채였다. 그는 황망한 표정으로 전다다를 밀어 버리려 했다.

그러나 그가 막 전다다의 머리를 밀어냈을 때, 전다다가 그를 더욱 강하게 끌어안고 다시 한번 머리를 묻었다. 목연이 제때 피하지 않았다면 전다다는 그의 다리 사이에 얼굴을 묻었을지도 모른다.

목연의 안색이 아주 좋지 않았다. 그는 전다다의 두 손을 잡아 사납게 내치려 했다. 그러나 그 순간, 전다다가 갑자기 중얼거리기 시작했다.

"아빠…… 아빠……."

목연이 움직임을 멈췄다. 의심할 바 없이 그는 망설이고 있었다.

전다다가 다시 잠꼬대를 시작했다.

"아빠, 내가 금을 아주 많이 찾았어요……."

전다다는 뜻밖에도 웃고 있었다.

"헤헤, 부자가 되었어. 내가 아빠 엄마보다 부자야……."

좋은 꿈을 꾸고 있는 것일까?

목연의 눈가에 희미하게 복잡한 빛이 어렸다. 그는 몇 번이고 고민하다가 결국은 한숨을 내쉬고 참기로 했다. 그는 전다다를 밀어내지 않고 그대로 안겨 있었다.

전다다는 한바탕 잠꼬대를 늘어놓더니, 가장 편한 자세를 찾는 듯 그의 몸 위에서 꿈틀거렸다.

목연은 몸을 굳혔을 뿐 아니라 얼굴도 굳히고 있었다. 그는 당장이라도 전다다를 밀어내고 싶은 마음을 열심히 참고 있었다.

전다다는 그의 품으로 한참 파고들더니 마침내 편안해진 모양이었다. 목연은 안도의 한숨을 내쉬었다. 전혀 졸리지 않았다. 그는 두 손을 양쪽으로 늘어뜨린 채 그대로 앉아 있었다.

그러나 이게 웬일일까. 얼마 지나지 않아 전다다가 다시 중얼거리기 시작했다.

"안아 줘……. 안아 줘……."

그녀는 분명 애교를 부리고 있었다!

대체 무슨 꿈을 꾸고 있는 걸까?

# 그래, 그가 안았다


전다다가 '안아 줘'라고 말하는 순간, 목연이 처음으로 보인 반응은 반감이 아니라 호기심이었다. 대체 꿈에서 누구를 만나고 있는 걸까?

그는 품 안의 전다다를 보며 귀를 기울였다.

"안아 줘……. 안아 달란 말이야! 어서!"

전다다가 계속 그의 품으로 파고들었다. 이런 그녀의 모습은 이게 애교인지도 모르는 어린아이 같기도 하고, 아니면 정말로 애교를 부리는 소녀 같기도 했다. 어쨌든 그녀는 계속 안아 달라고만 할 뿐 다른 말은 하지 않았다.

목연은 어쩔 줄 몰라 그대로 한참을 견디고 있었다. 그의 눈에 혐오감이 점점 짙어졌다. 마침내 그는 제 허리를 안고 있는 전다다의 두 손을 잡았다. 그러나 바로 이 순간, 전다다가 '아빠'라고 외쳤다.

"아빠, 안아 줘! 아빠…… 가지 마, 안아 줘! 아빠, 아빠, 아빠……."

그녀는 아버지에게 애교를 부리고 있었다!

깜짝 놀란 목연의 입가에 미소가 떠올랐다. 그는 고개를 흔들며, 어쩔 수 없다는 듯 웃기 시작했다. 전다다가 두 손을 버둥거리며 계속 '안아 줘'라는 말을 반복했다. 목연이 그녀의 손을 놓았다. 얼굴에서도 웃음기가 점점 걷히더니, 심지어 조금 불쾌한 빛마저 떠올랐다. 그리고 중얼거렸다.

"다 큰 아가씨가, 부끄러운 줄도 모르고."

그는 두 손을 다시 한번 양쪽으로 늘어뜨린 채 미동도 하지 않았다. 전다다는 잠시 잠꼬대를 늘어놓은 후, 더는 움직이지 않고 깊은 잠이 든 듯 조용해졌다.

목연이 몸을 굳혔다. 두 다리도 저리고 등도 시큰해 왔다. 그는 자신도 모르게 자세를 풀며 나무에 슬쩍 기댔다. 그러자 전다다의 두 손이 그의 허리에서 미끄러지더니 몸 전체가 그의 품 안으로 쓰러졌다. 목연은 재빨리 그녀를 잡아서, 잠시 망설이다가 마침내 조심스럽게 그녀를 품에 안았다.

그렇다. 그가 그녀를 안았다. 그는 그녀를 흘깃 바라본 다음 재빨리 다른 방향을 바라보았다. 그의 표정은 난감한 것 같기도 하고 당황스러운 것 같기도 했다. 그는 지금까지 제 표정이 몇 번이나 바뀌었는지조차 의식하지 못하고 있었다. 그러나 곁에 있던 대백은 전부 보고 있었다. 대백이 고개를 외로 꼰 채 생각했다. 인간은 정말 복잡한 존재구나!

다음 날 새벽, 잠에서 깨어난 전다다는 자신이 바닥에 누워 있는 것을 발견했다. 그녀는 지난밤에 자신이 제멋대로 굴었던 기억은 없고, 그저 행복했던 어린 시절의 꿈을 꾸었던 것만 기억했다.

그녀는 감히 더 생각하지 못하고 마음속의 슬픈 감정을 무시해 버리기로 했다. 전다다가 재빨리 몸을 일으켜 기지개를 켰다. 그녀가 목연을 찾으려 했을 때, 목연이 곁에 있던 덤불에서 걸어 나오며 신선한 과일을 건넸다.

목연 역시 지난밤의 일에 대해서는 한마디도 언급하지 않았다. 그는 여전히 죽은 듯한 표정으로 냉랭하게 말했다.

"음식을 익혀 먹을 시간이 없어. 이동하면서 먹도록 하지. 시간이 많지 않으니까."

전다다가 가볍게 기침을 한 후 말했다.

"어젯밤 불어 준 〈망각〉, 정말 듣기 좋았어."

목연은 전다다가 그 일을 언급하리라 생각지 못했다. 게다가 이렇게 칭찬까지 덧붙이리라고는.

그가 의기양양하게 몇 마디 하려 했을 때, 전다다가 커다란 사과를 집더니 몸을 돌려 걷기 시작했다.

"따라와. 지름길을 아니까. 곧 그 영양의 동굴을 찾을 수 있을 거야! 과일들도 좀 남겨 두고. 좀 있다가 영양들에게 먹여야 하니까."

목연은 과일을 하나도 먹지 않고 가는 길 내내 전다다만 먹게 했다. 그들은 지도에 그려진 대로 지름길을 따라 곧 북부 구릉에서 가장 높은 산인 평양산에 도착했다. 지도에 기록된 대로라면 이 산에는 영양의 동굴이 셋 있었는데, 영양의 우두머리가 있는 곳은 산기슭의 가장 큰 동굴이었다.

전다다와 목연은 먼저 다른 두 동굴을 살핀 후 마지막으로 가장 큰 동굴 앞에 도착했다. 대백은 위험한 기운이라도 맡은 것처럼 계속 전다다의 뒤를 따라다녔다.

전다다와 목연은 여기까지 오는 동안에도 서로 다투었지만, 도착하고 나서는 같이 엄숙해졌다. 전다다가 나지막한 목소리로 말했다.

"원래의 계획대로 나와 대백이 영양을 끌어낼 테니까 밖에서 기다려! 내가 그 녀석을 굴복시키는 동안 네가 그 녀석을 위로해 줘. 그렇게 함께 진행하는 거야!"

목연이 뜻밖에도 반대했다.

"전다다, 네가 밖에서 기다려. 내가 들어가 끌고 나올 테니까. 그다음에 다시 협력하자."

전다다가 완강한 태도로 말했다.

"말도 안 돼!"

목연이 물었다.

"네가 나보다 빨리 도망칠 수 있을 것 같아? 너도 분명 알 텐데. 영양이 일단 너와 맞서기 시작하면 절대로 멈추지 않을 거야. 영양의 우두머리가 일단 너를 공격하면 이 동굴 안에 있는 영양들이 모두 너를 공격할 거라고!"

전다다는 이곳에 오기 전에 이미 영양의 습성을 철저히 예습해, 그녀도 그 사실을 당연히 알고 있었다.

전다다가 소리 내어 웃으며 말했다.

"도망치는 능력이라면야 당연히 내가 너보다 못하지. 하지만 안심해. 본 소저에게는 영양을 순조롭게 끌어낼 묘기가 있으니까. 넌 여기서 기다리고 있기만 하면 돼!"

목연이 더욱 엄숙한 표정으로 냉랭하게 물었다.

"어떤 묘기지?"

전다다의 눈빛이 반짝였다.

"말해 버리면 아무 가치가 없지. 일단 여기서 적당한 곳을 찾아 몸을 숨기고 있어. 대백이 호랑이들을 모두 불러 모아 부근에 매복 중이야. 다른 영양들은 대백이 처리해 줄 테니, 우리는 우두머리만 상대하면 돼!"

목연이 묘기에 대해 계속 물으려 했으나 전다다가 침착하게 말했다.

"네 눈 밑 어두운 것 좀 봐. 어젯밤 내내 대체 뭘 한 거야? 잠을 자지 않은 거지? 일단 정신을 좀 차리고 있어. 해가 지기 전에 우리는 우두머리를 반드시 손에 넣을 테니까!"

말을 마친 그녀는 동굴로 들어가려 했다.

목연이 그녀의 손을 잡더니 냉랭하게 말했다.

"전다다, 무리하면 죽을 수 있을 뿐 아니라 일도 망쳐 버릴 수 있어. 아버지가 알려 주시지 않았나?"

전다다가 불쾌하다는 듯 그의 손을 떨쳐 내며 물었다.

"대체 왜 그러는 거야? 나랑 우두머리 영양을 두고 다투기라도 하고 싶은 거야? 본 소저가 말해 두겠는데, 너는 보좌하는 역할이야. 영양의 우두머리를 굴복시킬 수 있는 사람은 본 소저뿐이라고. 이 영양 무리는 반드시 우리 능씨 가문이 얻어야 하니, 그 누구도 끼어들 생각은 하지 말아야 할 거야!"

전다다라고 무리하면 일을 망칠 수 있다는 사실을 모르는 것은 아니었다. 그러나 그녀는 목연에게 모험을 시킬 생각이 없었다! 그녀는 목연에게 솔직하게 이야기하지 않았다. 그녀가 동굴에 들어가는 것은 영양을 끌어내기 위해서가 아니라, 동굴 안의 상황을 정확하게 파악하기 위해서였다.

영양이 동면하는 동굴은 결코 만만한 곳이 아니었다. 이 안은 심지어 미궁과 같아 쉽게 빠져나오지 못할 수도 있었다. 만약 먼저 상황을 파악하지 않고 섣불리 행동한다면 그들은 영양을 끌어내기는커녕 오히려 그 안에 갇혀 죽을 수도 있었다.

그러니 한 명은 들어가 동굴 안 지형을 익히고, 한 명은 동굴 밖에 남아 있으면서 만일의 사태에 대비해야 했다. 만약 함께 행동하다가 두 사람 모두에게 문제가 생기면 흑삼림은 정말로 다른 이들의 손에 떨어질 것이다.

이 일은 결국 그녀, 능씨 가문의 일이었고, 그녀는 목연에게 가장 큰 위험을 무릅쓰게 할 수 없었다.

목연이 눈썹을 치켜세우는 것을 보고 전다다가 다시 말했다.

"여기 있어. 해가 지기 전에 이 일을 매듭지을 테니까. 그렇게 하지 못하면 우리는 지는 거나 마찬가지야. 북부 구릉은 포기해야 할 거야!"

목연의 얼굴은 여전히 차가웠다. 그가 갑자기 전다다의 손목을 잡더니 물었다.

"전다다, 그 말은 황혼이 되기 전에 네가 나오지 않는다면 내가 북부 구릉을 포기해야 한다는 의미인가?"

전다다는 당황했다. 그녀가 해가 질 무렵이라는 시간을 계속 강조한 것은 정말로 그런 뜻이었다! 그녀는 자신이 오래도록 나오지 않는다면 영리한 목연이 그녀가 한 이 말의 뜻을 알아차리리라 생각했다. 목연이 이리도 빨리 그 의미를 알아차릴 줄은 몰랐다.

전다다의 표정을 본 목연은 점점 더 불쾌해졌다.

"전다다, 교활한 토끼는 굴을 세 개 파 놓는다고 하지. 흑삼림의 영양은 굴을 서른 개는 파 놓는다는 말, 들어 봤어?"

전다다는 멈칫했다. 그녀는 동굴 안이 복잡할 거라는 사실은 알고 있었지만, 굴이 서른 개라는 말은 처음 들었다.

목연이 계속 말했다.

"이 동굴 안에는 다시 세 개의 동굴이 있고, 알 수 없는 위험이 가득하지. 내가 너를 언제까지 기다리기 바라?"

전다다가 입술을 삐죽이며 반박하려 했을 때였다. 목연이 말했다.

"네 아버지께서 말씀하셨다. 아버지께서 네 곁에 있지 않을 때는 내가 너를 지켜 줘야 한다고. 그분이 네 곁에 있지 않게 되리라고는 생각한 적이 없었지만……. 어쨌든 나는 식언을 할 수는 없어. 오늘 저 동굴 안에서 네가 죽는다면 나도 같이 죽을 거고, 네가 산다면 나도 같이 살 것이다."

말을 마친 목연은 전다다의 대답도 기다리지 않고, 그녀를 이끌고 동굴 안으로 들어갔다.

그들은 과연 무엇을 만날 것인가?

## 이거 놔, 너도 데려갈 테니

　목연은 전다다를 끌고 동굴로 들어가, 아무 말도 없이 성큼 성큼 안쪽으로 향했다.

　전다다는 그의 등을 바라보며 무슨 생각을 하는지 계속 눈을 굴리고 있었다. 목연도 무슨 생각에 잠긴 듯 엄숙해 보였다.

　갑자기 전다다가 멈추더니, 다른 손으로 목연을 잡아끌며 물었다.

　"그……. 우리 아버지가 언제 너에게 그런 이야기를 하셨어? 나는 왜 몰랐지? 날 속이고 있는 거 아니야?"

　목연은 그녀를 돌아보지는 않았지만 진지하게 대답했다.

　"사실이야. 두 달 전, 우리가 축운궁에 접근하기 직전의 일이지. 어쨌든……. 지금이라도 알면 됐어."

　목연의 이런 태도에 전다다가 다급해지고 말았다.

　"너, 너…… 거짓말이지! 아버지가 어째서 너에게 날 지켜주라고 했다는 거야? 어쨌든 나는 능씨 가문 대소저고, 능씨 가문의 영수 수백을 다룰 수 있는 몸인데, 왜, 내가 왜 네 보호를 필요하게 된다는 거지? 나가. 나와 함께 들어가기 위해 그런 거짓말을 할 필요는 없으니까! 무슨, 죽으면 같이 죽고 살면 같이 살고……. 아, 아냐, 그런 말은 그렇게 쉽게 하는 게 아니란 말이야!"

이 말을 들은 목연이 바로 전다다를 돌아보았다. 전다다는 조금 난처한 듯했지만, 시선을 피하지 않고 목연을 노려보았다. 어떻게든 그의 속을 환하게 읽어 내겠다는 듯이.

목연이 오히려 그녀의 시선을 피하며 설명했다.

"아무래도 오해한 모양인데, 네 아버지는 그저 안심하실 수 없었을 뿐이야. 다른 뜻이 있으셨던 게 아니라고. 나에게도 다른 뜻은 없고, 그저 너희 능씨 가문의 힘을 빌려 축운궁주에게 원한을 갚고 싶을 뿐이야. 네 아버지께서 안 계신 이상 네가 바로 능씨 가문의 가주지. 그러니 너에게는 아무 일도 있어선 안 돼!"

목연은 고개마저 돌렸으나 잠시 말을 멈추더니, 곧이어 덧붙였다.

"그뿐이라고!"

전다다가 의아한 표정을 지었다.

"원래 우리를 이용하려 했군!"

목연이 담대하게 인정했다.

"서로 이용하고, 각자 필요한 것을 취하는 거지. 무슨 문제라도?"

전다다는 순간적으로 응대할 말을 찾을 수 없었다. 그녀는 목연의 말에 잘못이 없다는 것은 알고 있었지만, 견딜 수 없이 화가 났다.

그때였다. 목연이 그녀를 잡아끌더니 어서 가자고 재촉했다.

전다다의 시선이 곧 잡혀 있는 제 손으로 떨어졌다. 순간, 그녀는 사납게 목연의 손을 떨쳐 냈다.

"아니, 아무 문제도 없지. 서로 이용하고, 각자 필요한 것을 취한다 했지. 네가 죽고 싶다면 내가 도와주지!"

전다다는 말을 마치자마자 성큼성큼 앞으로 걸어갔다. 그러나 그녀가 목연의 곁을 지나치는 순간, 그가 갑자기 그녀의 손을 잡았다. 전다다가 당황하여 다시 그의 손을 떨쳐 냈다.

"무얼 하는 거야?"

목연은 계속 그녀의 손을 잡아끌었고, 전다다는 다시 떨쳐 내려 했다. 그러나 이번에는 어떻게 해도 떨쳐 낼 수 없었다. 그러자 그녀는 마치 작은 호랑이처럼 사납게 노려보았는데, 사실 그 모습은 몹시 귀여워 보였다.

"무뢰한! 이거 놓지 못해? 본 소저가 손을 써야 할까?"

목연이 무표정한 얼굴로 일깨워 주었다.

"지금이라도 영양을 놀라게 하고 싶다면 더 크게 소리쳐 보든가."

전다다는 그제야 자신이 이미 영양의 동굴에 들어와 있음을 깨닫고 목소리를 낮췄지만, 여전히 사나운 기세로 손을 떨쳐 내며 말했다.

"이봐, 목 씨, 손을 놓으라니까? 대체 뭘 하려는 거야?"

목연은 손을 놓기는커녕 오히려 더욱 꽉 잡아 전다다가 움직이지 못하게 했다.

"본 공자는 너처럼 아직 덜 자란 어린애에게는 아무 흥미 없으니 이 이상 이상한 생각은 그만두었으면 좋겠군. 이 동굴은 위험하니, 나에게서 한 걸음도 떨어지지 말도록 해."

이 이상? 그는 그녀가 방금 이상한 생각을 했다고 확신하는 건가? 아직 덜 자란? 이건…… 그녀의 몸매가 좋지 않아 싫다는 건가?

전다다는 수치스럽기도 하고 화도 나서 사납게 그의 손을 떨쳐 내려 했다. 그러나 그녀가 그의 손을 떨쳐 내기도 전에 목연이 갑자기 그녀의 허리를 안더니, 산동굴 안쪽으로 급하게 이동했다.

목연이 멈추었을 때 전다다는 감히 입을 열거나 발버둥 칠 수 없는 상황이었다. 그들이 이미 동굴 안 다른 동굴 입구 앞에 서 있었기 때문이다.

동굴 안은 칠흑처럼 어둡고, 비할 데 없이 조용했다. 귀를 기울여 보니 여기저기서 희미한 숨소리가 들려왔다. 아무것도 보이지는 않았지만 전다다는 동굴 안에 깊이 잠든 영양들이 가득하다는 사실을 알 수 있었다. 그녀는 감히 함부로 움직일 수 없었다.

목연이 그런 그녀의 상태를 눈치챈 듯 손을 놓아주고 화절자를 꺼냈다.

화절자의 미약한 빛에 힘입어 동굴 안을 살피게 된 순간, 두 사람 모두 차가운 숨을 들이마셨다!

이 동굴은 무척 커서, 화절자의 빛으로는 전부 비출 수가 없었다. 그러나 함께 모여 깊이 잠든 영양 무리는 똑똑히 볼 수 있었다.

그 수가 어찌나 많고, 또 어찌나 서로에게 붙어 있는지, 그야말로 '빽빽하게 모여 있다'라고 표현해도 무리가 없을 정도였다. 만약 밀집 공포증이 있는 사람이 보았다면 바로 미쳐 버렸을 것이다.

목연이 나지막하게 속삭였다.

"안에는 더 많을지도 몰라."

동굴 입구부터 이리도 비좁게 모여 있으니, 동굴 안은 더욱 많을 것이다. 이 안의 영양 무리는 그들의 상상을 뛰어넘는 수였다!

전다다 역시 목소리를 낮췄다.

"영양은 무리를 이루고, 짝을 짓는 것을 좋아해. 그리고 우두머리를 따르는 것을 좋아하지. 영양이 이렇게 많은 것은 아마도…… 우두머리도 이 안에 있다는 의미일 거야!"

목연 역시 그렇게 생각하고 있었다. 그는 벽에 기댈 수 있는 자리를 찾은 다음 진지하게 말했다.

"전다다, 여기서 기다려. 일단 무슨 기척이라도 있으면 무리하지 말고 바로 밖으로 빠져나가. 알았어?"

말을 마친 그는 동굴 안으로 들어가려 했다. 전다다가 다급하게 그의 손을 잡아당겼다.

"나도 함께 갈 거야!"

목연이 그녀의 손을 뿌리치려 했으나, 전다다는 더욱 강하게 그의 손을 잡고 놓지 않았다.

"네가 그랬잖아. 같이 죽고 같이 살자고. 날 두고 갈 생각은 하지도 마!"

목연이 미간을 찌푸리며 더욱 진지하게 말했다.

"알았으니까, 전다다, 그러지 말고 나가서 기다리도록 해. 내가 해가 지기 전에 반드시 영양을 끌어낼 테니까."

그의 진지한 눈빛을 본 전다다는 마음속으로 확신할 수 있었다. 방금 그가 했던 말은 모두 화가 나서 한 말에 지나지 않았고, 사실은 그녀가 모험을 하게 내버려 둘 생각이 없는 것이다. 그러나 이 일은 원래 그녀가 해야만 하는 것이었다.

전다다는 손을 놓지 않고, 다른 손까지 내밀어 목연의 옷깃을 잡았다. 그리고 사납게 말했다.

"나에게서 영양 우두머리를 빼앗아 갈 생각은 하지 마. 말해 두겠는데, 오늘 네가 어디를 가건 나도 같이 갈 테니까!"

목연이라고 그녀의 심사를 모를 수는 없었다. 그의 눈빛이 깊어지더니, 자신도 모르게 목소리도 부드러워졌다.

"그러지 말고 말을 들어. 응?"

전다다는 단호했다.

"싫어!"

목연이 눈썹을 치켜세웠다.

"이거 놔."

전다다가 고개를 저었다. 그러자 목연이 어쩔 수 없다는 듯 말했다.

"놓으라고. 데려갈 테니!"

전다다는 의아한 표정을 지었다.

목연이 인내심을 발휘해 다시 말했다.

"내가 널 잡고 가겠다고!"

전다다는 잠시 멈칫했으나 곧 기쁜 표정을 지었다. 그러나 목연을 완전히 믿을 수는 없었다. 그래서 목연의 손은 놓았지만 그의 옷자락은 여전히 쥐고 있었다.

그러나 목연은 눈치채지 못한 듯 다시 한번 그녀의 작은 손을 잡더니 깍지를 끼었다. 그리고 그녀를 데리고 동굴 벽을 따라 조심스럽게 안으로 들어가기 시작했다.

그들이 깊이 들어갈수록 화절자의 희미한 빛이 점점 멀어져 가더니 결국은 어둠에 삼켜지듯 사라졌다. 그리고 바로 이 순간, 영양 한 마리가 어둠 속에서 동굴 입구 쪽으로 걸어 나왔다.

이 영양은 동굴 안에 잠들어 있는 영양들보다 훨씬 컸고, 머리 위의 뿔도 유난히 길어 머리에서 꼬리까지 늘어져 있었다. 그리고 둥글고 큰 눈에는 녹색 빛이 어려 있었다.

이 영양이 바로 북부 구릉의 왕인 영양 무리의 우두머리였다. 그의 후각은 비할 데 없이 예민했기 때문에, 목연과 전다다가 동굴 안으로 들어온 그 순간 바로 인간의 냄새를 맡고 깨어난 것이다.

우두머리는 동굴 앞에 잠시 서 있더니, 갑자기 동굴 안을 향해 포효했다!

# 뜻밖에도 이렇게 믿을 만하다니

　우두머리 영양이 포효하기 시작했을 때, 전다다와 목연은 여전히 동굴 벽에 붙어 조심스럽게 이동하고 있었다.

　전다다와 목연은 놀란 눈으로, 웅크리고 있던 영양들이 한 마리 한 마리 계속 일어나는 것을 지켜보았다. 어둠 속 영양들은 깊은 잠에서 깨어난, 죽음을 각오한 무사들 같았다!

　전다다가 그동안 아무리 대단한 장면을 많이 보았다 해도, 이 장면을 보는 순간만큼은 눈을 휘둥그렇게 뜰 수밖에 없었다. 목연 역시 창졸간의 일이라 대응하지 못하고 얼이 빠지고 말았다.

　영양들이 곧 그들에게로 고개를 돌렸다. 단지 그들이 지닌 빛 때문만이 아니라, 그들의 냄새 때문이기도 했다!

　일순간, 전다다와 목연 두 사람의 눈이 셀 수 없이 많은 어두운 녹색 눈들과 마주하게 되었다.

　전다다는 그래도 조금이나마 냉정을 유지하고 있었다.

　"우두머리의 소리가 들려. 밖에 있는 것이 분명해! 우리가 매복에 걸린 거야!"

　목연은 그녀를 제 등 뒤로 잡아끌며 말했다.

　"이 동굴 안에 다른 출구가 있다는 보장이 없으니, 원래의 길로 되돌아가는 수밖에 없어. 올라와, 내가 널 업고 갈 테니까.

우두머리를 밖으로 끌어낸 것이 꼭 그렇게 나쁜 일만은 아냐! 어쩌면 해가 저물기 전에 끝낼 수 있을지도 몰라!"

전다다는 몹시 의아해하며 말했다.

"나에게는 무리하고 있다고 하더니, 넌? 이 동굴 입구가 크지 않으니, 우두머리가 막아 버릴 수도 있어! 우리가 억지로 상대하는 것보다는 차라리 안으로 끌어들여 항복을 받아 내는 게 나을 거야!"

목연이 말했다.

"안 돼. 여기는 너무 어두우니까. 영양들은 후각이 예민하니 우리가 고생할 수밖에 없어! 동굴 안 영양들을 상대할 자신은 있지만, 우두머리가 일단 들어오면 우리는 분명 죽은 목숨이야!"

전다다는 잠시 생각하다가 사납게 제 머리를 쳤다.

"일단 우두머리를 안으로 끌어들인 다음 다시 도망치는 게 나을 것 같아! 이곳이 이리 비좁으니, 저들끼리 서로 죽게 하는 것이 상책이야. 우두머리는 그 모습을 보면 분명 다급해져서 안으로 들어올걸!"

이 말이 끝나자마자 모든 영양이 명령이라도 들은 듯 사나운 기세로 두 사람에게 달려들었다. 전다다가 놀란 나머지 식은땀을 흘리며 다급하게 목연의 등으로 뛰어올라 목을 꼭 끌어안았다.

가장 가까이에 있던 영양의 뿔이 목연의 얼굴까지 치받쳐 왔을 때, 목연의 몸이 환영처럼 일렁이는가 싶더니 순식간에 사라졌다! 동시에 그가 화절자의 불을 껐다.

영양들은 목연의 속도에 깜짝 놀란 듯했다. 그러나 그들은 곧 목연의 냄새를 따라 위치를 확인하고 다시 포위해 왔다.

하지만 이쯤 되면 전다다의 분석이 옳았다고 하지 않을 수 없었다. 영양의 수는 너무 많았고, 동굴 안 공간은 한계가 있었다. 영양들 한 마리 한 마리 모두 날뛰려 해도 날뛸 수가 없었다.

목연은 전다다를 등에 업은 채 발을 붙일 곳도 찾기 어려운 상황이었지만, 영양의 등을 밟고 소리로 방향을 파악하여 이리저리 움직이다 보니 오히려 좀 더 안전해졌다.

이렇게 목연과 전다다는 차 두어 잔 마실 시간에 영양들의 방향 감각을 흐트러 놓았다.

비록 전다다가 그와 함께 들어오기로 했지만, 사전에 계획을 세운 적은 없었다. 그러나 그들 사이에는 묵계와 같은 것이 존재해, 목연이 영술로 영양을 유인하면 전다다는 한 손으로는 그의 목을 안은 채 다른 손으로는 늘 휴대하고 다니던 잎을 꺼내 불었다.

이 소리는 몹시도 날카롭고 자극적이어서 사람이건 짐승이건 이 소리를 들으면 기분이 불안해질 수밖에 없었다. 그런데 정말 기이한 점은, 신비로운 이 음률에 거역할 수 없다는 것이었다.

이것이 바로 능씨 가문이 짐승을 부리는 최고의 묘기였다.

영양들은 정신없는 상황에서 이 소리를 듣자 한 마리 한 마리, 모두 혼이라도 빼앗긴 것처럼 그 자리에 멈췄다.

그 모습을 본 전다다와 목연은 기뻐했다. 그러나 목연은 경계심을 늦추지 않았고, 전다다 역시 마음을 놓지 않았다. 그들의 목표는 이 동굴 안 영양들이 아니라 현재 동굴 입구에 서 있는 우두머리였기 때문이다.

우두머리는 지금까지도 동굴 안으로 들어오지 않고 있었는데, 출구를 막으려는 속셈인 것이 분명했다.

갑자기 우두머리가 다시 한번 포효했다. 방금의 포효보다 훨씬 큰 소리였고, 전다다가 내는 소리를 완전히 뒤덮을 정도였다.

포효를 들은 영양들이 잇달아 정신을 차리기 시작했다. 전다다는 두 눈을 가늘게 뜨고 고집스러운 표정을 짓더니 두 다리로 목연을 꽉 안았다. 그리고 두 손으로 잎을 들고 힘차게 불기 시작했다!

전다다의 입에서는 더욱 거슬리는 소리가 흘러나왔다. 목연조차 견디기 힘들어 미간을 찌푸릴 정도였다. 그와 동시에 전다다의 음률이 급하게 변했다. 멈추지 않고 계속 소리를 높여가면서!

우두머리의 포효가 더욱 사나워졌고, 전다다의 음률 역시 가파르게 올라갔다. 이렇게 두 소리가 한 치의 양보도 없이 격렬한 투쟁을 벌였다.

전다다의 몸이 부들부들 떨리고, 이마에서는 콩알만 한 땀방울이 계속 흘러내려 그녀의 속눈썹 위로 떨어졌다. 그러나 그녀는 계속 집중하며 눈 한번 깜빡이지 않았다.

갑자기!

날카로운 소리가 우두머리의 포효를 뚫고 주도권을 차지했다! 동시에 동굴 안 영양들이 바닥으로 쓰러지며 나지막하게 울기 시작했다. 마치 용서를 구하는 듯, 혹은 순종하겠다는 듯.

전다다가 성공한 것이다!

목연은 놀란 나머지 넋이 나갔다. 그는 전다다가 그저 이 영양들을 잠시 조용하게 만들어 주기만을, 우두머리를 안으로 끌어들이기만을 바라고 있었다. 그런데 우두머리를 굴복시키기 전에 전다다가 다른 영양들을 굴복시킨 것이다!

이것은 그야말로 기적이었다. 흑삼림의 원로급 인물이라 해도 이렇게 할 수 있는 것은 아니었다! 그런데 전다다는 그것을 이렇게 짧은 시간에 해냈다!

목연은 계속 전다다가 믿을 만하다고 여기고 있기는 했지만, 이 정도일 줄은 생각도 하지 못했다. 이 순간 그는 진심으로 전다다에게 감탄하고 있었다.

그러나 전다다는 자신이 창조해 낸 기적에 흥분하지 않았다. 어린 시절부터 지금까지, 그녀는 진심으로 힘을 겨루기 시작하면 끝까지 최선을 다하는 성격이었다!

그녀는 여전히 엄숙한 얼굴로 우두머리를 죽어라 노려보며 계속 잎을 불고 있었다. 그녀는 잠시도 쉬지 않고 그 우두머리를 겨냥하고 있었는데, 이것은 분명 일종의 도전이었다.

마침내 우두머리가 화가 난 듯 포효를 멈추고, 대신 고개를 숙인 채 나지막하게 울면서 전다다에게로 달려왔다.

예전이었다면 전다다는 분명 주변의 영양들로 하여금 우두머리를 포위하게 했을 것이다. 그러나 이번에는 그렇게 하지 않았다. 그녀는 마치 자신의 힘만으로 우두머리를 굴복시키지 않으면 안 된다는 듯 점점 더 힘차게, 점점 더 빠르게 잎을 불었다.

그러나 갑자기 그 날카로운 소리가 멈췄다! 잎이 찢어진 것이다!

그러나 그녀는 전혀 당황하지 않고, 바로 다른 잎을 꺼내 계속 불기 시작했다!

이때 우두머리는 이미 그들 코앞까지 달려와 있었다. 당장이라도 그들을 받을 듯한 기세였다!

우두머리의 힘이라면, 그리고 이 기세라면…… 일단 받히고 나면 얼마나 멀리 날아갈지는 말할 것도 없고, 오장육부가 모두 산산조각이 난다 해도 이상한 일이 아닐 터였다.

그러나 전다다는 안색 하나 변하지 않았다. 그리고 이 위기의 순간, 목연이 전다다를 데리고 순간적으로 자리를 옮겨 동굴 입구에 착지했다.

우두머리는 제때 멈추지 못해 동굴 벽에 강하게 머리를 들이박고 말았다.

찰나의 순간, 동굴 벽에 수많은 균열이 생기더니 금방이라도 무너질 것처럼 흔들리기 시작했다! 그러나 이 순간에도 전다다는 여전히 잎을 불고 있었다.

목연이 마침내 외쳤다.

"그만! 우두머리를 끌어내야 해. 여기는 너무 위험해!"

전다다는 그제야 정신을 차리고, 서둘러 동굴 안 영양들을 밖으로 이끌었다.

동굴 전체가 흔들리며 무너지려 하고 있었다. 목연과 전다다가 앞에서 달리고, 굴복한 영양들이 그 뒤를 따르고 있었다. 그리고 다른 동굴에서도 놀라 깨어난 영양들이 함께 달려 나오고 있었다. 이 장면은 그야말로 장관이었다!

그들이 동굴 밖으로 달려 나오는 순간 동굴이 무너지고 말았다. 이 순간 채 굴복하지 않은 영양들이 전다다와 목연에게 공격을 개시했고, 대백이 주변에 매복하고 있던 호랑이들과 함께 사방팔방에서 뛰어나와 포위하기 시작했다. 이제 격렬한 전투를 피할 수 없는 상황이 되었다.

전다다가 막 길들인 영양들을 시험해 볼까 고민하기 시작했을 때, 영양들의 우두머리가 동굴 폐허 안에서 뛰쳐나왔다. 그리고 녹색 눈을 무섭게 빛내며 전다다를 노려보았다. 마치 금방이라도 자제력을 잃고 뛰어들 것처럼…….

# 퇴로가 없는 퇴로

우두머리는 아주 고집스러웠지만, 전다다는 더욱 고집스러웠다! 우두머리는 심지어 목연조차도 눈에 들어오지 않는 듯 전다다만을 노려보고 있었다. 그러다 미친 듯이 전다다를 향해 달려들었고, 전다다 역시 붉어진 눈으로 우두머리를 보며 계속 잎을 불었다.

우두머리가 코앞까지 달려오는 것을 보면서도 전다다는 도망치려 하지 않았다. 목연은 그녀의 고집에 경악하여, 재빨리 그녀를 안고 도망치기 시작했다!

전다다는 목연에게 끌려가면서도 계속 잎을 불었다. 우두머리는 계속 울부짖으며 쫓아왔는데, 아무래도 화가 단단히 난 것 같았다.

목연은 근거리에서 잎 소리를 듣다 보니 귀가 따가워 견딜 수 없었다. 그러나 그는 계속 인내심을 발휘했다.

정확히 말하자면 그는 도망치는 것이 아니라 계속 영양을 피하고만 있었다. 전다다가 얼마나 버틸지 알 수 없어, 이런 방식으로라도 우두머리의 힘을 소모하게 해야 했다.

그가 나지막하게 속삭였다.

"전다다, 이제 그만해. 이러다가는 네가 상처를 입겠어! 내가 일단 한 시진 정도 끌어 볼 테니, 저 녀석이 언제까지 저러는지 지켜보자고!"

전다다가 계속 이렇게 잎을 불다가는 주화입마에 빠지거나, 혹은 힘을 소진해 몸이 상하기 쉬웠다. 그러나 이게 웬일일까, 전다다는 목연의 말을 듣고도 오히려 더욱 힘차게 잎을 불기 시작했다.

목연은 화가 나서 전다다를 데리고 거대한 바위 위로 뛰어올랐다. 그리고 우두머리가 쫓아오기 전에 다시 전다다를 데리고 하늘을 찌를 듯 높이 솟아 있는 나무 위로 뛰어올랐다. 마침내 전다다에게서 잎을 빼앗은 그는 스스로가 분노하고 있다는 것조차 인식하지 못한 채 물었다.

"내가 한 말 듣지 못했어?"

전다다도 화가 난 상태였다.

"잘난 척 좀 그만해. 한 시진을 피한다 해도, 그게 저 녀석에게 영향을 끼칠지 아닐지는 모르는 거잖아. 오히려 너만 힘들 수도 있다고! 한 시진에 저 녀석을 굴복시키지 못하면 두 시진 동안 하면 되지! 두 시진 동안 해도 안 되면 세 시진 동안 하면 되고! 저 녀석이 제멋대로 날뛰는 게 마음에 들지 않는단 말이야! 나는 내가 저 녀석을 굴복시키지 못할 거라고는 생각하지 않아!"

화가 난 목연이 입에서 나오는 대로 외쳤다.

"나를 걱정할 필요는 없어! 충분히 버틸 수 있으니까!"

전다다 역시 별다른 생각 없이 외쳤다.

"너도 날 걱정할 필요 없어! 나도 버틸 수 있으니까!"

이 순간, 두 사람 모두 얼이 빠졌다.

그러나 그들은 곧 약속이나 한 듯 외쳤다.

"누가 너를 걱정한다고!"

"나는 너를 걱정하는 게 아니야!"

그 순간 갑자기 '쿵' 소리가 들리더니 나무 전체가 흔들렸다. 전다다와 목연이 동시에 아래를 내려다보니, 영양이 나무에 머리를 들이박고 있었다!

전다다는 더 이상 아무 말도 하지 않고 잎을 꺼내 계속 불기 시작했다. 목연도 말없이 그녀를 꽉 안은 후 나무에서 뛰어내려 도망치기 시작했다.

이렇게 한 사람은 잎을 불고, 또 한 사람은 우두머리를 유인하며 빙빙 돌기 시작했다. 장장 반 시진을 돌았으나 우두머리는 항복은커녕 오히려 자제력을 잃어 가는 듯했다!

영수는 자제력을 잃으면 힘이 더 강해지기 마련이었다. 우두머리는 속도도 더욱 빨라졌다. 이 순간의 그는 비할 데 없이 위험했고, 이미 굴복시킬 가능성이라고는 없어 보였다. 어떻게든 당장 그를 진정시켜야 했다!

목연이 단숨에 멀리까지 도망친 다음, 전다다와 함께 거대한 바위 위에 착지했다. 그는 전다다를 놓아주지 않고 말했다.

"이미 제어를 잃은 상태야. 내가 유인할 테니 조심하도록 해!"

말을 마친 그가 칠률목적을 꺼내 멀리 가려 했다. 그런데 전다다가 그를 막으며 말했다.

"아니야, 나는 포기할 생각 없어! 저 녀석을 어떻게든 진정시켜 줘. 내가 계속 길들여 볼 테니까!"

목연이 당황하여 외쳤다.

"전다다, 너 미쳤구나!"

"일단 저 녀석을 진정시킨다면 우리가 지금까지 한 노력은 다 헛수고가 될 거야. 내가 저 녀석을 굴복시키려면 다시 시작해야 하겠지. 다시 해도 이런 결과밖에 나오지 않을 거라면, 지금 도박을 해 보는 것도 나쁘지 않을 거야."

전다다의 말에 목연이 냉랭하게 반박했다.

"나는 저 녀석을 피할 수 있어. 하지만 네가 도망을 칠 수 있을까?"

그는 피리를 불어, 우두머리를 진정시키면서 공격을 피할 자신이 있었다. 그러나 전다다의 무술 실력을 생각하면, 그녀로서는 불가능한 일이었다.

전다다가 대답했다.

"최선을 다할 거야!"

최선을 다하겠다고?

목연이 화가 나서 질책했다.

"허튼소리 하지 마!"

그러나 전다다의 목소리가 목연보다 컸다.

"허튼소리 하는 거 아니야! 나는 흑삼림을 잃을 수 없다고! 북부 구릉을 얻지 못한 상태에서 화재가 여기까지 온다면, 짐승들 모두 우리 능씨 가문을 적대시할 거야. 흑삼림의 다른 가문들은 말할 것도 없고, 심지어 우리 능씨 가문의 장로들까지 그

틈을 타서 돌을 던지려 하겠지! 나에겐 퇴로가 없어! 목연, 지금 네가 능씨 가문 가주라면 어떻게 할 거야?"

이 말을 들은 목연은 말문이 막혔다. 그리고 이 순간, 우두머리는 이미 흉흉한 기세로 추격해 오고 있었다.

목연의 눈가에 사나운 빛이 스쳐 갔다. 그는 전다다를 꽉 끌어안더니 그녀를 데리고 절벽 가장자리로 도망쳤다. 두 사람이 단 한 걸음이라도 잘못 내디딘다면, 바로 절벽 아래로 떨어질 수밖에 없었다!

그들 모두 발아래 심연을 바라보았다.

목연이 냉랭한 목소리로 말했다.

"여기에서 우리 한 곡 함께 연주하도록 하지. 저 녀석을 굴복시키지 못한다면 같이 뛰어내리는 거야. 최소한 아름답게 죽을 수는 있겠지!"

전다다가 진지하게 말문을 열었다.

"마지막으로 한 번 더 말하겠는데, 정말 나와 함께 죽을 필요는 없어!"

목연이 대답했다.

"나도 마지막으로 말해 두겠는데, 네 아버지에게 약속한 이상 결코 어길 수 없어!"

전다다가 다시 말했다.

"나는 바보라서 너에게 맞춰 연주할 수 없어!"

"괜찮아, 내가 아주 영리하니까. 너는 네 마음대로 불면 돼. 내가 알아서 맞춰 줄 테니."

목연의 말에 전다다는 침묵하며 몸을 돌렸다. 목연 역시 그녀를 따라서 몸을 돌렸다. 그리고 멀리 우두머리가 먼지를 일으키며 다가오는 것이 보일 때까지 잠시 기다렸다.

전다다는 새로운 잎을 꺼내 불기 시작했다. 목연은 방금 몇 번 들었기 때문에 이미 그녀의 음률에는 익숙한 상태였다. 그는 전다다의 음률에 맞춰 칠률목적을 불기 시작했다.

한 사람의 소리는 날카롭고 기묘했지만 다른 한 사람이 내는 소리는 고요한 가운데 재빠르게 변화했다. 절대로 뒤섞일 것 같지 않은 두 음색이 완전무결하게 맞아떨어지는 곡조 속에서 서로 어울리며, 모난 구석 없이 새로운 곡을 만들어 가고 있었다.

우두머리가 점점 더 가까이 올수록 두 사람은 더욱 힘차게 연주했다. 그들이 내는 소리는 점점 더 커졌고, 곡조는 점점 더 격렬해졌다. 마치 천군만마처럼, 거칠고 사나운 파도처럼, 그리고 또 격류가 쏟아져 들어오는 것처럼…… 온 세상이 그들이 내는 소리로 가득 찬 것만 같았다.

마침내 우두머리의 동작이 느려졌다! 그 모습을 본 전다다와 목연이 함께 기뻐했다. 그러나 그들은 마음을 놓지 않고 오히려 더더욱 힘차게 연주했다. 동시에, 붉어진 눈으로 우두머리를 죽어라 노려보았다. 그런 그들의 얼굴에서는 계속 땀이 흘러내렸다.

우두머리는 비록 느려지기는 했지만 여전히 고개를 숙인 채 그들 앞으로 다가오고 있었다. 한 걸음, 또 한 걸음……. 마침내 우두머리가 전다다, 목연에게서 채 열 걸음도 떨어지지 않은 곳까지 다가왔다!

갑자기 우두머리가 멈추더니 고개를 들어 그들을 바라보았다. 여전히 녹색으로 어둡게 일렁이는 두 눈동자에는 초점이 없었다. 우두머리는 여전히 자제력을 잃고 있었다.

전다다와 목연은 아주 분명하게 깨달았다. 승부는 바로 이 순간에 달려 있다! 그들은 온 힘을 다하기 시작했고, 곡조가 높아짐에 따라 우두머리는 미친 듯이 고개를 흔들었다. 그리고 그의 입에서는 고통스러운 듯한 울음소리가 흘러나왔다!

전다다와 목연은 더욱 기뻐했다. 곧 성공할 것이다! 이대로 계속하기만 하면 된다! 그러나 이게 웬일일까. 우두머리가 갑자기 머리 흔드는 것을 멈추더니 다시 그들을 향해 달려오기 시작했다!

위험하다!

그렇다. 매우 위험한 상황이었다. 마치 사신이 다가오고 있는 것처럼! 그러나 전다다와 목연 중 누구도 멈추지 않았다. 전다다의 음률이건 목연의 곡이건, 마치 아무 영향도 받지 않은 것처럼 계속되고 있었다!

생사가 걸린 순간이었다!

우두머리가 다가왔다. 점점 더 가까이…… 눈앞까지!

전다다가 눈을 감았고, 목연 역시 눈을 감았다. 두 사람은 거의 동시에 뒤로 한 걸음 물러났다…….

## 많이 웃으면 노화를 방지할 수 있지

전다다는 우두머리가 어디에 있는지 알 수 없었다. 그러나 눈을 감아도 우두머리의 기세가 얼마나 흉흉한지는 느낄 수 있었다.

이 순간 목연이 무슨 생각을 하는지도 알 수 없었다. 그러나 그녀 자신은 이미 몸을 절벽 아래로 던질 준비를 하고 있었다.

죽어야 한다면, 존엄을 지키며 죽겠어!

흑삼림에는 길들여지지 않은 영수가 많았고, 영수로 인해 죽음을 맞는 경우도 적지 않았다. 그러나 그녀는 그런 실패자가 될 생각은 없었다. 영수를 길들일 수 없다 해도 그녀는 아름답게 죽을 작정이었다! 목연이 사용한 '아름답다'라는 형용사가 그녀는 무척 마음에 들었다!

우두머리의 냄새가 점점 더 진해졌다. 아마도 곧 끝이겠지?

최후의 순간, 전다다는 연주를 계속하는 동시에 눈을 떴다!

그녀는 생각을 바꿨다. 그녀는 우두머리를 똑바로, 사납게 노려볼 생각이었다. 우두머리가 영원히 그녀를 기억하도록!

전다다가 눈을 뜨는 그 순간, 우두머리가 그녀를 향해 달려왔다. 전다다는 마침내 연주를 멈추고 그대로 몸을 뒤로 젖혔다. 그리고 잎을 버리고, 둥근 눈을 크게 뜬 채 우두머리를 노려보았다.

우두머리는 원래 뿔로 그들을 받을 생각이었지만, 전다다의 눈길을 본 순간 갑자기 멍한 눈빛이 되어 멈춰 섰다.

전다다는 창졸간의 일이라 제대로 반응하지 못하고 그대로 계속 뒤로 쓰러졌다.

다행히도! 목연이 그녀의 허리를 감싸 안더니, 공중으로 뛰어올라 우두머리의 뒤쪽에 착지했다.

그들이 막 땅에 닿았을 때 우두머리가 몸을 돌렸다. 우두머리는 목연을 바라보다가 다시 전다다를 바라보며 한참 동안 움직이지 않았다.

이건…….

전다다는 의아한 표정으로 우두머리를 바라보다가 한참 후에야 겨우 목연을 쳐다보았다. 그녀는 흥분과 기쁨을 억누르며 나지막하게 속삭였다.

"저 녀석이…… 굴복한 걸까?"

이 순간 목연 역시 흥분하고 기쁜 상태였다. 모두 알다시피, 유사 이래 흑삼림에 이런 선례는 없었다!

목연이 대답했다.

"아마도."

전다다가 긴장하여, 목소리를 더욱 낮춰 말했다.

"우리, 계속 연주하는 것이 낫지 않을까?"

목연이 잠시 망설이더니 말했다.

"일단 상황을 보고."

전다다도 잠시 생각하더니 고개를 끄덕였다.

비록 다시 연주하지 않았지만, 그녀는 눈을 크게 뜬 채 사나운 기세로 우두머리를 노려보았다. 전다다 생각에, 이 우두머리가 무릎을 꿇기 전에는 어떻게든 기세를 유지하여 두려워하게 만들어야만 했다!

놀랍게도 전다다가 이렇게 노려보자, 우두머리가 갑자기 '메에메에' 하는 소리를 내기 시작했다.

이건…….

이 소리는 정상적인 양의 울음소리였다. 영수가 정상적인 울음소리를 낸다는 것은 우호적인 태도라는 것을 의미했다!

전다다는 속으로 기뻐하면서도, 웃음기라고는 전혀 없는 얼굴로 계속 노려보았다. 그러자 우두머리는 다시 '메에메에' 울었다.

전다다는 기뻐 죽을 지경이었다. 그러나 그녀는 우두머리가 그녀와 목연의 합주에 굴복한 것인지, 아니면 그녀의 눈빛에 온순해진 것인지 구분할 수 없었다. 그녀는 몰래 팔꿈치로 목연을 쿡 찔러, 우두머리가 이상하다는 것을 환기시켰다.

목연은 계속 전다다와 나란히 서 있었기 때문에, 그녀가 우두머리를 노려보는 것을 알지 못하는 상황이었다. 하지만 그도 우두머리의 태도가 변한 것은 알 수 있었다.

"아무래도 곧 너에게 굴복할 모양인데."

전다다는 몹시 기뻐하며 불시에 앞으로 걸어 나갔다. 목연이 막으려 했지만 이미 늦었다. 그러나 그녀는 걸음을 옮기면서도 두 손을 허리에 얹은 채 계속 노려보았다!

우두머리는 분명 전다다가 그러리라고는 생각지 못한 듯, 갑자기 당황하여 뒤로 몇 걸음 물러섰다.

도망칠 생각일까?

다 잡은 것을 놓칠 수는 없지!

전다다는 다급하게 빠른 걸음으로 쫓아가며 사나운 기세로 소리쳤다.

"멈춰!"

우두머리는 말할 것도 없고 목연조차도 깜짝 놀랐다.

우두머리는 놀라서 다리가 풀린 듯 몇 걸음 뒤로 비틀거리다 겨우 멈춰 섰다!

사실 절벽 가까이 오기 전부터 우두머리는 이성을 되찾고 있었다. 그런데도 그가 계속 달려온 것은 정말로 전다다 일행을 죽이기 위해서였다.

그러나 전다다와 목연은 우두머리의 생각과 달리, 전혀 두려운 빛 없이 눈을 감고 있었다. 심지어 전다다는 죽음이 임박한 순간 눈을 뜨고 그를 노려보았다!

그 순간 우두머리는 마음속으로 굴복하고 싶어졌다! 다만, 우두머리는 전다다가 계속 이렇게 사나울 줄은 예상치 못했다. 남자보다도 사납다니!

전다다가 가까이 오는 것을 본 우두머리가 쿵 소리가 나도록 네 다리로 꿇어앉더니 고개를 숙였다.

전다다가 바로 발걸음을 멈췄다. 그녀는 이미 자신이 우두머리를 얻었다는 것을 알고 있었지만, 우두머리가 무릎을 꿇는 장면을 보는 순간 그 무엇과도 비교할 수 없이 흥분했다! 사납게 일그러뜨리고 있던 작은 얼굴에도 점차 웃음기가 떠올랐다.

"됐어! 굴복시켰어! 하하하, 우리가 성공했다고!"

전다다가 목연을 바라보며, 행복한 나머지 깡충거리며 뛸 뻔했다.

"눈 마비, 이것 봐! 이거 보라고! 저 녀석이 항복했어, 내 것이 되었다고!"

목연 역시 무척 기뻐하며 빠르게 다가왔다. 그리고 찬란하게 웃으며 명랑하게 말했다.

"하하! 우리가 성공했다!"

햇빛이 그의 얼굴을 비춰 주어, 그의 웃는 얼굴이 유난히도 깔끔하고 잘생겨 보였다.

이 순간 전다다는 저도 모르게 넋이 나갔다!

전다다가 멍하니 있는 것을 보고서야 목연은 자신이 웃고 있다는 것을 깨달았다. 그것도 아주 큰 소리로 웃고 있다는 것을.

그는 재빨리 웃음기를 거두고 전다다를 차갑게 바라보았다.

"보기 좋은 모양이지? 충분히 봤어?"

전다다는 그제야 정신이 들었다. 그러나 그녀는 어색해하는 빛 없이 진지하게 외쳤다.

"눈 마비, 너도 웃을 줄 아는구나! 난 내가 환각이라도 본 줄 알았단 말이야!"

그래서, 그녀가 방금 보낸 시선이…… 홀린 것이 아니라 그저 놀란 것뿐이라고?

목연은 조금 부끄러운 기분이 들어 두어 번 기침했다. 그리고 다시 한마디 하려 했을 때, 전다다가 그의 어깨를 두드리며 의미심장한 어조로 말했다.

"아저씨, 많이 좀 웃으세요. 노화 방지를 위해서!"

말을 마친 그녀는 몸을 돌려, 깡충거리며 우두머리에게 뛰어 갔다.

목연은 그런 그녀를 바라보며 뜻밖에도 화를 내지 않고, 오히려 머리를 흔들며 어쩔 수 없다는 듯 미소 지었다. 그러고는 곧 그녀를 쫓아갔다.

전다다는 우두머리 주변을 세 번이나 돌면서 자세히 살펴본 후, 그 앞에 자리 잡고 앉았다.

우두머리는 고개를 숙였다. 그의 마음속에는 여전히 저항하는 마음이 있었다. 그러나 어쨌든 이미 굴복하지 않았는가. 우두머리로서는 그저 참는 수밖에 없었다.

전다다로서는 이만한 등급의 영수를 길들인 것은 처음이었기 때문에, 마음속으로 살짝 겁을 먹고 있었다. 그녀는 우두머리로 하여금 계속 고개를 숙이고 있게 한 후 조심스럽게 그의 머리를 쓰다듬었다. 그리고 그가 순종적이라는 것을 확인한 후에야 긴 뿔을 어루만지기 시작했다.

전다다는 어린 시절부터 짐승을 길들이는 법을 배웠기에 손길이 매우 전문적이었다. 우두머리는 몹시도 편안한 기분이 되어, 곧 참지 못하고 '메에메에' 울기 시작했다.

전다다는 몹시 기뻐하며, 이번에는 우두머리의 입을 잡고 고

개를 들게 했다. 우두머리가 전다다와 눈을 맞추더니, 뜻밖에
도 부끄러운 듯 시선을 피했다.

전다다가 기뻐하며 말했다.

"너처럼 사나운 짐승이 얌전해질 때면 정말 귀엽단 말이야.
자, 본 소저가 너에게 이름을 지어 줄게. 뭐라 불러야 할까……."

우두머리가 기다리고 있었다. 목연도 기다렸다. 그러나 이게
웬일일까. 전다다가 한참을 생각한 끝에 내놓은 것은, 사람을
웃을 수도 울 수도 없게 만드는 이름이었다…….

## 다시 꿈을 꾸어야만 해

전다다가 우두머리에게 지어 준 이름은 '소백'이었다!

전다다가 말했다.

"우리 집 암호랑이 이름이 대백이야. 너, 숫양은…… 소백이라 부르자!"

목연은 자신도 모르게 피식 웃다가 하마터면 목이 멜 뻔했다.

전다다가 우두머리에게 제 뜻을 전하자, 우두머리는 바로 그녀의 손에서 벗어나려고 발버둥을 치며 힘차게 머리를 흔들었다. 분명 항의의 뜻이었다.

그는 그저 그런 평범한 영수가 아니라 북부 구릉의 패주였다! 그런데 어떻게 그런 이름을 얻는단 말인가?

전다다가 소백의 머리를 쓰다듬으며 말했다.

"항의해 봤자 소용없어. 이렇게 결정한 거야. 누가 그렇게 길들이기 어려우래? 말해 두겠는데, 나라는 사람은 그다지 나쁜 부분이 없지만 원한은 잘 기억하는 편이야! 넌 평생 이 이름일 거야. 물론 이 이름을 지어 준 것은 네가 앞으로 온순해지기를, 그 성질을 조금 죽이기를 바라서야. 기억해 둬. 좀 있다가 대백을 만나면 착하게 굴고, 싸우거나 해서는 안 돼!"

그래도 마음이 놓이지 않는 듯 전다다는 진지하게 경고했다.

"대백은 아버지가 나에게 선물하셨어. 우리 곁에 20년 넘게 있는 아이지. 말해 두겠는데, 대백을 괴롭히거나 하면 내가 너를 쉽게 용서하지 않을 거야!"

소백의 방울처럼 크고 둥근 눈은 녹색이 아니라 원래의 검은색으로 돌아와 있었다. 그는 자신은 무고하다는 듯한 시선으로 전다다를 바라보았는데, 그 가련한 모습은 체구와 영 어울리지 않았다.

소백을 항복시켰으니 남은 일을 처리하기는 쉬워졌다. 전다다와 목연은 시간을 낭비하지 않고 바로 돌아가 영양 떼와 호랑이 떼의 싸움을 제지했다.

전다다는 짐승의 말로 소백에게, 흑삼림에 불이 난 것과 북부 구릉을 포기할 예정이라는 것을 알려 주었다. 짐승의 말로도 정확하게 소통할 수는 없었으나 대강의 뜻은 서로 알아들을 수 있었다.

소백은 굴복했다 하나, 전다다가 북부 구릉을 포기하기로 정한 것이 불만스러운 듯했다. 그러자 전다다는 명령을 강제로 집행하지 않고, 인내심을 갖고 소백을 한참 동안 설득했다. 그들은 마침내 소백이 마음으로 승복하자 행동을 시작했다.

우선 잠들어 있는 모든 영양을 깨웠다. 그런 후 전다다와 목연은 대백과 소백을 데리고 지도에 표시된 다른 동굴을 찾아나섰다.

전다다는 편안하게 대백의 등에 엎드렸다. 대백에게 올라탄 채 움직일 생각이었다.

그녀가 목연을 바라보며 말했다.

"너도 피곤할 텐데, 소백을 빌려줄게."

목연은 무표정한 얼굴로 거절했다.

전다다는 몸을 일으키더니 매우 진지하게 물었다.

"목연, 어째서 항상 그렇게 차가운 얼굴을 하는 거야? 매일 너를 불쾌하게 하는 일이라도 있어?"

"없어."

그러나 전다다는 확신에 가득 차 외쳤다.

"분명히 있어!"

목연은 부정하려 했지만, 전다다가 더욱 진지하게 말했다.

"목씨 가문이 멸문한 것은 네 잘못이 아니야. 그렇게 오랜 세월 동안 계속 힘들어하는 건…… 적을 더욱 즐겁게 할 뿐이야! 너도 나처럼, 슬픔과 분노를 복수심의 원동력으로 삼아 봐."

전다다는 잠시 더 생각하더니 다시 말했다.

"목연, 장래에 목씨 가문을 다시 일으켜 봐!"

목연이 갑자기 발걸음을 멈췄다. 마음이 뭔가로 사납게 얻어맞은 듯했다. 아프지는 않았지만, 수년간의 악몽에서 순식간에 깨어나기에는 충분했다.

그리도 오래 그가 인내하며 견뎌 왔던 것은 복수를 위해서였다. 비연을 따르기로 한 것도 역시 복수를 위해서였으니, 그는 복수 외의 다른 생각은 없었다. 미래에 대한 생각 역시 마찬가지였다.

전다다는 목연이 진지한 표정으로 듣는 것을 보고 다시 말했다.

"최근 며칠 동안 나도 잘 생각해 봤어. 복수를 끝내고 나면 정식으로 능씨 가문을 맡아, 능씨 가문을 흑삼림의 진정한 패자로 만들 거야! 절대로 아버지의 체면을 상하게 하지 않겠어! 장래에 나는 규율을 세우고, 흑삼림의 모든 가문을 굴복시킬 거야. 그리고 통일된 짐승 군대를 만들고, 감히 내 동료들을 괴롭히는 자들이 있으면, 하하…….'

전다다는 단숨에 앞으로의 계획을 늘어놓았다. 대부분 몹시도 거창한 야망이었다. 그러나 한참 이야기하던 전다다는 결국 탄식하며 희미하게 웃었다.

"목연, 사람은 원한 속에서 살아가더라도 원한과 무관한 꿈을 꾸어야 하는 법이야. 이렇게 해야…… 복수라는 어두운 길 속에서도 빛을 발견할 수 있어. 그래야 할 수 있는 일과 할 수 없는 일을 구분할 수 있고, 스스로를 잃지 않을 수 있는 거야. 네 생각은 어때?"

목연은 감동한 나머지 전다다를 한참 바라보며 오래도록 대답하지 않았다.

전다다는 그를 흘깃 보더니 물었다.

"듣고 있는 거야?"

그제야 목연이 대답했다.

"그래. 그것 말고 또 이야기하고 싶은…… 대단한 견해라도 있어?"

전다다는 잠시 멈칫하더니 곧 사납게 그를 노려보았다. 그러나 그녀가 화를 내려는 순간 목연이 덧붙였다.

"전다다, 네가 그런 대단한 견해를 이야기할 때는…… 아주 귀여워. 내가 가까스로 들을 정도로."

전다다는 목연이 자신을 칭찬하는 것인지 아니면 비꼬는 것인지 분간할 수 없었다. 그녀가 생각에 잠겨 있노라니 목연이 화제를 바꿨다.

"나도 너와 꼭 해야 할 이야기가 있어."

전다다는 무슨 중요한 일인가 싶어 재빨리 말했다.

"무슨 일인데? 말해 봐!"

"너는 너무 말랐어. 좀 더 먹어 살을 찌우는 게 좋겠어."

목연의 대답에 전다다는 얼이 빠졌다. 목연은 새어 나오는 웃음을 참을 수 없어 재빨리 앞쪽으로 자리를 옮겼다. 전다다가 정신을 차렸을 때는 이미 그의 등밖에 보이지 않았다.

전다다는 작은 손으로 제 허리를 만지며 눈을 몇 번 굴렸다. 그녀의 입매가 자신도 모르는 사이에 살짝 올라가고 있었다.

다른 소녀였다면 아마 여기서 이 화제를 끝내려 했을 것이다. 그러나 전다다는 곧 목연을 쫓아가 물었다.

"저기, 질문이 있어. 꼭 너에게 물어봐야 할 것 같아."

목연은 그녀가 쫓아오리라고는 생각지 못한 듯 조금 당황하면서도 전다다를 돌아보았다.

"무슨 질문인데?"

전다다가 말했다.

"내가 살이 쪄도, 나를 안고 옮겨 줄 수 있어?"

목연은 당황하여 그녀의 시선을 피했다. 그는 대체 무어라 대답해야 할지 알 수 없어 한참이 되도록 아무 말도 하지 않았다.

전다다는 속으로 즐거운 나머지 하마터면 피식 소리 내어 웃을 뻔했다. 그녀가 서둘러 말했다.

"오해는 하지 말고. 그런 뜻은 아니니까! 나는 앞으로 또 도망칠 일이 생겼을 때, 네가 나를 데려가지 못할까 봐 걱정스러울 뿐이야!"

전다다는 목연에게 대답할 기회도 주지 않고 대백의 머리를 두드렸다. 대백은 그녀를 태운 채 바람처럼 달려 나가 목연을 멀리 떨어뜨려 놓았다.

목연은 그녀의 모습을 바라보다 저도 모르게 웃어 버렸다. 그의 웃는 얼굴은 조금 어색하긴 했지만, 마치 햇빛처럼 찬란했다.

목연이 곧 전다다를 쫓아갔다. 그는 더 말을 하지 않고 그저 그녀 앞에서 걷기 시작했다. 전다다도 말없이 대백으로 하여금 목연을 앞지르게 했다.

이렇게 두 사람은 계속 서로를 앞지르며 걸어갔다. 그러는 내내 소백은 앞에서 길을 안내하고 있었다.

전다다와 목연이 힘을 합쳐 북부 구릉의 야수들을 몰아내고 있을 때, 비연과 군구신은 이미 흑삼림에서 산 하나로 가로막힌 반로진에 도착해 있었다.

그들이 밤낮을 가리지 않고 계속 길을 오다 보니, 벌써 말이 네 마리째 지쳐 쓰러졌다. 비연과 군구신은 원래 밤새 산을 넘어 흑삼림으로 들어갈 생각이었지만, 너무나 피곤해 반로 마을에서 쉬기로 했다.

그들은 지난번에 묵었던 객잔에 짐을 풀기로 했다. 그런데 이게 웬일일까. 그들이 객잔 대문으로 들어선 순간 당정과 정역비가 보였다.

당정과 정역비가 오리라는 소식을 미리 듣긴 했지만, 이곳에서 우연히 만나니 비연으로서는 기쁘기 한량이 없었다. 피곤함도 날아가 버리는 것 같은 심정이었다.

그녀는 몰래 다가가 당정의 어깨를 두드렸다. 당정은 화들짝 놀라 돌아보았다가 비연을 발견했다.

비연이 당정을 끌어안았다. 당정도 그제야 겨우 정신을 차리고, 기뻐하며 말했다.

"연아, 정말 우연이네!"

정역비도 기뻐하며 재빨리 군구신에게로 다가가 말했다.

"전하! 돌아왔습니다!"

군구신이 고개를 끄덕였다. 그러나 그가 정역비에게 두어 마디 건네기도 전에 황망한 표정의 망중이 뛰어 들어왔다.

망중은 커다란 봉투를 건네며 말했다.

"전하, 축운궁주가 전하께 서신을 보냈습니다!"

## 정말 우리가 만만해 보이는 모양이군


축운궁주의 서신이라고?

게다가 이렇게 커다란 봉투라니. 대체 안에는 무엇이 들어 있는 걸까?

모두 경악하는 가운데 군구신이 물었다.

"어떻게 보내온 거지?"

축운궁주가 그들이 흑삼림에 올 거라는 사실을 알았다 해도, 그들은 막 반로 마을에 도착했을 뿐이다. 그런데 이 서신이 바로 도착했다고? 너무 공교로운 일 아닌가.

망중이 재빨리 답했다.

"전하, 안심하십시오. 미행당한 것이 아닙니다. 제가 방금 말을 매어 두러 갔는데, 웬 어린아이가 와서, 부탁을 받고 계속 우리를 기다렸다며 건네주더군요."

당정이 화가 나서 말했다.

"보아하니 일부러 우리가 오기를 기다린 모양이군."

비연도 화난 목소리로 외쳤다.

"흑삼림의 화재는 축운궁주의 짓인 것이 분명해! 이 서신은 아마 흑삼림을 태울 때부터 준비되어 있었겠지!"

"그럴 가능성이 크지."

군구신이 재빨리 봉투를 열었다.

순간 모두 긴장했다. 군구신은 봉투 속에서 서신 세 개와 목걸이 하나를 꺼냈다. 황금으로 만들어진 목걸이에는 호랑이의 어금니가 하나 매달려 있었다!

당정이 깜짝 놀라 외쳤다.

"아금 숙부의 물건이야!"

그러나 비연은 기뻐하며 외쳤다.

"아금 숙부가 그들 손에 있다면, 숙부는 돌아가시지 않은 거잖아!"

군구신 역시 이 호랑이 이빨 목걸이가 아금이 계속 목에 걸고 다니던 것이라는 걸 알아보았다.

아금은 예전에는 평범한 줄에 호랑이 이빨을 꿰어 다녔지만, 후에 전다다가 강권하여 황금 줄로 바꿨다. 아금뿐 아니라 전다다와 전다다의 어머니 역시 똑같은 호랑이 이빨 목걸이를 갖고 있었다.

호랑이 이빨에는 당연히 호랑이 냄새가 배어 있었다. 특히 흑삼림 호랑이 이빨이 지닌 기운은 특히 사나웠다. 그렇기에 이것을 지니고 다니면, 흑삼림 밖이라 해도 대부분의 짐승은 그들을 피해 돌아갈 정도였다.

이 호랑이 이빨은 그들 가문의 표식이라 할 만했다. 물론 이렇게 속세의 기운과 패기가 동시에 서린 호랑이 이빨이라면, 그들 가족만이 지닐 수 있었다!

군구신이 봉투 안에서 나온 서신을 뜯어 보려 했을 때, 서신 위에 번호가 매겨져 있는 것이 보였다. 첫 번째, 두 번째, 세 번째. 이건 무슨 뜻일까? 순서대로 서신을 열어 보라는 것일까?

물론 군구신은 그렇게 말을 잘 듣는 성격이 아니었다. 그는 두 번째 서신을 비연에게, 세 번째 서신을 당정에게 건넨 후 자신은 첫 번째 서신을 열었다. 거의 동시에 비연과 당정 역시 서신을 열었다.

군구신은 재빠르게 한번 훑어본 후 안색이 갑자기 어두워졌다.

"비열한!"

비연은 손 안의 서신을 바라보며 소리쳤다.

"죽고 싶은 모양이군!"

당정은 서신을 읽은 후 비연보다 더 큰 소리로 외쳤다.

"너무해!"

첫 번째 서신에는 축운궁주가 영술, 현한보검, 그리고 단목요를 통해 얻은 정보로 군구신의 다른 신분을 추측하게 된 과정이 상세하게 적혀 있었다.

두 번째 서신에는 그들이 열흘 내로 북해안으로 오지 않으면 백리명천이 현한보검을 부술 거라는 위협이 적혀 있었다.

세 번째 서신에 적힌 내용도 위협이었는데, 군구신이 건명보검을 구려족 고묘에 돌려놓지 않으면 아금을 북해에 빠트리겠다는 내용이었다!

비록 첫 번째 서신에는 별다른 위협이 적혀 있지 않았으나 위협의 기운으로 가득했다. 축운궁주가 군구신의 치명적인 비밀에 관한 증거를 충분히 쥐고 있다고 일깨우는 듯했다.

군구신의 분노는 어떻게 설명할 수 없을 정도였고, 비연과 당정 역시 매우 분노했다.

당정이 분노하여 외쳤다.

"너무 기고만장해 있잖아! 어서 출발해! 축운궁주를 찾아 승부를 내자! 후회란 것이 어떤 감정인지 깨닫게 해 주자고!"

정역비가 잠시 계산해 보더니 말했다.

"열흘이라면 시간이 너무 촉박한데! 차라리 우리 나누어 행동하는 것이 어떨는지. 나와 당정은 먼저 흑삼림에 가고, 전하께서는……"

정역비의 말이 끝나기도 전에 비연이 말을 잘랐다.

"급할 거 없어! 축운궁주가 서신을 진양성으로 보내지 않고 여기에서 계속 기다리게 한 걸 보면, 이건 분명 우리가 여기저기로 돌아다니기를 바라는 의도에서 그런 걸 거야! 우리는 계속 그녀가 움직이기만을 기다리고 있었어. 그런데 축운궁주는 우리가 정말 만만해 보이는 모양이야! 축운궁주가 우리를 조급하게 기다리는 이상, 나는 반드시 흑삼림의 화재가 끝난 후에 가야겠어! 아금 숙부가 아직 살아 있다는 것은 정말 좋은 소식이니, 전다다에게 직접 이야기해 줘야겠고 말이야!"

이 말을 들은 당정과 정역비는 모두 조급한 표정이었다. 어쨌든 축운궁주는 손에 세 가지 조건을 들고 있는 셈 아닌가! 그러나 비연의 분노한 모습을 보니 그들로서는 잠시 아무 말도 할 수 없었다.

당정과 정역비는 군구신에게 묻는 듯한 시선을 보냈다. 하지만 군구신은 무슨 생각에 빠진 양 미간만 찌푸릴 뿐이었다.

결국은 당정이 입을 열었다.

"연아, 지금은 감정적으로 굴 때가 아니야. 이 일은 우리 신중하게 의논해 보아야 해. 가장 좋은 것은⋯⋯."

비연은 군구신보다 더 미간을 찌푸리고 있었다. 그녀는 당정의 말에서 깨달은 바가 있는 듯, 망중을 돌아보며 말했다.

"망중, 바로 축운궁주에게 답장을 보내. 우리가⋯⋯ 그녀가 계강란을 축운궁에 받아들여 무슨 짓을 하려 했는지 모르리라 생각지 말라고! 계강란을 다시 보고 싶다면 아금 숙부를 잘 보살펴 드리고, 현한보검을 잘 보관하고 있어야 할 거라고. 아, 백리명천도 잘 가르쳐 가며 본 왕비가 갈 날을 얌전히 기다리고 있으라고!"

계강란은 축운궁의 유일한 여제자로, 무척이나 아름다운 외모 외에는 별 쓸모가 없다고 할 수 있었다. 예전에 북강에서 비연이 가장 먼저 손에 넣은 사람이 바로 계강란이었다.

그때부터 비연은 계속 계강란의 신분이며, 축운궁주에게 계강란이 무슨 쓸모가 있는지 의혹을 품었다. 후에 비연은 모두와 이 일을 이야기한 적도 있지만 아무 결론도 내리지 못했다. 계강란은 지금 비밀리에 구속되어 있었다.

이 말을 듣자 군구신마저 놀란 듯 비연을 바라보며 물었다.

"연아, 계강란의 신분을 알아냈어?"

비연은 정말로 화가 난 듯, 무표정한 얼굴로 대답했다.

"그럴 리가!"

이 말을 들은 모두가 더욱 의아한 표정을 지었으나 곧 비연의 뜻을 이해했다. 비연은 일부러 축운궁주를 놀라게 할 생각인 것이다.

비연은 분노한 상태에서도 이성을 잃지 않고 군구신에게 말했다.

"고남신, 의논할 일이 있어."

고남신?

당정과 정역비가 서로의 얼굴을 바라보았다. 비연은 대체 무엇을 하려는 걸까?

모두 알다시피 그들은 계속 신분을 숨겨 왔고, 비연은 사적인 자리에서만 군구신을 고남신이라 불렀다.

그러나 군구신은 웃으며 말했다.

"그럴 때가 되었군. 나도 이 이름이 더 좋아."

당정과 정역비뿐 아니라 망중 역시 영문을 모르겠다는 표정이었다. 진묵은 여전히 담담한 표정인지라 아무도 그가 비연과 군구신 사이의 묵계를 이해했는지, 아니면 이해하지 못했는지 알 수 없었다.

비연이 몹시 진지하게 말했다.

"그럼 그렇게 결정된 거야?"

"네 오라버니와 몇 번이나 의논했었어. 이 일은 네가 시작하면 되는 거야."

군구신의 말에 비연은 그제야 웃는 얼굴로 망중에게 명령했다.

"바로 수하들을 안배해서 나와 전하의 신분을 공포하도록. 빙해가 독에 감염된 비밀도 함께 알리도록 해! 그리고 나 헌원연이 복수하러 왔다고 이야기해라! 그리고 흑삼림에 축운궁이 존재한다는 것을 세상 사람들에게 알리는 것도 잊어서는 안 돼!"

비연의 패기 넘치는 얼굴을 보고 당정 등은 모두 넋이 나갔다! 그들로서는 비연이 이런 수를 쓸 거라고는 꿈에도 생각지 못했다!

그러나 그들은 곧 기쁜 표정을 지었다. 그들은 비연이 이런 수를 둘 경우의 좋은 점을 이해할 수 있었다!

당정이 바로 엄지손가락을 세웠다.

"패기 좋고! 연아, 나는 너를 지지한다!"

## 패기, 심리전

비연은 단순히 패기가 넘치는 것이 아니라, 매우 영리하게 행동하고 있었다.

첫째, 축운궁주가 군구신의 신분을 들어 위협하는 것은 아마 군구신과 택 사이를 이간질하려는 생각일 것이다. 그러나 군구신은 이미 이 비밀을 택에게 털어놓았고, 그들 형제는 비밀이 폭로될 경우 어떻게 할 것인지 준비를 끝내 놓은 상태였다.

그들에게는 풍파를 잠재우고 내란을 방지할 충분한 힘이 있었다. 그들은 무력하게 축운궁주의 위협과 폭로를 기다리느니 차라리 스스로 먼저 대중에게 사실을 알리는 것이 낫다고 생각했다. 그렇게 하면 축운궁주의 위협을 잠재울 수 있을 뿐 아니라 그들이 축운궁주를 두려워하지 않는다는 사실을 알려 줄 수 있을 것이다!

둘째, 축운궁주가 그렇게 많은 증거를 가진 이상 비연의 신분을 추측해 내는 것도 머잖은 일일 것이다. 축운궁주가 추측해 내기 전에 비연 스스로 공포한다면 축운궁주로서는 당황할 수밖에 없을 것이다.

축운궁주에게 그들이 그녀의 위협을 두려워하지 않는다고 믿게 하는 동시에, 그들 손에 더 큰 패가 들려 있지 않은지 의심하게 만들 수 있었다. 이렇게만 된다면 축운궁주는 자신의 패를 더욱 아끼게 될 테고, 쉽게 현한보검을 부수거나 아금에게 상처 입히지 못할 것이다!

셋째, 그들이 세상에 축운궁의 존재를 알리는 것은 축운궁주에게 그저 귀찮은 정도가 아니라 일종의 위협이 될 수 있었다. 축운궁주는 비연이 계강란의 비밀을 알고 있다고 더욱 확신하고, 비연 등이 그녀의 더 많은 비밀을 폭로하지 않을까 걱정하게 될 수도 있었다!

비연은 심리전을 펼칠 생각이었다!

그녀와 군구신은 준비를 마치고 계속 시기를 엿보고 있었다. 어두운 곳에 매복해 있던 적들이 꼬리를 드러내기를 간절히 기다린 것이다.

그들은 비록 지금이 신분을 폭로하기에 가장 좋은 시기인지는 확신할 수 없었지만, 어쨌든 지금 폭로하는 것이 옳았다!

만진국은 이미 천염국 판도 안에 들어온 상태고, 백초국은 주머니 속 물건이나 다름없었다.

택은 이미 모든 일에 대처할 수 있고 군구신은 건명력을 장악했다. 고운원은 신분이 드러난 채 도망친 상태였으며 축운궁주와 백리명천은 감정을 억누르지 못하고 있었다. 또 혁소해와 기욱 역시 이미 손을 쓰기 시작했다.

그야말로 통쾌하게 전쟁을 선포할 때였다!

군구신과 당정이 감동하는 모습을 보며 정역비 역시 외쳤다.

"왕비마마, 저도 마마를 지지합니다!"

망중 역시 감동에 젖어 말했다.

“마마의 뜻을 알았습니다. 바로 처리하겠습니다!”

비연이 진묵을 바라보며 말했다.

“진묵, 축운궁주에게 보내는 서신을 대신 적어 줘! 그녀에게는 본 왕비가 직접 쓴 서신을 받을 자격이 없어!”

진묵이 바로 명을 받았다.

“응!”

그리고 자리를 뜨려 했을 때 비연이 그를 멈춰 세웠다. 모두 비연이 무슨 말을 더 하려는지 궁금해하고 있었다. 그러나 비연은 그저 진지하게 다시 한번 말했다.

“기억해. 서신을 네 개로 나누어 보낼 거고, 서신에 순서를 붙여 줘. 첫 번째는 아금 숙부의 시중을 잘 들라는 것이고, 두 번째는 현한보검을 잘 보관하라는 것, 그리고 세 번째는 백리 명천을 잘 교육하라는 거야. 그리고 마지막 네 번째야말로 계강란에 대한 거야!”

이 순간의 비연은 그야말로 패기가 넘치는 동시에 몹시 귀여웠다.

새어 나오는 웃음을 참지 못한 첫 번째 사람은 군구신이었고, 당정과 정역비도 모두 큰 소리로 웃기 시작했다. 진묵 역시 입가에 미소를 머금은 채 곧 자리를 떠났다.

모든 일을 안배한 후, 비연은 조금도 한가롭게 있지 못하고 다급하게 말했다.

“우리 오늘 밤 잠을 자지 말고 어서 전다다에게 소식을 알려 주러 가는 게 어때?”

군구신이 바로 고집을 부렸다.

"안 돼! 내가 수하를 보내 소식을 알리게 할 테니, 너는 일단 쉬어야 해. 곧 힘든 싸움을 해야 하는데, 힘들어서 몸이라도 상하면 얻는 것보다 잃는 것이 더 많아."

비연은 그제야 고개를 끄덕였다.

이날 밤, 그들은 객잔에서 머물렀다.

밤이 깊어 사방이 고요한 가운데 비연은 깊은 잠에 빠져들었다. 군구신은 예전처럼 문밖으로 나와 검을 연습했다.

최근 밤낮을 가리지 않고 길을 달리느라 검을 연습할 시간이 없었다. 가까스로 시간이 생긴 셈이니 당연히 연습에 매진할 생각이었다.

'무아유검'의 깊은 뜻을 알게 되어 건명력을 장악한 후, 그는 예전보다 훨씬 더 적극적으로 노력하고 있었다. 이미 두 번째 경지에 이르렀으니, 조금 더 노력한다면 건명력을 완벽하게 다루게 되고, 세 번째 경지인 '무아무검'에도 이르게 될 것이다.

그는 가능한 한 빨리 그 경지에 이르고 싶었다. 건명력으로 빙해를 파해하고 비연의 부모를 구출한다면······.

동시에, 무술을 익히는 자로서도 '무아무검'에 숨어 있는 깊은 뜻을 무척이나 깨닫고 싶었다. 그것은 대체 어떠한 무학의 경지일 것인가!

군구신은 멀리 가지 않고 객잔 뒤편 빈터로 갔다. 그러나 그는 곧 정역비가 꿩 두 마리를 들고 자신에게 다가오는 것을 보게 되었다. 그 꿩은 얼핏 보기에도 영수인 것이 분명했다.

군구신은 의외라는 생각이 들었다. 정역비도 몹시 놀란 듯 서둘러 포권하며 예를 행했다.

"전하!"

군구신이 꿩을 보며 물었다.

"이렇게 늦은 시간에 이건 무엇 하려고?"

정역비는 누구 앞에서건 무례했지만 군구신 앞에서만은 온순해졌다. 그는 조금 부끄러운 듯 머리를 긁적이며 말했다.

"당정이 며칠 동안 분주하게 다니다 보니 식사도 제때 못하고, 잠도 못 자더군요. 방금 꿩 울음소리를 듣고 나와서 두 마리 잡았습니다. 지금 솥에 넣고 푹 고아서 내일 아침에 그 탕으로 죽을 끓여 줄까 합니다."

군구신이 고개를 끄덕이더니, 잠시 망설이다가 물었다.

"숲에…… 꿩이 더 있나?"

정역비가 잠시 멈칫하더니 곧이어 대답했다.

"전하, 안심하십시오. 당정 혼자 두 마리를 먹지는 못합니다. 한 마리는 왕비마마께 드리겠습니다. 충분할 겁니다!"

군구신은 부끄러운 듯 코를 문지르고 있었다. 그러나 정역비에게 한마디 하는 것을 잊지는 않았다.

"연아는 파를 싫어하니, 연아의 죽에는 파를 넣지 말도록."

정역비도 어색했다. 내내 숭배해 온 정왕 전하와 이런 일을 이야기하다니!

정역비가 고개를 끄덕였다.

"예, 기억하겠습니다!"

군구신이 가볍게 기침하며 말했다.

"그, 그럼 돌아가 보게! 본 왕은 검을 좀 더 연습하다 들어갈 테니."

정역비가 인사한 후 바로 물러갔다.

군구신이 검 연습을 끝냈을 때는 이미 한밤중이었다. 그가 객잔으로 돌아왔을 때 밀정 하나가 문가에서 기다리고 있었다. 바로 신농곡과 관련한 일을 맡은 밀정이었다.

군구신은 이 밀정을 보자마자 조금 다급한 표정이 되었다. 그가 빠른 걸음으로 다가가 나지막하게 물었다.

"무슨 정보라도?"

신농곡 북산에서 미쳐 버린 늙은 곡주를 보았을 때, 군구신은 그 곡주가 무술을 익힌 적이 있는 사람이 아닐까 의심했다. 그는 계속 마음에 걸리는 것이 있어 밀정을 남겨 두었다. 어쨌든 신농곡은 고운원에 대해 조사할 유일한 실마리기도 했다.

밀정이 재빨리 대답했다.

"전하의 추측이 옳았습니다. 그 늙은이는 정말로 무술을 익힌 적이 있습니다. 그러나 그자가 정말 미친 것인지, 아니면 미친 척하는 것인지는 아직 조사 중입니다. 아무래도 시간이 더 필요할 듯합니다."

군구신은 비록 다급했지만, 고개를 끄덕이며 말했다.

"신중하도록 해라. 절대로 풀을 쳐서 뱀을 놀라게 해서는 안 된다!"

그러고는 잠시 생각한 후에 덧붙였다.

"말해 두도록. 그게 누구건, 일단 드러나면 모두 바로 행동을 시작해라. 어떤 방법을 쓰더라도 곡주를 잡아야만 한다. 살아 있는 채로!"

고운원은 신농곡을 떠난 후 다시 모습을 드러내지 않고 있었다. 군구신은 마음속으로 계속 불안해 대비하지 않을 수 없었다.

신농곡의 노집사는 움직이기 쉬운 인물이 아니었으니, 그 늙은 곡주야말로 실마리를 찾기에 중요한 인물이었다. 군구신은 어쩔 수 없이 가장 나쁜 계획을 세우지 않을 수 없었다.

어쨌든, 일단 풀을 쳐서 뱀을 놀라게 하면 고운원의 꼬리를 잡으려 한다 해도 어려울 것이다!

밀정이 떠난 후 군구신은 바로 안으로 들어가지 않고 망중을 불렀다. 그리고 가능한 한 빨리, 비연의 신분이 폭로될 거라는 사실을 운한각에 알리라 명령했다. 군구신은 만약 부친에게 시간적 여유가 있다면 분명 현공대륙으로 올 거라 생각했다.

시간이 나는 듯이 흘러가 동쪽 하늘이 희끗희끗 밝아 왔다.

날이 밝아 올 무렵, 비연과 당정이 일어났다. 그녀들은 훌륭한 아침 식사를 한 후 흑삼림을 향해 떠났다!

이때 전다다와 목연은 여전히 북부 구릉에 있었고, 흑삼림의 화재 현장은 그렇게 태평하지만은 않았다……

# 흑삼림의 반역자

비연 일행은 곧 반로산을 넘었다.

그러나 그들이 흑삼림 경계 안으로 들어서기도 전에 도움을 청하는 외침이 들렸다.

망중이 말했다.

"전하, 우리 사람입니다!"

바로 어젯밤에 군구신이 전다다와 목연에게 보낸 사람이었다.

이치대로라면 흑삼림 주변은 매우 안전해야 했다. 축운궁 사람을 만나는 경우가 아니라면 말이다.

군구신은 바로 소리를 따라갔고, 다른 이들 모두 그 뒤를 따랐다. 곧 그들은 한 시위가 온몸에 상처를 입고, 머리에 피를 흘리며 도망쳐 오는 것을 보게 되었다.

가까이에서 보니 그 시위는 무엇엔가에 물어뜯긴 듯 팔이 없어진 상태였다. 그 상처가 보기에도 정말 공포스러웠다.

모두 영수를 떠올리며 더욱 경악했다.

흑삼림의 영수는 사나웠기 때문에 외부인들은 쉽게 흑삼림을 드나들 수 없었다. 그들이 지난번에 흑삼림에 왔던 이후로 능씨 가문에서는 특별히 흑삼림 입구에 집사 한 사람을 배치해 전문적으로 길 안내를 맡게 했다.

그런데 이 시위는 어쩌다 영수에게 물어뜯긴 것일까!

시위는 군구신 등을 보자마자 바로 바닥에 쓰러지며 외쳤다.

"전하, 살려 주십시오! 살려 주십시오!"

모두 빠르게 다가갔다. 바로 이때, 붉은 깃털을 지닌 거대한 매 한 마리가 숲속에서 날아오르더니 시위를 향해 부딪쳐 왔다.

군구신이 바로 검을 뽑아 들고 공중으로 날아올랐다. 비연은 시위의 피가 멈추지 않는 것을 보고 바로 당정과 정역비에게 지혈을 돕게 하고, 자신은 약왕정에서 지혈용 연고를 조제했다.

매는 온몸의 깃털이 붉은빛으로, 격렬한 성격이라 상대하기 어려웠다. 그러나 군구신은 매를 두려워하지 않았다. 그의 예전 실력으로도 매 정도는 여유롭게 상대할 수 있었다. 하물며 건명력을 다룰 수 있게 된 지금에야 건명력에 영술까지 더하니 군구신은 재빨리 매의 두 날개를 베어 버릴 수 있었다!

매가 무겁게 땅 위에 떨어졌고, 군구신은 매를 제대로 쳐다보지도 않고 시위를 바라보았다. 망중이 자연스럽게 남은 일을 수습했다.

비연은 막 시위의 모든 상처를 살펴보고 지혈을 끝낸 다음이었다. 군구신은 바로 상황을 물었고, 그들은 곧 능씨 가문의 집사가 배신했음을 알게 되었다!

군구신이 물었다.

"집사 본인을 보았나?"

시위가 대답했다.

"아닙니다. 제가 본 것은 짐승을 부리는 이로, 처음 보는 사람이었습니다. 그 사람 말이, 집사는 이미 떠났고, 전 소저께서 앞으로 전하와 왕비마마를 멀리하실 거라고, 앞으로 전하와 왕비마마를 만나지 않겠다고 하셨답니다. 저는 믿지 않았지만 함부로 다툴 수도 없었습니다. 제가 떠나는 틈을 타서 그자가 저를 암살하려 할 줄은 어찌 알았겠습니까. 암살이 성공하지 못하자 그자는 영수를 풀어 저를 쫓았습니다."

이 말에 모두 서로의 얼굴을 바라보며 불안해하기 시작했다.

아금 숙부가 그렇게 중요한 자리에 배치한 자라면 분명 심복일 것이다. 그런데 그렇게 쉽게 배반할 리 있을까? 그 집사는 아마 무슨 좋지 않은 일을 당했을 가능성이 컸다. 그리고…….

모두 전다다와 목연을 걱정하기 시작했다!

비연이 확신에 가득 차 말했다.

"장로들이 배반했을 거야! 아마도…… 외부인과 결탁했겠지!"

아금 숙부는 능씨 가문으로 돌아온 지 꽤 되었지만, 빙해의 일 때문에 계속 사람들 앞에 나서는 일이 적었고, 흑삼림에서 정식으로 신분을 공포하지 않았다. 심복과 장로 두 사람 외에는 흑삼림에 아금 숙부가 능씨 가문의 가주라는 사실을 아는 사람은 없었다.

집사의 행방을 알 수 있는 것은 능씨 가문의 두 장로뿐이었다. 하지만 이 두 장로 각자의 세력으로는 어떤 결과를 낼 수 없었고, 서로가 서로에게 승복할 리도 없었다. 그들이 배반했다면 분명 다른 가문과 결탁했을 것이다!

당정이 분노하여 외쳤다.

"불을 끄는 일에 힘쓰지 않고, 불이 난 틈을 타서 배반이나 하다니! 축운궁주가 먼저 서신을 보낸 것이 아니라면 나는 이 불도 저들이 낸 것 아닐까 의심했을 거야!"

정역비가 말했다.

"우리는 가능한 한 빨리 방법을 생각해, 숲에 들어가 전다다와 목연을 찾아야 해! 그리고 저들 사이에 만약 내분이 있다면 불을 끌 사람이 없을 거야. 이 화재를 정말로 제어할 수 없게 되면 흑삼림의 영수들이 밖으로 도망갈 거고, 무고한 사람들을 상처 입히겠지. 그러면 일이 정말로 커지고 말 거야!"

비연이 고개를 끄덕였다.

"일단 산 채로 잡아, 어찌 된 일인지 물어봐야겠군."

이 말이 끝나자마자 숲속에서 웬 남자가 나타났다. 나이는 약 마흔 정도로, 키도 크고 몸집도 우람했다. 우락부락한 얼굴에 구레나룻도 기르고 있었다.

시위가 재빨리 외쳤다.

"전하, 왕비마마, 저자입니다!"

남자는 비연 일행이며 날개가 잘린 채 죽어 있는 매를 보더니 바로 발걸음을 멈췄다. 그리고 곧 몸을 돌려 흑삼림 쪽으로 도망쳤다.

군구신이 직접 손을 써서 남자가 흑삼림으로 들어가기 전에 제지하고, 발길질 한 번으로 땅에 쓰러뜨렸다. 그러고는 냉랭한 목소리로 물었다.

"전다다와 목연은?"

남자가 대답 없이 갑자기 휘파람을 불었다. 곧 숲속에서 매여러 마리가 날아올랐다.

진묵과 망중이 바로 남자를 제압했다. 당정은 암기를 쥔 채 비연 곁을 지켰고, 군구신도 건명보검을 꺼내 들어 일검에 매한 마리씩 죽였다. 그 속도와 검기를 본 남자는 경악하여 눈을 휘둥그렇게 떴다.

차 반 잔 마실 시간도 지나지 않아 열 마리에 가까운 매가 전부 땅으로 떨어졌다. 그중에 살아 있는 것은 단 한 마리였는데, 그나마도 곧 숨이 넘어갈 것처럼 보였다.

남자는 말할 것도 없고 당정과 정역비도 눈을 휘둥그렇게 떴다. 그들은 군구신이 이미 건명검술의 두 번째 경지를 돌파하여 건명력을 다룰 수 있다는 사실을 알고 있었다. 그러나 건명력이 이 정도로 강대한 힘일 줄은 몰랐다.

게다가 군구신은 건명력을 부림과 동시에 영술 또한 아주 잘 사용할 수 있었다.

세상 무공 중 빠름이 이기기 마련이다! 거기에 건명력과 같은 정상급의 힘이 더해지면……. 지금 군구신의 실력은 아마 그 누구도 당해 낼 수 없을 것이다!

군구신은 이 매들을 죽이기 위해 가진 힘을 전부 발휘하지도 않았다. 정역비와 당정은 군구신이 있는 힘을 전부 다 발휘할 때 얼마나 강할지 궁금해하기 시작했다.

더군다나 군구신이 건명검술의 세 번째 경지에 도달한다면 얼마나 또 놀라울 것인가!

군구신은 건명보검을 집어넣고 냉랭하게 물었다.

"말하지 않을 생각인가?"

남자는 경악한 얼굴로 모든 것을 자백했다. 전다다와 목연은 북부 구릉으로 영수를 잡으러 갔고, 능씨 가문의 대장로와 이장로는 그들 두 사람이 돌아오지 못할 거라고 예상했다.

두 장로는 능씨 가문의 주도권을 빼앗기 위해 전다다의 심복을 상대하는 동시에 외부의 세력과 결탁했다. 대장로는 남부 최대의 가문인 적씨 가문과 결탁했고, 이장로는 북부 최대의 가문인 하씨 가문과 결탁했다.

비연이 서둘러 물었다.

"그렇다면 전다다는 여전히 북부 구릉에 있는 건가?"

남자가 말했다.

"북부 구릉에는 사나운 영수가 많습니다. 지금까지 어떤 가문도 그들을 길들이지 못했지요. 전다다와 목연 두 사람은 죽으러 간 겁니다!"

비연은 그 이상 쓸데없는 소리는 하지 않고 명령했다.

"안내해. 북부 구릉으로 가자!"

아무래도 배신한 두 장로를 응징하는 것은 잠시 뒤로 미뤄야 할 것 같았다. 일단 전다다를 지원하는 일이 급했다.

남자의 눈에 음험한 빛이 스쳐 가는가 싶더니 곧 승낙했다. 진묵이 바로 뒤에서 경계하며 남자로 하여금 앞에서 길을 안내하게 했다.

모두 곧 흑삼림 안으로 들어갔다. 그들은 계속 북쪽으로 걸어갔고, 얼마 지나지 않아 텅 빈 공터에 닿게 되었다.

남자가 갑자기 발걸음을 멈춤과 동시에 사방팔방에서 흉악한 맹수들이 달려 나와 비연 일행을 포위했다. 이 야수들은 분명 방금의 매보다 강해 보였다.

그러나 가장 놀라운 것은 오른쪽에서 능씨 가문 대장로와 적씨 가문의 가주가, 그리고 왼쪽에서 이장로와 하씨 가문의 가주가 나타났다는 점이었다.

이것은 분명 함정이었다. 이 두 세력 모두 비연 일행을 오래도록 기다려 왔음이 분명했다!

영리한 비연이 상황이 어떻게 돌아가는지 알지 못할 리 없었다. 그녀는 차갑게 웃으며 말했다.

"적씨, 하씨, 두 가문이 언제 축운궁의 개가 되었지?"

## 패기, 누가 왕자인가

비연은 자신의 판단을 확신하고 있었다.

능씨 가문의 장로가 배반했건, 아니면 다른 가문들이 권력을 쟁탈하려 했건, 그들의 가장 큰 목표는 전다다여야 옳았다! 그런데 비연 일행을 함정에 빠트리려고 이렇게 많은 준비를 하다니.

하물며 눈앞의 이 상황을 보면, 서로 물과 불 같은 관계인 적씨 가문과 하씨 가문마저 손을 잡았으니, 분명 그들이 공통으로 모시는 주인이 있는 것이 틀림없었다.

그들 뒤에 축운궁이 있는 것이 아니라면 또 누가 있을 수 있을까?

비연의 질문에 적씨와 하씨, 두 가문은 침묵으로 인정했다.

적씨 가문의 가주가 냉랭하게 웃으며 말했다.

"본 가주가 길을 하나 가르쳐 주지. 하하! 영수를 하나 선택해 그 영수에게 한입에 삼켜지는 거야. 그러면 온몸이 갈기갈기 찢어지는 고통은 면하게 되겠지!"

비연의 눈빛이 차가워졌다.

"두 번째 길은 없나?"

그러자 이번에는 하씨 가문의 가주가 큰 소리로 웃기 시작했다.

"정왕비께서 여러 영수의 밥이 되고 싶으시다면야, 본 가주가 도와 드리겠소!"

"그래!"

비연은 차갑게 코웃음 치고는 눈썹을 치켜세운 채 대장로를 바라보았다.

"대장로 생각은 어떠신가?"

대장로는 승기를 잡았다고 생각하고 있었으나 비연의 냉랭한 눈빛을 보는 순간 저도 모르게 두려운 마음이 생겼다. 그는 대답하지 않고 곁에 있는 적 가주에게 말했다.

"적 가주, 이 늙은이가 방금 보니 정왕의 검법이 평범치 않았소. 신중한 것이 좋겠소!"

적 가주가 매우 무시하듯 말했다.

"혼자서 매 몇 마리 죽였다 한들 그게 또 뭐라고? 내가 적씨 가문의 영수를 백도 넘게 데려왔고, 하 가주도 백이 넘게 데려왔소. 게다가 당신 두 장로도 능씨 가문의 영수를 수십이나 데려왔지 않소. 이 주변 숲에 영수들이 잠복한 채 명령을 기다리고 있소! 본 가주는 오늘 지켜볼 생각이오. 군구신, 저자가 대체 얼마나 능력이 있는지!"

적 가주가 일부러 큰 소리로 이야기했다. 그는 이 기회를 빌려 비연 일행에게 잘난 척하며 도전하고 있었다.

군구신은 쓸데없는 말을 늘어놓는 것을 좋아하지 않았다. 그는 바로 건명보검을 뽑으며 말했다.

"그렇다면 본 왕이 오늘 너의 견식을 넓혀 주겠다!"

그러나 비연이 그를 제지했다.

"전하, 전하께서는 적씨와 하씨 가주, 그리고 능씨 가문의 저두 배반자만 맡아 주세요. 나머지는 저에게 맡겨 주시면 됩니다. 전하의 보검으로 영수들을 참살하는 것은 너무 낭비니까요!"

이 말을 들은 군구신이 대답하기도 전에 적씨와 하씨 가주, 그리고 능씨 가문의 두 장로가 모두 큰 소리로 웃기 시작했다.

계속 침묵하고 있던 이장로의 웃음소리가 가장 컸다. 그가 무시하듯 말했다.

"정왕비, 이 늙은이가 잘못 본 것이 아니라면 일행 중 왕비께서 가장 쓸모없는 사람 같소만. 남자가 지켜 주지 않으면 안 되는 폐물이 아니냔 말이오! 제 능력이 어느 정도인지 고민을 해볼 생각은 않고, 감히 여기서 큰 소리로 떠들다니! 그야말로 우스워 죽겠구려! 본 장로가 말해 주겠는데, 만약……."

비연이 대꾸하기 전에 군구신이 먼저 화를 냈다. 그 누구도 그의 연 공주를 이런 식으로 폄훼하게 내버려 둘 수는 없었다.

그는 검을 휘둘러 이장로를 겨눴다.

"닥쳐라!"

비연은 눈빛을 차갑게 빛내며 의식을 움직여 대설을 소환했다!

계속 진묵의 소매 속에서 자고 있던 설랑 대설이 굴러 나왔다. 천 년을 살아온 영수로서 대설은 이 자리의 모든 영수보다 훨씬 강했다. 대설이 아무리 겁이 많고 소심하다 해도 이들을 두려워할 리는 없었다.

게다가 대설은 하늘을 찌를 듯한 비연의 분노를 직접 느낄 수 있으니 감히 태만하게 굴 수도 없었다.

대설은 땅에 떨어지는 순간 바로 거대한 설랑의 모습으로 변한 후 크게 울부짖었다.

일순간 적씨와 하씨 가주 모두 깜짝 놀랐고, 능씨 가문의 두 장로도 눈을 휘둥그렇게 떴다. 그들 곁에 있던 사람들이며 짐승들도 모두 경악했다. 그들은 이렇게 거대하고 패기 넘치는 영수를 본 적 없었다!

비교적 약한 편인 영수들은 본능적으로 뒷걸음질 치거나 덜덜 떨고 있었다. 강한 자에게 굴복하는 것이 짐승의 본성이었다. 그들에게는, 아무것도 없는 공중에서 갑자기 나타난 거대한 설랑은 호랑이나 다른 흉악한 맹수보다 몇 배는 강해 보였다!

모두 이 설랑이 어디서 나타난 것인지, 누구의 영수인지 궁금해하고 있을 때였다. 비연이 천천히 손을 들었다.

그 모습을 보자 대설이 바로 그녀 곁에 공손하게 포복했다. 그러자 비연은 가볍게 그 등에 올라탔다.

적씨와 하씨 가주는 물론이고 두 장로까지, 모두 차가운 숨을 들이마셨다. 그들은 비연이 이 설랑의 주인이라는 것을 믿을 수 없었다!

강한 영수일수록 길들이기 힘든 법이다! 비연이 이 설랑으로 하여금 저리도 공손하게 굴복하게 할 수 있다는 것은…… 비연의 능력이 흑삼림 그 누구보다도 위에 있다는 의미였다!

어떻게 이럴 수 있을까?

적 가주가 계속 고개를 저었다.

"아니야! 이럴 수는 없어!"

하 가주는 여전히 놀란 표정으로 설랑을 바라보았다.

능씨 가문의 두 장로는 눈을 비비고 있었다. 눈앞에 보이는 장면을 사실이라 믿을 수 없는 것 같았다.

비연이 그들을 흘깃 바라보고는 다시 군구신에게 말했다.

"저들을 잡아 주세요. 살아 있는 채로, 한 명도 **빼놓지** 말고!"

군구신은 오만해 보이는 비연을 바라보며 자신도 모르게 미소 지었다. 그럼 그렇지, 그의 연 공주가 어찌 약해질 수 있을까?

"안심해도 좋아, 단 하나도 놓치지 않을 테니까!"

군구신이 검을 쥐더니 환영처럼 몸을 움직여 순식간에 위치를 이동했다.

비연이 명령하자 대설은 주변의 영수들을 향해 울부짖었다. 그러자 반수가 넘는 영수들이 도망쳤다.

남아 있는 영수들은 주인의 명령 때문에 비연을 포위하고 있긴 했지만, 감히 덤빌 엄두는 내지 못하고 있었다.

적씨와 하씨 가주, 그리고 능씨 가문의 두 장로는 한군데 모여 영수들로 하여금 군구신에게 대적하려 했다. 그러나 군구신은 영수들을 죽이지 않고 그저 피하면서 사람을 잡는 데 주력했다.

그 모습을 본 비연이 대설에게 공격하라고 명령했다. 몇 번 움직이는가 싶더니 대설은 군구신을 공격하던 영수 몇 마리를 그 자리에서 모두 죽여 버렸다. 바닥에 흐른 피를 보는 것만으로도 무서울 정도였다!

이는 하나를 죽여 나머지 영수들에게 경고한 셈이나 마찬가지였다!

주인이 어떻게 명령을 내리건, 곁에 있던 영수들은 모두 감히 앞으로 나설 엄두를 내지 못했다. 그와 동시에 군구신이 적씨, 하씨 가주를 잡아 진묵과 망중에게 넘겼다.

능씨 가문의 두 장로가 도망치려는 것을 발견한 당정과 정역비가 바로 추격했다. 그러나 그들은 군구신만큼 빠르지 않았다.

그들이 두 장로에게 닿기 전에 군구신이 먼저 대장로 앞을 가로막더니, 발길질을 해 그를 날려 버렸다. 정역비가 바로 대장로를 잡았다.

군구신은 그대로 몸을 돌려 이장로를 추격했다. 검명보검이 겨눠지자 이장로는 감히 미동도 할 수 없었다.

마침내 모든 사람과 모든 영수가 조용해졌다.

하씨와 적씨 가주와 능씨 가문의 두 장로는 이미 설랑 앞으로 잡혀 와 있었다. 그들은 모두 창백한 안색으로, 공포에 젖어 떨고 있었다. 그들은 고개를 든 채 거대하고 사나운 대설의 모습을, 그리고 비연의 고귀하고도 패기 넘치는 모습을 보고 있었다.

마침내 그들은 비연을 다시 판단하지 않을 수 없었다. 그들은 이제야 비연의 미간에 어린 패기며 냉혹함이 마치 여왕의 그것과 같다는 것을 발견했다. 이러한 기질은 태어나면서 얻는 것이니, 결코 가벼이 볼 수 있는 것들이 아니었다.

비연은 주변의 영수들을 한번 훑어본 다음 다시 발아래의 네 늙은이를 바라보았다. 그녀는 대설의 머리를 두드려 바닥에 엎드리게 한 다음 뛰어내렸다.

비연은 이 네 사람과 함께 자신이 '폐물'인지 아닌지 따져 볼 여유가 없었다. 어차피 그녀에게 이 네 사람의 판단은 아무 의미가 없기도 했다.

비연이 냉랭한 목소리로 물었다.

"축운궁주가 너희에게 어떻게 명령했지? 흑삼림의 화재는 어찌 된 것이지?"

비연이 이해할 수 없는 것은, 축운궁주가 그들을 북해로 불렀으면서 무엇 때문에 흑삼림에 매복을 설치했는가 하는 것이었다.

설마 축운궁주는 일이 이리될 거라는 사실을 예상했던 걸까? 그렇다면 그녀는 이 매복을 통해 그들의 무엇을 탐색하고자 했던 걸까?

# 왕의 귀환

비연의 질문에 적씨와 하씨 가주는 침묵했다.

대장로와 이장로는 동시에 고개를 저었다.

순간 비연의 눈에 복잡한 빛이 스쳤다.

이 두 장로는 축운궁주에게 매수당한 것이 아니라 그저 능씨 가문의 권세를 탐해 적씨와 하씨 두 가주에게 의지하다가 이용당한 게 분명해 보였다.

두 사람을 바라보는 비연의 눈이 경멸로 가득 찼다! 배신한 것 자체도 경멸스럽지만, 이용당한 배신자는 더욱 경멸스러웠다!

그러나 이 순간 비연에게는 그들에게 신경 쓸 여유가 없었다. 그녀는 차갑게 적씨, 하씨, 두 가주를 위협했다.

"본 왕비가 차 한 잔 마실 시간을 주겠다. 말할지 말지 잘 생각해 보도록!"

군구신이 다가와 나지막하게 말했다.

"연아, 다다를 구하는 일이 급해. 저들이 자백하지 않으면 일단 가두었다가 나중에 심문하자!"

비연도 생각하는 바가 있어 고개를 끄덕였다.

그때였다. 멀리 숲속에서 갑자기 한바탕 움직임이 느껴지더니 곧 주변에 있던 영수들이 불안해하기 시작했다. 그러더니 남아 있던, 많지 않은 영수 중에서 또 적지 않은 수가 도망쳤다.

끝까지 남아 있는 영수들은 주인에게 매우 충성스러워 감히 주인을 버리지는 못했지만, 그렇다고 설랑에게 도전하지도 못했다.

비연 일행은 서로 눈빛을 교환한 후 경계를 높였다. 대설도 움직임이 느껴지는 방향을 바라보며 낮게 울었다.

소리를 들어 보면 여러 짐승이 함께 움직이고 있는 것 같았다. 하지만 이렇게 중요한 때에 대체 어떤 가문이 감히 짐승을 부리며 죽음을 찾아오는 것일까?

비연 일행은 말할 것도 없고, 흑삼림에 익숙한 두 가주와 장로들마저 대체 무슨 일이 벌어지고 있는지 짐작조차 하지 못했다.

모두가 호기심에 차서 기다리고 있었다. 마침내 전다다가 거대한 영양 등에 탄 채 숲속에서 천천히 나타났다!

목연은 호랑이 대백 등에 타고 그녀와 나란히 나오고 있었다. 그리고 그들 뒤로는 무서워 보이는 영수들이 무리 지어 따르고 있었다!

그 순간, 능씨 가문 대장로가 바닥에 쓰러졌다. 이장로도 곧 쓰러졌다. 그들 모두 다리가 풀린 것이다!

적씨, 하씨, 두 가주는 다시 한번 놀라 눈을 휘둥그렇게 떴다. 이 순간 그들은 대설을 보았을 때보다 더 놀라고 있었다.

전다다와 목연이 살아 돌아왔다! 게다가 이건…… 이것은…… 북부 구릉의 영수들을 굴복시켰다!

어떻게 이럴 수 있지!

적씨, 하씨, 두 가주는 약속이나 한 듯 눈을 비볐다. 그러나 눈에 보이는 것은 전다다가 패기 넘치는 모습으로 영양 등에 앉아 있는 장면이었다. 그리고 전다다 뒤에 있는 저 영수 무리는…… 그야말로 끝이 없었다!

저 영수들이 얼마나 무서운지 그들만큼 잘 아는 사람들은 없었다! 마침내 그들도 다리가 풀려 그 자리에 주저앉았다.

방금까지 패기 넘치던 비연은 이 순간 기쁨에 젖은 소녀처럼 보였다. 그녀는 군구신의 손을 잡고 깡충깡충 뛸 듯한 기세로 말했다.

"아무 일도 없었어! 아무 일도 없었다고!"

군구신도 웃었다.

"아무 일도 없었을 뿐 아니라 성공한 것 같군."

당정 역시 기뻐하며, 있는 힘을 다해 정역비의 손을 잡아끌며 감동에 젖은 목소리로 말했다.

"정역비, 이것 봐! 내 자매들이 얼마나 대단한지!"

정역비가 놀리듯 말했다.

"그러게. 언니인 네 체면을 전혀 떨어뜨리지 않는군!"

당정이 자부심 넘치는 목소리로 대답했다.

"물론이지!"

전다다와 목연은 소백의 도움을 받아 빠르게 북부 구릉에서 모든 영수를 몰아내고, 적지 않은 영수를 굴복시켰다.

그들은 막 북부 구릉에서 돌아오던 참이라 무슨 일이 벌어지고 있는지 알지 못했다. 그저 우연히 이쪽에 영수들이 모여 있는 것을 보고 다가왔던 것뿐이다. 그러다 비연 일행을 발견하고 매우 놀랐다.

전다다가 영양 등에서 뛰어내린 다음 영수들을 멈추게 했다. 그녀와 목연이 다급하게 비연에게로 뛰어왔다.

전다다는 비연 일행을 보고, 또 다리가 풀려 쓰러진 네 늙은 이를 바라본 다음 서둘러 물었다.

"연아 언니, 이건…… 이건 어찌 된 일이야?"

비연이 설명하려 했을 때, 당정이 먼저 나서서 처음부터 끝까지 이야기해 주었다.

이야기를 다 들은 전다다는 경악하기보다는 분노했다! 그녀는 대장로와 이장로를 향해 욕이라도 내뱉고 싶었지만, 욕설이 입 밖으로 나오지 않았다.

목연은 군구신에게 고개를 끄덕이고는 한옆으로 비켜섰다. 그는 여전히 냉담해 보였지만 시선은 전다다에게서 떨어지지 않았다.

전다다는 주먹을 쥔 채 노한 눈으로 두 장로를 바라보며 한참 동안 아무 말도 하지 않았다. 두 장로는 찔리는 구석이 있어 아예 고개조차 들지 못하고 있었다.

전다다가 말을 하는 것을 기다리지 못하고, 비연이 차가운 눈빛으로 먼저 입을 열었다.

"배반에는 죽음뿐이지. 아니라면 모두의 분노를 가라앉히기 어려울 테니까! 두 사람, 본 왕비가 두 가지 길을 제시해 줄 테니 각각 하나씩 고르면 되겠군!"

두 장로는 경악하여 고개를 들더니 전다다에게 애걸하기 시작했다.

"다다 소저, 우리가 잘못했습니다! 아버님의 체면을 생각해서라도 우리를 용서해 주시지요!"

"다다 소저, 아버님이 돌아가신 이상 지금 능씨 가문에는 우리밖에……."

전다다는 안 그래도 화가 나서 숨도 제대로 안 쉬어지던 참에, 두 사람이 부친에 대해 언급하는 것을 듣자 더욱 분노했다. 그녀는 사납게 발길질을 한 번 한 후 겨우 숨을 내쉬며 노한 목소리로 외쳤다.

"닥쳐! 본 소저는 너희들에게 다른 마음이 있다는 것을 알고 있었다! 그러나 이런 때에 배반할 줄은 생각도 하지 못했지! 능씨 가문은 흑삼림의 우두머리인데, 흑삼림에 화재가 벌어졌는데도 불을 끌 생각은커녕 그 틈에 배반을 해? 능씨 가문의 체면이 바로 너희들 때문에 땅에 떨어졌다!"

두 장로는 유구무언이었다. 전다다가 비연을 보며 물었다.

"연아 언니, 이들을 어떻게 처리하면 좋지? 절대로 쉽게 놓아줄 수는 없어!"

비연은 두 장로를 바라보며 차가운 눈빛으로 말했다.

"영수에게 한입에 삼켜지는 것도 좋겠지. 그럼 몸이 갈기갈기 찢어지는 고통은 면하게 될 테니까. 아니면 여러 영수의 밥이 되는 것도 좋을 거야!"

이 말을 들은 두 장로는 경악하여 무릎을 꿇고 용서를 빌기 시작했다. 곁에 있던 두 가주도 놀라서 그대로 굳었다. 이 말은 바로 그들이 방금 비연에게 했던 말이었다!

이 순간 비연의 표정은 진지하면서도 냉혹했다. 그녀는 두 장로를 그저 놀라게 하려는 것도, 농담하려는 것도 아니었다! 그녀는 정말로 그렇게 할 생각이었다!

전다다는 살짝 굳었고, 당정은 저도 모르게 미간을 찌푸렸다. 두 사람 모두 잔인하다고 생각하는 듯했다.

군구신은 비연을 흘깃 본 후 아무 말도 하지 않았다. 정역비의 입가에는 감탄하는 듯한 웃음기가 떠올랐다. 목연이 비연을 보고 다시 전다다를 보더니 갑자기 말했다.

"흑삼림의 안위를 돌보지 않고 위기를 틈타 가문을 배반했으니, 흑삼림의 영수가 징벌하게 하는 것이 옳을 듯합니다!"

말을 마친 그는 직접 대장로를 잡아 사납게 밀었다. 대장로가 경악하여 다급하게 도망치려 했다. 이장로도 다른 방향으로 도망치려 했다.

목연은 망설이는 기색이라고는 전혀 없이 휘파람을 불었다. 영수 여러 마리가 무리 중에서 달려 나오더니 대장로와 이장로를 쫓아가기 시작했다!

그다음으로 이어진 장면은 잔인하고 피비린내 나는 것이었다. 두 장로는 영수들에게 이상할 정도로 잔인한 방식으로 갈기갈기 찢겼다.

가장 먼저 반응한 것은 정역비였다. 그가 당정의 눈을 가렸고, 비연도 전다다의 눈을 가렸다. 군구신은 비연 뒤에 선 채 두 눈을 내리깔고 침묵했다.

그 자리에 있던 다른 사람들은 말할 것도 없고, 영수들조차 모두 경악하여 굳어 버렸다. 드넓은 숲에 들리는 것은 바람 소리뿐이었다.

영수들이 현장을 깨끗하게 수습하여 마침내 핏자국밖에 남지 않았을 때, 비연이 전다다의 눈을 가리고 있던 손을 떼어 냈다. 그러고는 차갑게 주변을 둘러보며 큰 소리로 외쳤다.

"과거 능씨 가문이 잃었던 적자가 예전에 이미 돌아와 가주의 지위를 계승했고, 전다다는 그의 적녀니 능씨 가문의 대소저다! 그리고 능 가주는 불바다 속에서 목숨을 잃지 않았고, 그저 잠시 흑삼림을 떠나 있을 뿐이다! 모두 잘 듣도록. 지금부터 그 누구라도 능씨 가문을 배반할 마음을 품는다면, 저 두 장로와 같은 결말을 맞을 것이다!"

비연의 말이 끝나자 모두 침묵했다. 적씨와 하씨, 두 가주는 물론이고 주변에 둘러서 있던 두 가문 사람들도 경악하고 두려워했다.

남자들은 비연이 이렇게 잔인하게 마음을 쓸 거라고 예상했지만, 전다다와 당정은 한참 만에야 겨우 정신을 가다듬었다. 그녀들은 비연이 이 기회에 아금 숙부와 전다다의 신분을 밝히고, 능씨 가문의 위엄을 세우려고 일부러 모든 사람과 짐승들을 두려움에 떨게 했다는 사실을 이해했다!

능씨 가문의 비밀을 아는 이들이 다시는 다른 마음을 먹지 못하도록 하고, 흑삼림의 다른 가문들에게는 능씨 가문에 이미 주인이 있음을 알려 주기 위해!

전다다는 영수들이 존재하는 세계를 제어하기 위해서는 단호해져야 한다는 사실을 알고 있었다. 그렇지 않으면 영수건 사람이건 다스릴 수 없을 테니까.

　그녀는 비연에게서 부친이 죽지 않았다는 말을 듣고도, 그저 다른 이들을 속이기 위한 것이라 여기고, 비연에게 고맙다는 눈빛을 보냈다.

　비연은 전다다가 별다른 반응을 보이지 않는 것을 보고 전다다가 오해했음을 깨달았다. 비연은 바로 냉혹한 표정을 지우고 웃으며 말했다.

　"전아, 네 아버지께서는 정말로 살아 계셔. 우리는 그분이 어디 계신지도 알아!"

## 세 사람을 난처하게 하다


아버지가 돌아가시지 않았다고?

비연의 말을 들은 전다다는 순간 멈칫하더니 곧 다급하게 비연의 손을 잡고 물었다.

"연아 언니, 날 속이는 건 아니겠지?"

비연이 웃으며 말했다.

"확실하지!"

전다다는 기쁜 나머지 팔짝 뛰어올랐다.

"아…… 아버지가 살아 계셔! 살아 계시다고!"

전다다가 두 팔을 벌렸다. 그 모습을 본 비연도 두 팔을 벌렸다. 그러나 전다다는 몸을 돌렸다.

그 모습을 본 당정이 환하게 웃으며 재빨리 팔을 벌려 안아 줄 준비를 했다. 그러나 거의 동시에 전다다는 목연에게로 팔짝 뛰어오르더니 그를 끌어안았다.

이건…….

비연과 당정 모두 두 팔을 벌린 채 그대로 굳었다. 난처하기 짝이 없었다. 군구신도 모두 이 모습을 지켜보고 있었다.

전다다는 목연을 끌어안은 채, 기쁜 나머지 울고 있었다.

"흑흑, 우리 아버지가 죽지 않았어! 목연, 들었어? 우리 아버지가 아직 살아 계시다고! 돌아가신 게 아니래!"

전날 밤에도 그녀는 잠을 이루지 못하다가 목연의 피리 소리를 듣고 겨우 잘 수 있었다! 이 순간 그녀는 마치 꿈을 꾸는 것만 같았다.

"목연, 내가 꿈을 꾸는 것은 아니겠지? 목연, 어서 나를 꼬집어 봐! 어서!"

목연의 표정은 비연과 당정보다 배는 난처해 보였다. 그는 두 손을 양옆으로 늘어뜨린 채 몸을 꼿꼿하게 세우고 미동도 하지 못하고 있었다.

전다다는 흥분의 도가니에 빠져 자신이 지금 무엇을 하고 있는지도 모르고 있었다. 그녀는 천천히 목연에게서 미끄러져 내리더니 다시 한 손으로 그의 목을 끌어안고 계속 말했다.

"네 피리 소리가 나를 꿈꾸게 하는 거 아니지? 나…… 나…… 만약 그렇다면 영원히 깨고 싶지 않아!"

그녀는 한 손으로는 제 체중을 지지할 수 없어 다른 손 역시 목연의 목에 둘렀다. 그녀는 곧 그의 가슴에 머리를 묻고 큰 소리로 울기 시작했다.

목연의 눈에 안타까운 빛이 어렸다. 그는 잠시 머뭇거리다가 결국은 손을 내밀어 전다다를 가볍게 안아 주었다.

비연과 당정은 이미 난처해하지 않고 서로 눈빛을 교환하고 있었다. 굳이 말로 하지 않아도 서로의 심정을 알 것 같았기에 두 사람 모두 한옆에서 방해하지 않고 있었다.

한참 후, 전다다가 마침내 눈물을 멈추고 자신의 실태를 알아차렸다. 그녀는 잠시 당황하더니 바로 목연을 놓아주었다.

목연 역시 바로 그녀를 놓아주었다.

목연이 가볍게 기침을 하더니 물었다.

"이제 꿈이 아니라는 걸 알겠어?"

전다다는 감히 그를 쳐다보지도 못하고 재빨리 몸을 돌렸으나, 바로 비연과 당정의 어색한 시선과 마주쳤다. 그녀는 더욱 난처한 표정이 되었지만, 곧 비연의 손을 잡고 물었다.

"연아 언니, 어서 말해 줘. 아버지는 어디 계신 거야? 응? 아버지에게는 아무 일도 없는 거지? 불바다에서는 어떻게 도망치신 거야? 어째서 나를 찾아오지 않으신 거지?"

비연은 물론 모든 이들 앞에서 아금 숙부의 행방을 이야기할 수는 없었다. 그녀는 전다다의 귀에 대고 간단하게 상황을 설명해 주었다.

전다다의 안색이 하얗게 질리더니 곧 분노하기 시작했다.

"젠장!"

그러고는 나지막하게 속삭였다.

"화재가 너무 갑자기 일어났다 했어. 그런데 바로 그들 짓이었구나!"

비연은 그 이상 아금 숙부에 대해 언급하지 않고 물었다.

"지금 화재 상황은 좀 어때?"

전다다가 대답했다.

"내가 목연과 북부 구릉으로 가면서 저들에게 힘을 집중해 불길을 만들어 보라고 했어요. 그런데 저들이 화재를 진압할 생각은 하지 않고 오히려 여기에 매복하고 있었을 줄이야! 지금 어떤 상황인지 모르겠어요!"

비연이 적씨와 하씨 가주를 차가운 눈으로 바라보고, 주변에 있던 두 가문의 사람들도 바라본 다음 차갑게 위협했다.

"계속 화재를 진압하러 가지 않으면, 본 왕비가 너희 두 가주를 불바다에 구워 영수들에게 먹일 것이다!"

이 말을 들은 두 가주는 깜짝 놀라 안색이 창백해졌다. 그리고 두 가문 사람들은 재빨리 화재를 진압하러 갔다!

평소라면 아마 그들은 이렇게까지 놀라지 않았을 것이다. 그러나 비연이 설랑을 부리는 것을 직접 보고, 또 능씨 가문의 장로들에게 그리도 잔혹하게 구는 것을 보니 비연을 괄목상대하지 않을 수 없었다!

목연은 계속 화재 진압을 주도했고, 군구신은 망중과 진묵으로 하여금 그를 돕게 했다. 비연은 적씨, 하씨, 두 가주를 능씨 가문 저택으로 데려가 심문했다.

비연이 능씨 가문 두 장로에게 그리도 잔인했던 이유는 능씨 가문의 위엄을 세우고, 본보기를 보이기 위해서였다. 적씨, 하씨, 두 가주는 능씨 저택으로 온 후 바로 축운궁주를 배반하고 자신들이 아는 모든 것을 털어놓았다!

비연의 추측이 틀리지 않았다. 축운궁주는 적씨와 하씨, 두 가주만을 매수했다. 능씨 가문의 두 장로는 권세를 위해 스스로 그들과 결탁했을 뿐, 그들과 축운궁주의 관계는 알지 못했다.

축운궁주가 적씨와 하씨, 두 가문으로 하여금 비연 일행을 공격하게 한 것은 비연 일행이 타격을 받아 구원병을 불러오게 하기 위해서라고 했다.

비연이 다급하게 물었다.

"축운궁주는 우리가 무슨 구원병을 불러오기를 바란 거지?"

적씨, 하씨, 두 가주 모두 난처한 표정이었다.

적씨 가주가 말했다.

"정왕비마마, 그 일은 저희도 모릅니다."

하씨 가주가 서둘러 덧붙였다.

"정왕비마마, 저희는 축운궁주를 만난 적도 없고, 축운궁주에 대해서 잘 알지 못합니다. 저희는 핍박당했을 뿐입니다! 축운궁주가 수하들을 시켜 말을 전했는데…… 그 수하들은…… 인어족이었습니다! 그들은 그저 마마 일행에게 타격을 입히고 병사들을 잃게 해서, 대진에 구원을 청하게 하면 된다고 했습니다. 대진이 어느 쪽 세력인지는 저희 둘 다 모릅니다!"

이 말을 들은 비연은 바로 이해할 수 있었다. 그녀는 몹시 놀라 군구신과 당정을 바라보았고, 그들 역시 놀라고 있었다. 축운궁주의 야심이 그리도 컸다니!

비연이 계속 심문했다.

"이 화재는 너희들이 낸 것이냐?"

적씨, 하씨, 두 가주가 놀란 나머지 식은땀을 흘리며 앞다투어 대답했다.

"억울합니다! 그랬다면 저희가 아무리 대담하다 해도 다시는 흑삼림으로 돌아갈 수 없을 것입니다!"

"정왕비마마, 저희도 흑삼림에 화재가 일어난 후에야 겨우 축운궁주의 명령을 듣기 시작했습니다! 이 화재가 축운궁주의 짓인 줄 알았다면, 저희 목숨을 빼앗긴다 해도 결단코 돕지 않았을 것입니다!"

비연은 두 사람의 창백한 얼굴을 보며 그들의 말이 사실이라고 직감했다. 그러나 그녀는 심문을 멈추지 않았다.

"흑삼림에 아직도 축운궁주의 매복이 있나? 세작은 얼마나 있지?"

이 화재는 팔괘림에서 시작되었고, 화재를 가장 먼저 발견한 이들은 바로 전다다 일행이었다. 그리고 그들이 화재를 발견했을 때에는 이미 불길이 거세져 걷잡을 수 없었다. 지금 그 누구도 이 화재가 대체 어디에서 시작되어 어떻게 퍼졌는지는 정확히 알지 못했다.

그러나 전다다와 목연의 설명을 들은 비연은 이 화재가 퍼져나간 모습이 무척 이상하다는 것을 깨달을 수 있었다. 여러 곳에서 동시에 발화한 것이 아니라면 이렇게 짧은 시간에 팔괘림 전체는 물론이고 외부로까지 번질 수는 없었다. 불길은 목연조차 아금 숙부를 구하러 갈 엄두를 내지 못할 정도로 거세게 번졌다.

비연은 축운궁주가 팔괘림에 매복을 상당수 심어 놓았다는 것을 확신했다. 그러나 팔괘림 외 다른 곳에도 매복을 숨겨 놓았는지는 확신할 수 없었다. 그러나 안타깝게도 적씨, 하씨, 두 가주도 이에 대해서는 아는 바가 없었다.

비연은 다시 한참 심문했으나, 안타깝게도 두 가주로부터 얼어 낼 수 있는 정보에는 한계가 있었다. 비연은 두 사람에 대한 권한을 전다다에게 넘겼다.

전다다는 바보가 아니었다. 그녀는 두 가주를 놓아주지 않고 구금했다.

두 가주를 구금한 후에야 비연이 차갑게 말했다.

"축운궁주가 우리 오라버니가 보고 싶은 걸까?"

헌원예의 서정력 때문이 아니라면 축운궁주가 대진국 세력을 유인할 이유가 없었다. 그녀는 헌원예의 서정력을 사용하여 북해에 잠들어 있는 천살을 깨울 생각임이 분명했다!

군구신이 진지하게 말했다.

"아마도 서정력 때문이겠지."

비연이 가볍게 코웃음을 쳤다.

"우리 오라버니를 보고 싶으시다? 하하! 하지만 그녀에게는 그럴 자격이 없지! 우리를 보고 싶다 해도, 앞으로 한참은 기다려야 할걸!"

## 네가 있으니 나는 두렵지 않아

비연은 시간을 더 끌어 보기로 했다.

첫째, 축운궁주가 또 어떤 술수를 부리는지 보기 위해서였고, 둘째, 화재를 진압한 후 팔괘림에 들어가 축운궁이 대체 어떤 곳인지, 팔괘림 중심에 무엇이 숨어 있는지 보기 위해서였다!

물론 북해에 밀정을 파견하여 축운궁주의 내막을 알아보는 것도 잊지 않았다.

비연이 전다다의 손을 잡고 진지하게 말했다.

"얌전히 기다려야 해. 알지?"

전다다는 하루라도 빨리 아버지를 만나고 싶었지만, 충동적으로 굴 생각은 없었다. 비연이 축운궁주를 위협해 두었으니, 축운궁주가 한동안은 아버지를 어떻게 하지 못할 것이다! 하지만 전다다가 모험을 하려 한다면 오히려 사정이 나빠질 수도 있었다. 전다다는 열심히 고개를 끄덕였다.

"연아 언니, 안심해. 잘 알고 있으니까! 언니가 이미 나에게 너무나 좋은 소식을 주었는걸. 난 충분히 만족스러워! 나, 난……."

마음속에서 희비가 교차했다. 전다다는 울고 또 웃으며 말했다.

"그저 어머니께 어떻게 말씀드려야 할지 모르겠어! 원래 화재를 진압하고 나면 직접 어머니를 모시러 가려 했는데, 지금…….

일단 이 일은 이야기하지 않는 게 좋을 것 같아. 어머니가 걱정하시지 않게 말이야! 우리 아버지는 분명 어머니가 걱정하는 걸 싫어하실 거야."

비연도 고개를 끄덕였다.

"우리가 반로 마을에 있을 때 이미 운한각으로 소식을 보냈어. 안심해, 오라버니와 태부께서 정도를 지키실 테니까!"

전다다는 그제야 고개를 끄덕였다. 며칠 동안 계속 팽팽하게 당겨져 있던 마음이 겨우 풀리는 것만 같았다.

어두워질 무렵에 목연 일행이 돌아왔다.

이틀 동안 적씨, 하씨, 두 가문이 화재 진압을 게을리했지만 다른 가주들은 태만하게 굴지 않았다. 모든 일은 목연이 안배한 대로 진행되고 있었고, 불길도 이제 어느 정도는 제어가 가능했다. 다만 불길을 만드는 것이 미뤄지고 있을 뿐이었다.

목연은 돌아오자마자 지도를 펼치고 설명하기 시작했다.

"지금 남은 것은 서쪽 산림에 불길을 내는 것입니다. 내일 모든 인력을 그쪽으로 집중시킬 예정이고, 아마 이틀이면 끝낼 수 있을 겁니다."

목연이 긴 손가락으로 북부 구릉을 가리키며 계속 말했다.

"방금 일부러 한번 다녀왔는데, 화재가 곧 이쪽으로 갈 겁니다. 오늘 밤에 바람만 불어 준다면 날이 밝기 전에 불이 북부로 가겠지요. 계산해 보니, 불길이 북부에서 강변으로 번지는 데에도 약 이틀이 필요합니다."

전다다가 기뻐하며 말했다.

"그렇다면 이틀만 지나면 불길이 더 번지지는 않게 되겠네!"

"번지지 않는 정도가 아니라, 중심 지역은 아마 더 태울 게 없을 거야."

목연의 말에 비연도 기뻐하며 입을 열었다.

"그렇다면 바깥쪽 불길만 줄어들면, 우리가 안으로 들어가 팔괘림을 살펴봐도 되겠군!"

목연이 고개를 끄덕였다.

"그렇습니다!"

군구신이 말했다.

"전아, 안배를 부탁한다. 불길이 일단 잡히면 영수들로 하여금 팔괘림을 포위하게 하고, 어떤 사람도, 어떤 짐승도 들어가지 못하게 해 줘!"

팔괘림에 어떤 비밀이 숨겨져 있는지 그들은 지금도 모르고 있었다. 그러나 지금 나무들이 모두 타 버린 이상, 무성한 나무들에 의지해 배치하는 기문둔갑술은 이미 존재하지 않는 것이나 마찬가지였다. 하지만 그들은 당연히 경계를 늦추지 말아야 했다.

전다다가 진지하게 말했다.

"알겠어요!"

전다다는 주방에 명해 술과 산해진미를 준비시켰다.

식탁 앞에 앉은 전다다는 모든 이에게 감사하며 술을 마셨다. 기쁨 때문인지 감격 때문인지, 그녀는 모든 말을 술잔에 감춘 채 한마디도 하지 않고 계속 술잔을 비웠다.

그녀는 군구신과 비연, 당정과 정역비뿐 아니라 다른 식탁에 앉아 있는 진묵과 망중에게도 감사하며 술을 마셨다. 그리고 마지막으로 술잔을 들고 목연 앞으로 다가갔다.

그녀의 주량은 보통이었다. 이미 여러 잔 마신 전다다는 취한 상태였다. 당정이 부축하려 했지만 그녀가 밀어내며 말했다.

"아직 목연에게 고맙다고 하지 않았다고요!"

"술을 이기지 못할 거면 마시지 말아야지. 내일 중요한 일도 있는데. 가자. 언니가 방으로 데려다줄게!"

당정의 말에도 전다다는 여전히 그녀를 밀어냈다. 당정이 계속 부축하려 하자 비연이 말했다.

"언니, 그냥 마시게 둬. 아마 요즘 제대로 자지도 못했을 텐데, 술에 취하면 오늘 밤은 달게 잘 수 있을 거야. 이 술은 숙취가 심한 편이 아니라 내일 별문제 없을 거고."

당정은 가볍게 한숨을 쉬고 자리로 돌아가 앉았다.

전다다는 웃으며, 한 손으로 술잔을 든 채 한 손가락으로 목연을 가리키며 말했다.

"너!"

목연은 여전한 모습이었다. 그는 욕망이라고는 없는 무표정한 얼굴에 고요한 눈길로 전다다가 이어 말하기를 기다리고 있었다.

전다다는 한참 동안 생각에 잠겨 아무 말도 하지 않다가, 갑자기 술잔을 들어 깨끗하게 비웠다. 그리고 문득 웃으며 말했다.

"목연, 오늘 밤에도 네 피리 소리를 듣고 싶어. 아니면 나 잠을 이루지 못할 것 같아."

그 자리에 있는 모두, 낮에 전다다가 목연을 끌어안는 것을 보았기 때문에 두 사람 사이에 뭔가가 있다는 것을 눈치채고 있었다. 그리고 이 말을 듣는 순간 모두 마음속으로 확신했다.

목연은 조금 견디기 어려운 듯, 전다다의 손가락을 쳐 내며 말했다.

"취했군. 가서 자는 게 좋겠어."

그러나 이게 웬일일까. 전다다가 갑자기 그에게로 쓰러졌다. 목연은 생각할 겨를도 없이 팔을 뻗어 그녀를 안아 들었다.

그 자리에 있던 모두가 침묵했다. 목연이 어색한 표정으로 전다다를 놓으려 했지만, 당정이 말했다.

"그 애를 여기에 내려놓지 말고 방으로 데려가는 게 좋겠어! 피리도 한 번 더 불어 주고!"

목연이 더욱 난처한 듯 전다다를 당정에게 밀어내며 말했다.

"취했으니 잘 수 있을 겁니다. 직접 데려다주시지요."

당정이 대답하기도 전에 목연이 군구신 등에게 읍하며 인사하더니 먼저 자리를 떠났다.

비연이 중얼거렸다.

"찔리는 게 있나 보지! 분명 뭔가 있어!"

군구신과 정역비는 아무 반응도 보이지 않았다. 같은 남자로서 그들은 목연의 심사를 꿰뚫어 볼 수 있었다!

군구신이 몸을 일으키더니 말했다.

"시간이 꽤 됐으니 어서 쉬는 게 좋겠어. 내일 모두 갈라져 찾아보고, 적당한 곳을 찾으면 이틀 기다릴 필요 없이 바로 내일 팔괘림으로 들어가지!"

그들의 무공 실력이라면, 불길이 낮은 곳을 찾기만 하면 내일 팔괘림에 들어가도 큰 문제가 될 것 같지는 않았다.

모두 고개를 끄덕였다.

정역비와 당정은 함께 전다다를 방으로 데려다주었고, 비연과 군구신도 그들에게 배정된 방으로 향했다.

비연은 계속 전다다와 목연의 관계를 추측했고, 군구신은 아무 말 없이 점점 더 진중한 표정을 지었다. 방으로 돌아온 다음 방 문을 닫은 군구신이 등 뒤에서 비연을 끌어안았다. 비연이 당황하여 물었다.

"왜 그래?"

군구신이 말없이 손을 들어 가볍게 비연의 눈을 가렸다.

사실 전다다가 영수를 이끌고 오기 전 그는 이미 마음을 굳혔다. 능씨 가문의 두 장로를 영수의 입에 처박아 넣고, 적씨와 하씨 두 가주를 위협하여 능씨 가문의 위엄을 세우겠노라고. 그러나 비연이 그 일을 먼저 하고 말았다.

그는 자신이 나쁜 사람이 되겠다고 말했었다. 그러나 지금 그와 그녀 사이에서, 사실 누가 나쁜 사람이 되건 상관없다는 것을 발견했다. 그녀의 눈을 가린다 해도 그녀의 마음을 가릴 수는 없는 것이다.

그녀가 기억을 되찾은 후로…… 원한을 기억하기 시작한 그 순간부터 그는 이미 그녀의 마음을 가릴 수 없게 되었다.

군구신이 담담하게 물었다.

"연아, 무서워?"

비연은 눈이 가려지는 그 순간 바로 군구신의 마음을 이해할 수 있었다. 그녀도 담담하게 대답했다.

"당신이 있는 한 두렵지 않아."

군구신이 어쩔 수 없다는 듯 웃으며 비연을 힘차게 끌어안았다. 자겠다고 방으로 들어오긴 했지만 두 사람 모두 쉬지 않았다. 비연은 평소처럼 일찍 잠든 척했다. 그녀는 군구신이 검을 연습하러 나갈 것을 알고 있었다. 그녀가 일찍 잠든다면 그도 일찍 나갈 것이고, 조금이라도 일찍 들어와 쉴 수 있었다.

군구신이 나간 후 그녀는 바로 일어나 앉아 마음을 수련하기 시작했다. 한 달 전에 그녀는 몸 안의 힘을 느낄 수 있었다. 지금은 정체기였다. 그러나 곧 단계를 넘어갈 수 있을 것 같아 그녀는 배로 노력하고 있었다!

밤이 깊었다. 군구신은 검을 연습하고, 비연은 마음을 수련하고 있었다. 진묵은 지붕에서 달빛을 받고 있었고, 정역비와 당정은 서로 끌어안은 채 잠들어 있었다. 그리고 목연은 전다다의 방문 앞에 서 있었다.

그는 잠시 기다리다가, 방 안에서 아무 인기척도 들리지 않자 몸을 돌렸다. 그러나 바로 이 순간, 방 안에서 갑자기 구토하는 소리가 들려왔다…….

## 다른 사람에게 보여서는 안 돼

방 밖에까지 들릴 정도라니, 아무래도 대단하게 속을 게워 내는 중인 것 같았다.

목연은 원래 그 자리를 떠나려 했으나, 그 소리를 듣고 바로 몸을 돌려 방문을 발로 걷어찼다. 그는 다급하게 병풍을 돌아 안으로 달려 들어가려 했으나, 전다다가 침상에 엎드린 채 그를 보고 있는 모습을 보게 되었다.

목연은 겨우 자신이 조급해하고 있다는 것을 깨닫고 발걸음을 멈췄다.

힘들어서인지 전다다의 술기 어린 커다란 눈이 살짝 붉어져 있었다. 그녀는 채 깨지 않은 듯 아련한 눈길로 목연을 바라보았다. 그런 그녀의 모습은 귀여운 어린 소녀 같기도 하면서 동시에 사람을 매혹시키는 젊은 여자 같기도 했다. 어떤 남자라도 지금의 그녀를 본다면 사랑스러운 감정이 생기지 않을 수 없었다.

목연은 언제나 독설을 내뱉는 전다다에게 이런 모습이 있으리라고는 생각한 적 없었다. 그가 전다다에게서 눈을 떼지 못하고 있을 때, 문밖에서 시위의 목소리가 들려왔다.

"소저, 괜찮으십니까?"

뒤이어 진묵의 목소리도 들려왔다.

"안에 누가 있는 거지?"

목연이 방문을 그리도 힘차게 찼으니, 시위들이 달려오지 않으면 그게 더 이상한 일이었다. 멀지 않은 곳 지붕 위에 있던 진묵은 당연히 가장 먼저 도착했다.

목연은 그제야 정신이 들었다. 그는 발걸음 소리를 듣자마자 바로 병풍을 돌아 나가, 들어오려는 사람들을 막아섰다.

"나야. 여기는 아무 일 없어!"

진묵과 시위들 모두 발걸음을 멈췄다.

진묵은 냉담하게 목연을 바라보고는 아무 말 없이 몸을 돌렸다. 시위들도 잇달아 의아한 표정을 지었지만, 결국은 말없이 물러갔다.

목연은 그 자리에 그대로 서 있었다. 그의 미간이 곧 일그러졌다. 그는 뜻밖에도 자신이 전다다의 이 매혹적인 모습을 다른 남자에게 보이고 싶어 하지 않는다는 사실을 깨달았다. 지금이건…… 혹은 앞으로건.

더 이상 죽어 있지 않은 그의 눈동자에 황망한 빛이 떠올랐다. 목연은 어떻게 해야 할지 도무지 알 수 없었다.

곧 방 안에서 다시 울음 섞인 구역질 소리가 들려왔다. 전다다가 몹시도 괴로운 모양이었다. 목연은 더 생각하지 않고, 다급하게 문을 닫고 안으로 뛰어 들어갔다.

전다다는 속을 게워 내고 싶었지만 마른 구역질만 계속할 뿐이었다. 목연은 들어가자마자 바로 그녀를 안아 대야 앞에 내려놓았다. 그리고 그녀의 턱을 잡아 입을 벌리게 한 다음 그녀의 혀를 눌렀다.

곧 전다다가 속을 게워 내기 시작했다. 그녀는 오늘 밤 먹은 것이며 마신 것은 물론이고, 하마터면 쓸개즙까지 토할 뻔했다.

모든 것을 토한 후 전다다도 정신이 들었다. 그녀는 놀란 눈으로 목연을 바라보며 한참 동안 아무 말도 하지 못했다.

목연이 탁한 숨을 내쉬며 물었다.

"좀 편해졌어? 좀 더 토하고 싶어?"

전다다는 그를 본 다음 다시 자신이 토해 낸 것들을 바라보고 한참 동안 아무 말도 하지 않았다.

목연은 더 묻지 않고 그녀를 침상에 내려놓은 다음 이불을 덮어 주었다. 그러고는 말없이 따뜻한 물을 한 잔 가져와 그녀에게 건넸다.

"입을 헹구도록 해."

전다다는 순순히 그의 말에 따라 입을 헹궜다.

목연이 다시 물을 한 잔 가져왔다. 그녀가 멍하니 다시 입을 헹구려 하자 목연이 불쾌한 듯한 목소리로 말했다.

"마셔. 목을 좀 적셔 줘야지."

전다다는 온순하게 물을 마셨고, 목연은 오물이 든 대야를 챙겨 들고 나가려 했다.

"어디 가는 거야?"

전다다는 입에서 나오는 대로 물은 다음에야 자신이 이렇게 물어서는 안 된다는 사실을 깨달았다. 그러나 목연도 아무렇지 않은 듯 대답했다.

"잠시만 기다려. 곧 돌아올 테니까."

그러고는 오물을 처리하러 갔다.

방문이 닫힌 후에야 전다다는 겨우 시선을 거두고 고개를 숙였다. 그리고 그제야 자신이 얇은 잠옷으로 갈아입고 있다는 사실을 발견했다.

"나, 나…….  그, 그는?"

그녀는 천천히 왼쪽을 바라보고 다시 오른쪽을 바라보았다. 몇 번이나 그렇게, 점점 더 빠르게 주위를 살피던 그녀는 마침내 긴장한 표정을 지었다.

곧 목연이 돌아왔다!

전다다는 이불을 잔뜩 끌어 올린 채 어색하게 웃으며 말했다.

"나, 나는 괜찮아. 너…… 너도 쉬어야지? 아무래도 시간이 꽤 된 것 같은데."

목연은 무표정한 얼굴로 그녀에게 다가왔다.

전다다는 이불을 더욱 끌어 올리며 긴장한 목소리로 물었다.

"뭐, 뭐 하려는 거야?"

목연이 말없이 의자를 끌어와 그녀를 마주 보며 앉았다. 전다다는 온몸으로 경계하며 물었다.

"이봐, 말해 두겠는데, 나 언니가 둘이나 있어. 그리고……."

목연이 그녀의 말을 잘랐다.

"네가 취했을 때 네 언니가 나에게 널 방으로 데려다주라고 했어!"

이건……. 전다다는 무의식적으로 이불 속을 들여다본 후 얼굴을 붉혔다.

"우리 언니가 나……. 너……."

목연이 무표정한 얼굴로 물었다.

"아무것도 기억나지 않아?"

전다다는 더욱 긴장했다. 그녀는 목연이 자신의 옷을 갈아입힌 것 외에 또 무슨 일을 했을지 감히 상상도 할 수 없었다!

"나, 나……. 넌……."

그녀는 대체 어떻게 물어야 할지도 모를 지경이었다.

목연이 계속 말했다.

"잘 생각해 봐."

전다다는 마침내 아무 생각도 할 수 없는 지경이 되어 입에서 나오는 대로 말했다.

"우리?"

목연은 여전히 무표정했다.

전다다는 비명을 지르며 머리를 이불 속에 묻었다.

"꺼져! 당장 꺼지란 말이야! 다시는 널 보지 않을 거야!"

그 순간 목연은 새어 나오는 웃음을 어쩔 수가 없었다. 그러나 살짝 들렸던 그의 입은 곧 평소의 냉담한 모습을 회복했다.

목연이 앞으로 다가가 이불을 잡아끌어 전다다의 머리가 드러나게 했다.

전다다는 이불을 꽉 잡은 채 노한 눈으로 바라보았다.

"꺼지라고!"

목연은 냉담한 가운데에도 진지하게 변명했다.

"네 옷은 당정이 갈아입혔어. 우리 사이에는 아무 일도 없었고. 난 네가 토하는 소리를 듣고 들어온 거야."

"뭐라고?"

전다다는 멍한 표정을 지었지만, 곧 정신을 차리고 분노하여 외쳤다.

"일부러 날 속였어!"

목연은 점점 더 진지하게 말했다.

"잘 기억해 둬. 술을 마실 때는 그렇게 무리하면 안 돼. 계속 그런 식이면 언젠가 누군가에게 사기를 당하거나 할지도 모르니까."

전다다가 반박했다.

"내가 모르는 사람들이랑 마신 것도 아닌데!"

목연도 떠오르는 대로 말했다.

"모르는 사람과 마시는 경우가 아니라도 안 돼! 지금 네 모습을 보라고!"

전다다는 점점 더 미묘한 기분을 느끼면서도 분노한 목소리로 외쳤다.

"그게 너랑 무슨 상관인데? 누가 너에게 내 방에 들어오래? 한밤중에 여자의 규방에 들어오다니, 대체 무슨 생각이야?"

그녀가 자신의 집에서 술에 취해, 한밤중에 구역질을 좀 한다 해서 그게 무슨 잘못이란 말인가? 목연이 허락도 없이 그녀의 방에 들어온 것이야말로 문제 아닌가!

전다다가 덧붙였다.

"내가 토하건 말건 너랑 무슨 상관이냐고! 나는 토해 내고 바로 잤을 거야! 나는 술버릇이 아주 좋다고!"

목연은 변명하고 싶었지만 결국 목 끝까지 올라온 말을 되삼키고 몸을 돌렸다.

전다다는 그런 그의 뒷모습을 보며 어쩐지 그가 낙담한 것 같다는 느낌을 받았다. 목연이 문을 열었을 때, 전다다는 결국 참지 못하고 묻고 말았다.

"너, 설마 나를 걱정한 거야?"

문에 닿아 있던 목연의 손이 굳었다. 그러나 그는 곧 대답했다.

"응."

전다다는 놀라면서도 살며시 기쁜 감정이 들었다.

"너……."

목연이 이어 말했다.

"네가 술 몇 잔에 스스로 목숨도 던져 버릴까 봐 걱정되더군. 네가 죽으면 네 아버지에게 뭐라 하겠냐고! 아마 나는 앞으로 흑삼림에서 살 수도 없게 되겠지!"

전다다는 피식 웃고 말았다.

"내가 구토 좀 했다고 죽을 것 같아? 미리 궤변을 늘어놓을 준비는 안 하고 왔나 봐?"

목연은 대답 없이 문을 열었다.

전다다는 순간 다급한 나머지 서둘러 외쳤다.

"목연, 거기 서!"

# 그녀를 위로할 수 있어

목연이 멈춰 섰다.

전다다는 원래 즐거운 기분이었지만, 지금은 왠지 모르게 갑자기 기분이 나빠졌다. 그녀가 말했다.

"본 소저를 좋아하는 게 뭐 그리 창피한 일도 아닌데! 본 소저 치마 아래에 엎드리고 싶다면 그렇다고 말하면 되잖아? 본 소저는 절대 비웃지 않을 거야!"

목연이 대답 없이 발걸음을 내디뎌 문밖으로 나갔다.

전다다가 다시 큰 소리로 외쳤다.

"거기 서!"

목연이 다시 멈추더니, 전다다가 이어 말하기 전에 갑자기 몸을 돌려 되돌아왔다. 전다다는 심장이 빠르게 뛰는 것을 느끼며 그를 바라보았다.

목연이 여전히 무표정한 얼굴로 말했다.

"종종 구토는 치명적이기도 하지. 의식불명 상태에서 구토하면 질식해 죽기 쉬워. 술로 인해 목숨을 잃는 사람들이 많은데, 대부분 취해서 죽는 것이 아니라 질식해 죽지."

전다다로서는 처음 듣는 이야기였다. 얼핏 듣기에는 허무맹랑한 이야기 같았지만 세세하게 생각해 보니 꽤 이치에 맞는 것 같았다. 심지어 오싹하기도 했다. 어쨌든 그녀는 오늘 밤 조금 토한 정도가 아니라 속을 전부 비워 낸 것이다.

전다다가 멍한 표정을 짓자 목연이 목소리를 높여 물었다.

"알겠어?"

전다다는 그제야 눈을 들어 그를 바라보았다. 목연이 냉랭한 눈길로 그녀를 흘깃 보더니 더 말하지 않고 밖으로 나갔다. 이번에는 전다다도 잡지 않았다.

전다다는 침상에 앉은 채 한참 동안 작은 얼굴을 굳히고 있다가 겨우 자리에 누웠다. 눈을 크게 뜬 채 천장을 바라보다가, 한참 후에 다시 중얼거렸다.

"망할 눈 마비 자식!"

그녀는 몸을 뒤척거려 얼굴을 이불 안에 묻고는 두 손으로 힘차게 침상을 내리쳤다.

그녀는 화가 나 있었다. 그러나 무엇 때문에 이리 화가 났는지는 자신도 모를 일이었다.

전다다의 방을 나온 목연은 고개를 숙인 채 계속 자신의 방으로 걸어갔다. 최근 그는 능씨 가문에 머물고 있었고, 그의 거처는 전다다의 거처와 이웃하고 있었다.

방 안으로 돌아온 그는 아무 일도 없었던 것처럼 씻고 옷을 갈아입었다. 그러나 칠률목적을 베개 옆에 놓고 잠을 잘 준비를 하던 순간, 갑자기 멈추고 말았다. 오늘 밤 술자리에서 전다다가 얼굴을 살짝 붉힌 채 피리를 불어 달라고 하던 모습이 떠올랐다.

목연은 잠시 멈춰 있다가 결국은 외투를 걸치고 다시 칠률목적을 집어 들었다. 밖으로 나온 그는 가볍게 지붕 위로 뛰어 올랐다. 그러나 그가 자리 잡고 앉는 순간, 용마루에 앉아 있던 진묵이 자신을 바라보는 것을 발견했다.

진묵의 눈빛은 여전히 담담했다. 그는 재빨리 시선을 옮겨 곁에 있는 그림을 바라보았다.

목연 역시 죽은 듯한 눈빛으로 재빨리 몸을 돌려 진묵을 등지고 앉았다. 두 사람은 서로를 마치 공기처럼 대하고 있었다.

달빛 아래 호리호리한 두 그림자는 유달리 적막해 보였으나, 또 동시에 무어라 표현하기 어려운 아름다움이 배어 나오고 있었다.

목연은 시간을 낭비하지 않고 두 손으로 칠률목적을 잡고 피리를 불기 시작했다. 스스로를 위로하기 위해 작곡한 〈망각〉이었다.

최근 며칠 동안 전다다를 위해 이 곡을 몇 번이나 불었는지 모른다. 또 언제부터인가 그는 이 곡을 불어도 과거의 악몽에 빠지지 않게 되었다.

자신을 위로하지 않게 되었기에 이 곡이 진정으로 다른 이를 위로할 수 있게 된 걸까? 혹은 이 곡이 다른 이를 위로할 수 있기에 자신을 위로하지 않게 된 걸까? 그로서는 알 수 없는 문제였다.

다만 자신이 그 악몽을 잊을 수 없다 해도, 이제 그 악몽에 빠지지 않을 수 있다는 것은 확실했다.

피리 소리가 점차 은은하게 흘러나왔다. 밝은 달빛 아래 깊이 잠든 만물 위를 가볍게 나부끼듯, 몹시도 온유하고 듣기 좋은 음색이었다. 본래 고요하던 밤이 더욱 고요해지며 사람들을 꿈속으로 인도했다.

욕망을 거의 느끼지 않는 진묵조차 조용히 경청하고 있었다. 다른 이들도 모두 그 음률에 빠져들었다.

이 순간, 정역비는 당정 위에 엎드린 채 그녀의 가슴에 얼굴을 묻고 있었고 당정은 그의 목을 끌어안고 있었다. 두 사람은 더욱 깊이 잠든 것처럼 보였다.

군구신은 이미 방에 돌아와 있었다. 그는 잠들어 있는 비연을 제 품 안에 끌어안았다. 피리 소리가 들려오자 불안해하는 듯했던 비연이 바로 조용해졌다.

정원 한구석, 설랑 대설과 호랑이 대백, 그리고 영양인 소백이 한곳에 모여 있었다.

대설은 대백, 소백에게 빙해에서 만난, 독을 이겨 내는 그 암컷 늑대가 얼마나 대단한지 이야기하고 있었다. 대백과 소백은 궁금해하며 이것저것 질문하던 참이었다. 피리 소리가 들려오자 그들도 모두 머리에 머리를 맞대고 조용히 듣기 시작했다.

그러나 이 순간 전다다는 오히려 마음을 가라앉히지 못하고 있었다.

그녀는 일어나 앉아 음악을 듣고 있었다. 오늘 밤은 예전과 다르게 이 곡을 들으면 들을수록 정신이 맑아졌다. 목연이 두 번째로 연주하기 시작했을 때 그녀는 마음을 가라앉히지 못하는 정도가 아니라 오히려 혼란스러워지고 있었다.

그녀는 자신이 취했을 때 목연에게 피리를 불어 달라고 했던 것을 기억하지 못하고 있었다.

그녀는 목연이 무엇 때문에 지금 피리를 불고 있는지 고민하기 시작했다. 그녀에게 들려주기 위해 불고 있는 걸까? 아니면 스스로 답답한 사연이라도 있어서……?

그녀는 당장이라도 달려가 그에게 묻고 싶었다. 그러나 언제나 과감하던 그녀가 어쩐지 망설이며 방을 떠나지 못하고 있었다.

이날 밤, 목연은 곡을 세 번 연주했다. 전다다는 들으면 들을수록 정신이 맑아져 결국은 잠을 이루지 못했다.

다음 날 아침.

목연이 느지막이 일어났다. 식당으로 가 보니 전다다, 비연, 당정이 함께 아침을 먹고 있었다. 그는 발걸음을 멈췄지만, 당정이 그를 발견하고는 말했다.

"목연, 거기 서서 뭐 하는 거야! 이리 와!"

목연이 평소처럼 무표정한 얼굴로 안으로 들어갔다. 그는 비연과 당정에게 고개를 끄덕여 인사한 후 전다다 건너편에 앉았다. 시녀가 곧 음식을 가져왔다.

목연은 조용히 식사를 시작했고, 당정과 비연은 방금까지 나누던 이야기를 계속하기 시작했다.

당정이 말했다.

"그럼 그렇게 하는 거야. 전아는 일단 좀 쉬고, 불길을 여는 건 나에게 맡겨 줘! 연아는 정왕과 함께 입구를 찾아보고. 적당한 입구를 찾아내지 못하면, 불을 좀 끈다고 해도 문제 될 것도 없고."

비연이 반대했다.

"그렇게 조급할 건 없어. 우리가 불을 끄면 움직임이 너무 커서 오히려 이목을 끌게 되겠지. 축운궁은 흑삼림에 분명 세작을 심어 두었을 테니 반드시 비밀리에 들어가야 해! 그때까지는…… 우리가 여전히 여기 있는 것처럼 해 두는 것이 좋을 거야."

비연과 당정이 이야기에 빠져 있는 동안 전다다는 몰래 목연을 바라보았다. 목연도 마침 그녀를 바라보고 있었다.

목연은 전다다가 어째서 쉬어야 한다는 것인지 이해하지 못하고 있었는데, 눈 밑에 그늘이 진 것을 보고 어젯밤 그녀가 제대로 자지 못했다는 사실을 알아차렸다.

목연은 곧 고개를 숙이고 계속 식사했고, 전다다도 고개를 떨궜다.

식사를 끝낸 비연과 당정은 전다다와 목연이 아직 먹고 있는 것을 보고 서로 눈짓을 주고받은 후 동시에 일어났다.

"나는 이만 가 볼 테니 천천히들 먹어!"

비연의 말에 이어 당정도 말했다.

"오늘 해야 할 일이 많으니 나도 먼저 가 봐야겠어. 천천히 먹도록 해!"

당정은 그 자리를 떠나려다 말고 한마디 덧붙였다.

"목연, 요 계집애는 어젯밤 한숨도 못 잤대. 그러니까 식사를 끝낸 후 방에 가서 자는지 나 대신 지켜봐 줘!"

목연은 당정을 흘깃 보고는 아무 말도 하지 않았다. 대신 전다다가 당정을 노려보았다.

당정은 그들 중 누구도 보지 않고 웃으며 성큼성큼 그 자리를 떠났다. 이제 식당에 남은 것은 전다다와 목연뿐이었다.

전다다는 재빨리 밥을 먹고 몸을 일으켰다. 그리고 그때 목연이 마침내 입을 열었다.

"어젯밤, 왜 잠을 제대로 자지 못한 거야?"

〈제왕연〉 16권에서 계속